KB118683

갑자기
혼자가
되다

Soudain, seuls

by Isabelle Autissier

갑자기 혼자가 되다

이자벨 오티시에르
장편소설
서준환 옮김

자음과모음

차 례

저편에서

그들은 일찌감치 길을 나섰다. 혹독한 이쪽 날씨도 때로는 이럴 수 있다는 듯 더할 나위 없이 화창할 거라고 예보된 하루다. 짙은 코발트빛 하늘이 맑다. 이토록 투명한 하늘은 이곳 남위 50도에서만 볼 수 있다. 수면에는 잔물결 하나 일지 않는다. 두 사람이 타고 온 배 '제이슨호'는 검푸른 물의 융단 위에 무중력상태로 떠 있는 것처럼 보일 정도다. 알바트로스 떼는 바람에 떠밀려 뒤뚱거리면서도 유유히 선체 주위를 맴돈다.

그들은 모래톱 위쪽으로 구명정을 끌어내렸다. 그러고는 오래된 고래잡이 캠프를 둘러보았다. 잔뜩 녹이 슬었지만 햇빛을 받아 금박이 입혀진 듯 번쩍거리는 함석의 표면은 황갈색과 연갈색 그리고 다갈색이 뒤섞여 다소 퇴폐적인 인상을 준다. 사람들에게 버려진 이후로 기지의 막사는 온갖 동물들이 차지해왔다. 아주 오랜 세월 사람들에게 쫓기다 급기야는 무참히 학살당하고 배가 갈린 후 초대형 증류기로 옮겨져 삶아졌던 동물들. 하지만 그 증류기마저도 이제는 폐가의 방치된 집기처럼 변해 있다. 허물어진 막사의 담벼락 더미를 돌아가자 연결이 끊어진 채 어수선하게 나뒹굴고 있는 도관들의 난장 속에서 느긋하게 늘어져 있는 강치와 바다코끼리 가족, 신중한 몸짓의 펭귄 무리가 나타난다. 그들은 이 동물들을 지켜보고자 한동안 제자리에 멈춰 섰다. 그러다 다시 계곡을 거슬러 올라가기 시작한 것은 오전 시간대가 끝나갈 무렵이다.

"세 시간은 족히 걸릴 거예요."

그들에게 이런 말을 해준 사람은 에르베라는 사람으로 드물게도 여기까지 와본 사람 가운데 하나였다. 뭍에서 떨어져 나와 이런 섬에 닿자마자 체감하는 것은 더 이상 초록빛과 마주할 수 없다는 사실이다. 섬은 암석, 절벽, 얼음으로 뒤덮인 산봉우리 등 온통 무기질의 광물계다. 두 사람은 활달하게 걸음을 내딛는다. 울긋불긋한 바윗돌과 맑은 여울 앞에서는 가볍게 놀러 나온 대학생들처럼 까르르 웃음을 터뜨리기도 한다. 바다가 시야에서 사라지기 전 단층절벽에 이르러 한 번 더 걸음을 멈추고 잠시 쉬었다 가기로 한다.

"너무 순수하고 아름다워. 말로 다 표현할 수도 없을 정도야."

거무스름한 급사면에 둘러싸여 있는 내포, 가볍게 스쳐 지나가는 산들바람에도 출렁이며 은화처럼 반짝이는 해수면, 낡은 기지 건물에 남아 있는 오렌지색 얼룩, 잠든 것처럼 보이면서도 꿋꿋이 제자리를 지키고 있는 그들의 배, 그리고 방금 전의 알바트로스와 비슷한 새 떼들의 날갯짓. 드넓게 시야에 들어오는 부동 상태의 거대 형상이 밝은 햇살을 받아 파랗고 하얗게 반짝거린다. 빙산이다. 날씨가 잔잔하기만 하다면 빙산만큼 평온한 것도 드물다. 하늘에는 높이 떠올라 그림자도 드리우지 않는 구름들이 길쭉하게 할퀸 상처 자국처럼 지나간다. 찬연한 햇살은 그 가장자리를 금박으로 물들인다. 이 풍경들을 음미하며 그들은 오래도록 매혹된 기분에 잠겨 있다. 그러는 동안 어쩌면 너무 오랜 시간이 흐른 것일지도 모른다. 루이즈는 서쪽 하늘이 잿빛으로 흐려지는 데 신경을 쓴다. 그러더니 경계하듯 산악인으로 살아오는 동안 생겨난 예지의 안테나를 곤추세운다.

"그만 돌아가는 게 낫지 않을까? 구름이 몰려오는데."

짐짓 밝은 어조를 가장하고 있긴 하지만 어쩐지 밀려드는 걱정을 억누를 수 없다.

"그럴 수야 없지! 넌 꼭 그렇게 조바심을 내더라. 이 일대가 구름으로 뒤덮이면 햇빛이 가려지고 덜 덥고 좋을 텐데 뭘."

뤼도비크는 자기 목소리가 퉁명스러워지지 않도록 조심하며 말하지만 불안해하는 그녀의 모습에 잔뜩 신경이 곤두서는 것도 사실이다. 그때 그가 그녀의 말에 귀 기울였다면, 그들은 그 지경으로 굴러떨어지지 않았을 것이고, 세상 끝에 있는 이 섬에서 둘만의 오붓한 시간을 즐기며 왕과 같은 한때를 보낼 수도 있었을 텐데. 배를 되찾느라 발버둥 치지도 않았을 테고 이 근사한 여행을 그토록 처참하게 망치는 일도 없었을 텐데. 그래, 하늘이 저쪽에서부터 어두워지고 있는 건 맞아. 하지만 그래 봐야 비에 흠씬 젖는 게 고작일 거야. 모험을 하겠다고 나섰으면 그만한 위험부담쯤은 감수해야지. 그게 우리의 목적이기도 하니까. 나른한 안락함으로 마비되어가는 일상, 심지어 목이 졸리는 듯한 직장 생활에서 빠져나와 모든 것을 걸 만한 모서리에 스스로 서보자는 것. 자칫하면 육십대에 다다를 즈음에는 지금까지 아무것도 제대로 체험한 게 없고, 단 한 번도 그 무엇과 맞서 싸운 적도 없으며, 뭔가 발견한 것도 없다는 자탄만 남기고 말 게 빤하다. 적당히 타협할 만한 여지를 찾을 수도 없을 만큼 그의 어투가 거칠어진다.

"이번 기회가 아니면 다시는 빙판 호수처럼 유명한 구경거리를 보러 갈 수 없을지도 몰라. 에르베가 그랬어, 여기서는 어딜 가나 땅을 뒤덮고 있는 얼음의 미로밖에 마주치지 못할 거라고. 너도 그 사람이 보여준 사진을 보고 우리가 얼마나 놀라워했는지 기억할 거야. 내가 피켈*하고 아이젠**을 괜히 챙겨 가지고 다니는 게 아니거든. 이런 데서 실컷 즐길 수 있을 거라는 거, 네가 더 잘 알잖아."

그는 민감한 줄다리기 판을 벌이려는 셈이다. 산악인은 그녀다. 그가 목적지를 이쪽으로 택한 것도 다 그녀 때문이다. 산세가 험준한 남반구의 한 섬. 누구도 발을 디뎌보지 못한 산봉우리들이 들쭉날쭉하게 치솟아 있는 이 섬은 남위 50도 이상 되는 지점의 대서양 한가운데에 떠 있다.

벌써 오후 두 시다. 그들이 마지막 산마루에 다다를 즈음, 하늘이 눈에 띄게 어두워진다. 에르베가 거짓말을 한 셈이었다. 황당한 노릇이다. 지름이 1킬로미터 이상 되는 화구호는 완벽한 타원형이다. 그 안에는 아무것도 없다. 호수의 가장자리에는 물이 줄어들면서 생겨난 웅덩이들이 동심원을 이루며 얕게 고여 있다. 그 모양새가 꼭 거인의 손톱 같다. 호수에는 더 이상 물이 남아 있지 않다. 까닭 모를 삼투압 현상이라도 있었는지 암석의 장벽에 둘러싸인 호수는 물이 싹 말라 있

* 빙설로 뒤덮인 경사진 곳을 오를 때에 사용하는 기구. 목제 자루에 'T'자 모양의 금속제 날이 달려 있다.
** 등산화 바닥에 부착하여 미끄러짐을 방지하는 등산 용구

다. 오래전 수로로 쓰였을 자리의 바닥을 딛고 수십 미터 높이의 어마어마한 얼음 기둥들만 솟아나 있을 뿐이다. 그 모습은 호수가 저 밑쪽의 빙하와 통한 적이 있었다는 것을 증명하는 것만 같다. 도대체 언제부터 저 얼음 기둥들은 버림받은 무리처럼 한쪽으로 내몰려 저 자리를 지키고 있었던 것일까? 이제는 아예 잿빛으로 변해버린 하늘 아래에서 얼음 기둥들은 오랜 세월의 먼지만 뒤집어쓴 비석과 마주할 때처럼 가슴 저린 우수를 자아내고 있다. 루이즈는 그만 돌아가자고 다시 한 번 뤼도비크를 설득하려 한다.

"그래도 여기까지 와봤으니 그만 돌아가도 괜찮겠지? 괜히 비 맞고 고생할 필요 없으니까……."

하지만 뤼도비크는 벌써 환성을 내지르며 비탈길을 달려 내려간다. 그들은 한동안 그 얼음 기둥 사이를 헤매고 다닌다. 가까이 마주해보니 꽤 불길한 인상을 풍긴다. 하얗고 파란빛이 감도는 얼음의 표면은 덕지덕지 묻은 흙으로 너저분한 데다가 천천히 녹아내리는 중이다. 마치 벌레들에게 서서히 파먹히는 양피지 같다. 그런데도 그들은 이토록 스산한 아름다움에 사로잡힌다. 움푹 파인 바람구멍 속에 손을 슬쩍 넣어보기도 하고, 꿈꾸는 듯한 손길로 고드름을 쓰다듬어보기도 한다. 지금 그들의 눈앞에 펼쳐진 것은 인간들, 그러니까 호모사피엔스가 이 지구의 외관을 헤집어놓기 전부터 존재해온 태고의 자연이다. 루이즈와 뤼도비크는 성당 안에서처럼 소리 죽여 속닥거린다. 마치 자기네 목소리가 이 섬약한 균형을 흐트러뜨리지나 않을까 두렵다는 듯이.

그들의 감탄 어린 시선을 그만 차단하겠다는 것처럼 후드득 비가 쏟아지기 시작한다.

"어쨌거나 얼음 기둥은 반쯤 녹아내린 상태야. 에르베는 그 위로 기어오르는 것을 즐긴 모양인데 솔직히 나는 별로 내키지 않아. 아무래도 서둘러 돌아가는 게 좋겠어. 바람이 거세지면 구명정 모터가 어떻게 될지도 모르니까."

루이즈는 이제 애걸하지 않기로 한다. 그저 명령조로 말할 뿐이다. 뤼도비크는 그녀 특유의 단호한 어투에 익숙하다. 또한 그녀에게 뛰어난 후각과 판단력이 있다는 것도 잘 안다. 그만 돌아가기로 하자.

두 사람은 화구호에서 빠져나와 계곡의 들목으로 나 있는 비탈길을 황급히 달려 내려온다. 벌써 옷자락이 거센 바람에 찢겨나갈 듯 나부끼고 발은 축축한 바윗돌에 미끄러지기 일쑤다. 순식간에 날씨가 돌변했다. 마지막 고개턱에 다다르고 나서 두 사람은 굳이 말하지 않아도 내포가 처음 내려다봤을 때와는 전혀 달라져 있다는 것을 알아차렸다. 그때처럼 평온한 풍광이 아니다. 마치 어떤 악랄한 조화가 성난 파도를 일으켜 이 일대를 시커멓고 불투명한 장막으로 뒤덮어버린 것만 같다. 루이즈가 달려 내려가자 뤼도비크는 뭐라고 투덜거리면서도 주춤주춤 그녀를 뒤따라온다. 두 사람은 숨을 헐떡거리며 해안에 도착한다. 거친 파도가 사정없이 몰아친다. 높이 솟아오르는 물결 사이로 두 사람이 타고 온 배가 사슬에서 떨어져나갈 듯 위태로이 기우뚱거리는 게 보인다.

"물을 좀 뒤집어써도 어쩔 수 없겠는걸. 따뜻한 코코아 한 잔 마시면 되겠지 뭐."

뤼도비크가 허세 부리듯 나불거린다.

"네가 앞에서 노를 저어. 그러면 내가 뒤쪽에서 밀 테니까. 파도가 잠시 빠져나가면 그때 바로 배의 시동을 걸어볼게."

두 사람은 구명정을 끄집어낸다. 그러고는 파도가 일시적으로 가라앉을 짬을 노린다. 온몸을 꽁꽁 얼릴 듯 차가운 물살이 그들의 무릎을 후려갈긴다.

"자, 빨리! 저쪽으로! 노를 저어…… 노를 저으라니까, 이런 빌어먹을!"

뤼도비크는 젖은 모래에 발이 빠져 허우적거린다. 그러는 동안 루이즈는 앞에서 노를 들고 어떻게든 저어보려 애쓴다. 그 순간 작렬한 파도 자락이 두 사람이 탄 구명정에 쏟아져 내리더니 배의 균형을 무너뜨리고 지푸라기처럼 뒤집어서 내동댕이친다. 두 사람은 서로의 몸이 부딪치면서 새하얀 파도 거품 속으로 나동그라지고 만다.

"하, 이거 미치겠네!"

뤼도비크는 썰물이 끌어내리는 구명정의 밧줄을 한 손으로 움켜잡는다. 루이즈는 어깨를 잔뜩 웅크리고 있다.

"등이 구명정 모터에 부딪혔나 봐. 되게 아파."

두 사람은 온몸으로 흘러내리는 물방울을 맞으며 이렇게 난데없이 몰아닥친 날씨의 폭거에 서로 어쩔 줄 몰라 한다.

"일단 구명정을 저쪽으로 끌어내자. 저기 바닷가 귀퉁이에는 아무래도 파도가 덜할 거야."

두 사람은 주저하지 않고 작은 보트를 좀 더 안전해 보이는 지점으로 옮겨놓으려 한다. 그렇게 기껏 옮겨놓는다고 했는데도 상황은 그다지 좋아지지 않은 것 같다. 두 번이나 거듭해 보지만, 그럴 때마다 두 사람은 하얀 물보라의 소용돌이에 휘말리고 만 것이다.

"관두자! 정말 더는 못하겠어. 나, 너무 아파."

루이즈는 그대로 땅바닥에 주저앉았다. 그러고는 잔뜩 찌푸린 표정으로 자기 팔을 주무른다. 뺨 위로 눈물이 흘러내려 빗살이 내리치는 뤼도비크의 얼굴도 보이지 않는다. 뤼도비크는 뤼도비크대로 성난 발길질을 해대지만 그래 봐야 허공에 모래 알갱이만 흩날리게 할 뿐이다. 낙담과 분노가 그를 짓누른다. 이놈의 더러운 땅! 빌어먹을 섬과 바람과 바다 같으니라고! 삼십 분, 아니 넉넉잡아 한 시간만 일찍 서둘렀어도 두 사람은 지금쯤 난로 앞에서 느긋이 몸이나 말리며 자기들이 겪은 곤경을 웃음으로 흘려 넘겼을지도 모른다. 뤼도비크는 자기를 가혹하게 들쑤시는 후회와 가책에 몹시 괴롭다.

"오케이, 그럼 그만두자. 저기, 일단은 기지 안으로 몸을 피한 다음 거기서 폭풍이 좀 지나가기를 기다리기로 하자. 바람이 금세 한풀 꺾인 것 같아. 곧 다시 잠잠해질 거야."

두 사람은 간신히 구명정을 모래톱 위쪽으로 또 한 번 끌어올린다. 그러고는 닳고 닳은 회색 말뚝에 비끄러맨 후 함석판과 널조각 따위로 받쳐둔다.

지난 육십 년 동안 이곳의 돌풍은 오래전 고래잡이 캠프로 쓰인 막사 안에 여러 자취를 남겨놓았다. 마치 폭파당한 듯 몇몇 건물의 내부는 흔적도 없이 날아갔다. 바람에 실려 날아온 돌들에 유리창은 죄다 박살이 나고 말았다. 나머지를 해치운 것은 불어닥친 바람의 몫이었다. 위태롭게 기울어진 그 밖의 건물들은 언제 무너질지 최후의 일격만을 기다리고 있는 것 같다. 사람들이 잡은 고래를 조각낼 때 쓰려고 비스듬히 세워둔 대형 널판 옆으로 오두막 같은 공간 하나가 루이즈와 뤼도비크의 눈길을 끈다. 하지만 안으로 들어가서 보니 끔찍한 악취가 진동해서 목까지 조여올 지경이다. 서로서로 몸을 포개고 있는 바다코끼리 네 마리가 이 낯선 침입자를 향해 사납게

으르렁거린다.

불쾌하다는 듯 얼굴을 잔뜩 찡그린 두 사람은 잔해 더미 속에서 그나마 온전한 상태로 보존되어 있는 삼층 건물로 향한다. 누가 오든 말든 상관없다는 듯 무심한 펭귄 무리가 그들을 맞는다. 사람이 들이닥쳤는데도 이토록 무심하다니 아무래도 본때를 보여줘야겠네. 뤼도비크는 녀석들에게 달려들어 잡아 족치고 싶은 충동을 느낀다. 내부는 음침하고 어둡고 습하다. 바닥에는 낡은 타일이 깔려 있고 그 위에 철제 테이블과 탈색된 냄비들이 있는 것으로 보아 아무래도 여기는 취사장으로 사용된 장소가 아닐까 싶다. 바로 옆쪽은 정확히 구내식당을 연상시키는 공간이다. 루이즈는 온몸을 오들오들 떨며 의자 하나에 털썩 주저앉는다. 몸이 아프기도 하지만 무엇보다 두렵다. 산과 벌여야 할 싸움에 관해서라면 제법 익숙한 편이다. 무엇을 어떻게 해야 하는지도 잘 안다. 최악의 경우에는 눈 속에 파묻혀서 한동안 기다리고 있기만 하면 된다. 그런데 여기서는 도무지 감이 안 잡힌다. 뤼도비크는 콘크리트 계단을 밟아 올라간다. 그러자 위층에는 널찍한 공동 침실 두 개와 망가진 쇠붙이들이 담겨 있는 상자들, 작은 탁자 하나, 문이 활짝 열려 있는 옷장 따위가 나타난다. 빛바랜 사진, 아무렇게나 바닥에 내팽개쳐져 있는 군화, 여기 붙잡혀 사는 동안 누더기로 변한 옷가지 등 이곳에서 철수하는 순간 사람들은 마침내 이

지옥에서 벗어나게 되었다는 기쁨에 사로잡혀 그토록 서둘렀나 보다. 그로 인해 이 장소는 순식간에 버림받고 지금처럼 황량해진 모양이다. 조금 더 안쪽으로 들어가본다. 돌쩌귀에서 반쯤 떨어져나간 문짝을 지나자 목제 가두리에 맞춰 비교적 세간이 잘 갖춰져 있는 방 하나가 나온다. 작업 감독실이었음이 틀림없다.

"이 위로 올라와봐. 여긴 한결 나아. 이왕이면 따뜻한 데서 기다리자."

'따뜻한 데서'라니, 정말 어이없는 말이다. 두 사람은 삐걱거리는 침대 위로 몸을 던진다. 빗줄기가 창틀과 어긋나 있는 유리창을 세차게 두드리며 안까지 들이쳐 이미 푹 꺼져버린 마룻바닥의 한 귀퉁이에 웅덩이처럼 고일 지경이다. 푸르스름한 빛살이 원래는 하얀색이었을 도료의 빛깔 위로 시커멓게 번져가는 습기 자국을 비춘다. 하나밖에 없는 의자는 망가져 있다. 그걸 보며 뤼도비크는 고개를 갸웃거린다. 여기서는 서랍 달린 사무용 책상만이 그나마 온전하다. 그것은 20세기 초반 학교 교원들이 쓰던 것과 비슷해 보인다.

"여기를 대피소로 삼자. 빨리 네 어깨가 어떤지부터 좀 보자. 몸도 좀 말려야겠어."

뤼도비크는 자분자분 다독이는 어투로 말하고자 주의한다. 그 어투만 보면 지금 닥친 일은 그저 돌발 상황에 지나지 않는 것 같기도 하다. 하지만 손은 살짝 떨고 있다. 루이즈의 옷에서는 물기가 뚝뚝 방울져 떨어진다. 빨리 말려야겠다. 뤼도비크는 그녀가 옷을 벗도록 도와준다. 옷을 다 벗으니 가냘프고 연약해 보이는 알몸이 드러난다. 햇볕이 쨍쨍 내리쬐는 바닷가에 함께 놀러가서도 루이즈는 자기 몸을 그을리고 싶어 하지 않았다. 팔과 얼굴, 그리고 종아리에서만 살짝 구릿빛 광택이 날 뿐 나머지 신체 부위는 창백해 보일 정도다. 앞머리에 맺혀 있던 물방울이 갈색으로 둘러싸인 그녀의 에메랄드빛 눈망울을 향해 흘러내린다. 바로 이 눈이다, 5년 전 뤼도비크의 마음을 처음으로 허물어뜨린 게. 애틋한 마음의 물살이 그에게 밀려든다. 되도록 빨리 루이즈의 몸을 데워주고 싶다. 뤼도비크는 자기 스웨터로 그녀를 닦아준다. 그러고는 축축이 젖은 옷을 손으로 힘껏 쥐어짠다. 그녀의 왼쪽 어깨에는 뭔가에 긁힌 듯한 찰과상과 시퍼런 멍 자국이 제법 크게 나 있다. 모터에 부딪히면서 생긴 게 틀림없다. 루이즈는 인형처럼 뤼도비크가 하는 대로 가만히 내버려둔다. 그러면서도 몸을 오들오들 떤다. 그렇기는 뤼도비크도 마찬가지다. 축축하게 젖은 옷이 몸에 척 달라붙자 이내 한기가 심해진다. 이쪽에서는 여름에 아무리 날씨가 좋아도 영상 15도 이상 올라가지 않는다. 지금 수은주는 10도 안팎일 듯하다.

"라이터 있니?"

"가방에."

물론 그녀는 전문적인 등산가로서 라이터처럼 긴요한 물건을 잊고 산에 오르는 법이 없다. 뤼도비크는 라이터 이외에도 야영할 때 쓰는 모포 두 장을 찾아내서 서둘러 그녀의 몸에 덮어준다.

이번에는 부엌을 뒤져본다. 오븐용 알루미늄 쟁반을 챙긴다. 부서진 목제 선반의 널빤지도 빼온다. 이왕이면 모든 수를 다 써보자. 다시 활력이 생겨난다. 칼로 잔가지도 잘라온다. 그렇게 해서 결국 불을 지피는 데 성공한다. 문을 열어두었지만 실내 공간은 순식간에 매캐한 연기로 뒤덮인다. 그래도 불을 피우지 않는 것보다는 낫다.

지금 바깥 상황이 어떤지 살피러 나가봐야 한다. 바람이 한층 더 강해진 것 같다. 돌풍에 휩싸인 바다는 노도와 함께 격렬히 들썩인다. 이 정도면 40노트쯤 될 듯하다. 그렇다고 세상에 종말이 오지는 않겠지만 배를 지켜내기는 쉽지 않아 보인다. 장대 같은 빗줄기 사이로 뤼도비크의 시야에는 그래도 배가 꿋꿋이 버티고 있는 게 들어온다. 구름으로 뒤덮인 하늘이 낮게 내려와 희뿌연 잿빛이 되어 산 중턱을 뒤덮을 지경이다. 그 위세에 어느 쪽으로든 전혀 빛이 들지 않는다.

"아무래도 여기서 밤을 보내야 할 것 같은데."

뤼도비크가 다시 올라와서 말한다.

"먹을 거 좀 남았니?"

그사이 루이즈는 그럭저럭 기운을 회복했다. 따뜻하게 불을 쬐고 있으니 기분이 한결 나아지는 것 같다. 물론 썩은 널빤지가 불타면서 풍기는 타르 냄새를 맡느라 괴롭긴 하지만. 두 사람은 자기들의 옷을 불 근처에 널어둔다. 그러고는 바짝 몸을 맞대고 앉아 시리얼 바를 우물거린다.

둘 다 지금 상황에 대해 이러쿵저러쿵 말할 생각이 나지 않는다. 언제 어떤 상황에 처할지 모를 만큼 여긴 위험한 지역이다. 그들도 그 사실을 알고 있다. 루이즈는 신중하고 뤼도비크는 혈기 방장한 편이다. 자기들이 왜 이런 상황에 처했는지는 나중에 따져볼 날이 올 것이다. 지금 같은 곤경이 여행하다 우연히 겪은 돌발 상황의 에피소드쯤으로 지나가고 나면. 그때쯤 되면 두 사람은 서로 이야기를 나누게 될 거다. 먼저 루이즈가 당시 자기들은 정말 아무 생각이 없었다는 식으로 입을 열겠지. 그럼 뤼도비크는 예기치 않은 상황이었으니 어쩔 수 없었지 않느냐고 응수하겠지. 두 사람은 잠시 옥신각신하다 이내 화해하겠지. 사실 둘 사이에 그런 말다툼은 서로의 다름을 확인하는 관례에 가까웠다. 가령 안전밸브를 잠그는 일만 해도 생각의 차이가 있어 옥신각신하기 일쑤였다. 지금 상황을 놓고도 나중에 이야기하게 된다면 아무도 서로 자기 잘못이라고 인정하지 않겠지만 각자 속으로는 자기 말이 맞다 여기면서도 적당한 선에서 무마하려 하겠지. 지금으로서는 둘이 힘을 합쳐 이 사태에 적절히 대응해야 하고 상황이 어떻게 될지 조금 더 지켜봐야 한다. 매캐한 연기에 눈가가 붉어진다. 두 사람은 타닥타닥 점점 더 커져가는 모닥불의 소음을 들으며 몸을 말리는 중이다. 아래층에서 방치된 공간을 무자비하게 헤집고 지나가는 바람 소리가 들려온다. 그 바람 소리는 거센 바람결이 한 번씩 불어닥칠 때마다 더욱 새된 고음이 나도록 유도하며 통주저음*처럼 바닥에 깔린다. 간혹 가다 휴지부를 두기도 한다. 두 사람에게는 바람이 근력을 다듬느라 일제히 쉬어가는 순간처럼 여겨진다. 그러다가도 바람은 한번 다시 시작하면 이전보다 더욱 강력한 공세를 퍼붓는다. 여기저기서 함석판들이 둔중한 궤짝 따위가 쪼개지는 듯한 파열음을 낸다. 두 사람은 제각기 이 음산한 교향악에 압도된 것처럼 잠자코 있을 뿐이다. 여기까지 오느라 쌓인 여독도 여독이지만 그보다 이런저런 불안한 마음이 두 사람을 엄습한다. 결국 뤼도비크는 묵은 먼지가 풀썩거리는 모포를 편다. 두 사람은 협소한 잠자리 위에서 서로 꽉 엉겨 붙는다. 그러고는 이내 잠에 빠져든다.

* 17~18세기 유럽 음악에서 건반악기 연주자가 주어진 저음 외에 즉흥적으로 화음을 곁들여 반주 부분을 완성하는 일, 또는 그 저음 부분을 일컫는다.

뤼도비크가 눈을 뜨니 아직 밤이다. 바깥에서 나는 소리가 또 달라졌다. 그가 막연히 짐작하기로, 아무래도 풍향이 변한 것 같다. 바람이 불어오는 쪽은 이제 바다가 아니라 이 섬 안이다. 그 위력도 더 강해졌다. 저 멀리 계곡의 상류에서부터 둥둥거리는 굉음이 몰려오더니 기지 건물이 뒤흔들린다 싶을 정도로 무자비하게 공세를 퍼붓는다. 뤼도비크가 판단하기에 풍향이 바뀐 것은 좋은 징조다. 그것은 이 폭풍우의 끝이 얼마 남지 않았다는 뜻일 수 있다. 어둠 속에서, 서로 엉겨 붙어 있느라 미적지근해진 습기를 느끼며 뤼도비크는 한순간 아늑한 평온을 맛본다. 이 거대한 삭풍 속에서 여기 남아 있는 존재는 오로지 그들 두 사람뿐이다. 그들은 다른 인간들이 사는 세상에서 자그마치 수천 킬로미터나 떨어져 있는 지점에 있다. 여기에는 그들 두 사람 말고 아무도 없다. 두 사람은 안전한 곳에 피신해 있다. 그 덕에 바깥에서 몰아치는 폭풍우를 비웃을 수 있다. 몸에서 최소 단위의 세포들까지 살아 움직이는 게 느껴진다. 마치 자율적으로 활동하며 어떻게 해서든 이 낯선 상황에 적응하려 애쓰는 것처럼. 그의 등 밑으로 느껴지는 움푹 꺼진 매트리스의 굴곡, 가슴이 느리게 오르락내리락하는 루이즈의 호흡, 어디서 불어오는지 모르지만 스쳐 지나가며 그의 머리를 간질이는 바람결. 그녀를 깨우지 말고 그냥 자도록 놔두는 게 낫겠다. 내일 아침에는 아마도…….

새벽이 다가오기 전에 바깥에서 들리던 소음이 돌연 멈춘 것 같다. 두 사람은 비몽사몽간에 그렇다는 것을 알아차린다. 그러고는 이내 다시 잠든다. 이번에는 그야말로 마음을 놓고 푹 잔다.

햇살이 루이즈를 혼곤한 잠결에서 끌어낸다. 폭풍우가 일시적으로 가라앉기 전까지 그녀는 내내 악몽을 꾸었다. 파리 15구에 있는 그들의 아파트 유리창이 보였다. 아파트는 어떤 괴이한 기운에 에워싸여 있었다. 이어 그녀는 홍수에 휩쓸린 거리에서 뗏목을 타고 표류하기 시작했다. 물 색깔은 거무스름했다. 물속에서는 살려달라며 울부짖는 조난자들의 애원이 들끓었고 다른 집 창가를 향해 절박하게 흔들어대는 팔목도 보였다.

"뤼도비크, 아직 자? 이제 다 끝난 것 같아!"

두 사람은 이제 잠결에서 벗어나려는 듯 가볍게 고개를 돌려본다. 그래도 여전히 잠기운이 가시지 않는지 몽롱하다. 루이즈는 미간을 찌푸리며 잠자리에서 일어나더니 오래도록 어깨를 만지작거린다.

"다행히 심하게 다친 것 같지는 않아. 하지만 당분간은 네가 일을 더 많이 떠맡아야 할 거야."

"알겠어요, 공주님. 자 그럼, 호텔이 그다지 호화롭지 못하다 보니 아침은 15분쯤 후에 배 위에서 챙겨 먹도록 하는 게 어떨지요? 고귀한 여성분께서 그 정도의 수고만 감수해주신다면."

두 사람은 까르르 웃음을 터뜨린 다음 소지품을 챙겨 싸늘하게 식은 연기가 고여 있는 그 공간에서 빠져나간다.

바깥에는 햇살이 전날만큼이나 찬연하게 쏟아지고 있다.

"여기 참 대단한 섬이야. 그치?"

내포의 문턱에 다다른 순간, 두 사람은 동시에 충격에 휩싸인다. 어떤 우악스러운 손아귀가 자기들의 몸통을 움켜잡고 놓아주지 않는 느낌, 쓰라린 열기 같은 게 불덩이처럼 목구멍에서부터 거슬러 올라오는 느낌, 어떻게 해도 억제할 수 없는 전율이 두 사람을 송두리째 뒤흔들고 지나간다. 텅 빈 내포에는 아무것도 보이지 않는다.

"……우리 배…… 세상에, 이럴 수가…… 우리 배가 저기 없어……."

두 사람은 그렇게 넋두리하듯 웅얼거리며 자기들 앞에 닥친 현실을 믿지 못하겠다는 듯 두 눈만 끔뻑거린다. 이건 다 나쁜 꿈에 지나지 않을 거야. 밤에 스쳐 지나간 필름을 되감기만 하면 모든 게 제대로 돌아올 거야. 자기들은 이 나쁜 꿈속에서 빠져나와 제자리에 그대로 있는 제이슨 호를 찾아낸 후 농담이나 주고받으면서 모래톱으로 내려오면 그만이다. 그리고 반드시 그래야 한다. 하지만 현실은 엄혹하다. 배는 감쪽같이 사라졌다. 두 사람은 혹시 잔해라도 눈에 뜨이지 않을까, 하다못해 절벽 부근으로 떠내려갔을지도 모를 돛대의 조각이라도 찾아낼 수 있지 않을까 싶어 오랫동안 내포 일대를 샅샅이 뒤지고 다닌다. 없다, 아무것도. 아니, 보다 정확히 말해 내포 해안에는 평소처럼 갈매기들이 열심히 부리를 놀려가며 먹이 사냥에 바쁘다. 쏴 하고 밀려드는 파도 소리도 여전하다. 모든 게 정상이다. 두 사람이 타고 온 배, 여행하는 동안 주거와 이동을 책임져온 제이슨 호만 두 줄로 그어버린 듯 지워졌다. 이건 도저히 받아들일 수 없는 일이다. 이럴 수는 없는 노릇이다. 망연자실한 두 사람은 서로 상의할 기력조차 없을 지경이다. 그저 각자의 마음속에는 배가 사라진 현실을 앞으로 어떻게 감당해야 할지 모르겠다는 두려움만 번져가고 있을 뿐이다. 그렇다면 이제는 숙소도, 먹을 것도, 갈아입을 옷도, 섬을 떠날 방법도, 누군가와 통신할 수단도 모조리 없어진 셈이다. 격분하기에 앞서서 지금 이 상황에 대한 허탈감이 그들을 짓누른다. 뤼도비크는 지금까지 살아오면서 생활하는 데 기본적인 요소들, 가령 언젠가 집과 양식 같은 게 없어서 아쉬워질 수도 있으리라고는 전혀 상상해본 적조차 없었다. TV에서 아프리카나 아시아의 빈민들과 마주할 때면 '저 사람들은 없이 살아도 별로 불편한 줄 모를 거야, 저렇게 사는 데 익숙하겠지.' 하고 되뇌며 자신의 어두운 죄책감에 저항하곤 했다. 이따금 별 생각 없이 유니세프 같은 구호기관에 수표를 기부하는 게 다였다.

루이즈는 산악지대를 탐험하다가 노숙을 하는 경우가 자주 있었다. 이따금은 뜬눈으로 지샌 적도 있고 비를 맞기도 했다. 경리가 잘못 계산하는 바람에 보통 1인분으로 지급되는 식량을 사흘 동안 넷이서 나눠 먹는 일까지 겪었다. 그녀는 대자연 앞에서 나약해지는 자신을 되돌아보고 싶었다. 그래서 자신의 생활 터전에서 거리가 먼 야생의 세계에 뛰어들곤 했다. 하지만 그건 어디까지나 여흥거리에 지나지 않았다. 생존이 걸린 문제를 놓고 도박에 뛰어들 수는 없는 일이었다. 산을 탈 때마다 눈 밑의 다크서클과 약간의 위경련만 빼면 아무 탈 없이 계곡으로 다시 내려와서 개운하게 샤워하고 스테이크를 배불리 먹어치우곤 했다. 그러고는 이번 산행에서의 모험을 짜릿한 전율 속에서 되돌아보는 게 고작이었다. 이런 경험들은 결국 좋은 추억거리에 불과했다. 그녀는 대원들과 지난 산악에서의 체험을 나누며 웃고 즐겼다. 하지만 등반을 할 때는 예기치 않은 상황과 맞닥뜨려야 할지도 모른다는 최소한의 각오가 필요했다. 본능적으로 혹은 오랜 단련을 통하여 루이즈는 반드시 갖추지 않아도 될 여분의 필수품이 무엇인지, 어디에 막대한 위험이 도사리고 있는지 판별해낼 줄 알았다.

뛰어난 등반가가 되고자 주어진 여건에 맞춰 목표를 재설정하는 법, 등반대의 상태와 날씨, 그리고 자연조건 등을 고려하여 포기할지 강행할지를 결정하는 법도 터득했다. 그러다 보니 대원들이 무력감에 빠졌을 때 거기서 헤어날 수 있도록 대처하는 데도 능숙해졌다.

"구명정이 아직 제자리에 있다면야!"

뭔가가 눈에 뜨인다. 가서 확인해봐야 한다. 제이슨 호가 정박해 있던 지점은 맞은편 암석 지대의 곶으로 향하는 중간 길목이었다. 아마도 그 지점에 그대로 침몰하고 만 것 같았다.

"그래도 돛대가 멀쩡한지 봐야지!"

뤼도비크는 자기 방식대로 현실에 맞서려 한다. 평소 낙관적인 데다 아무 데나 달려들 듯 저돌적이기까지 한 그의 태도가 공허하게 보인다. 이제는 정말 속수무책이라는 자포자기가 밀려든다.

"돛대는 부러졌을 거야. 수심이 칠팔 미터밖에 안 되니까 먹을 거하고 연장처럼 필요한 것들은 건질 수 있을 거야. 비상용 방수 가방에는 위성 전화기도 있어. 그래도 하는 데까지는 해봐야지. 자, 서두르자!"

"아니, 부러진 건 닻이지 돛대가 아니야. 밤에 확실히 그 소리가 들렸어. 풍향이 북서향으로 바뀌더라고. 산에서부터 불

어오는데 풍속이 점점 더 빨라지는 것 같았어. 진짜 윌리워*
같은 돌개바람이었어. 책에서 본 대로야."

"책 얘기 따윈 집어치워."

루이즈는 눈물이 그렁그렁해져서 소리를 지른다.

"도대체 뭘 어쩌고 싶은 거니? 아까 그곳으로 돌아가는 거?"

그러고는 루이즈가 화급히 해안으로 달려가자 뤼도비크도 그 뒤를 따라온다. 두 사람의 머릿속에서는 같은 생각이 너울거리고 있다. 이 섬은 무인도다. 실은 사람들의 접근이 금지되어 있는 자연보호구역이다. 하지만 서로 공모해서 위법 행위를 한 셈이다.

"그러니까 아무도 이쪽으로 지나가지 않을 거야. 진짜 야생의 세계로 넘어오고만 거네. 여기서 우리가 며칠 동안 기항하려고 한 건 아무도 모를 텐데……."

그렇다. 아무도 모른다. 그들과 가까운 사람들은 두 사람이 남아프리카 여행을 떠난 줄로만 믿고 있다. 사람들은 결코 그들을 찾으러 여기까지 오지 않을 것이다. 두 사람이 난바다에서 실종되었다고만 여길 게 틀림없다. 뤼도비크의 눈가에 안토니에 있는 부모님이 스쳐 간다. 무슨 연락이라도 오지 않을까 전화기 근처에서 애만 태우실 텐데. 배를 되찾지 못하면 두

* 산이 많은 해안 지대로부터 부는 차가운 돌풍

사람에게 이 섬은 감옥일 뿐이다. 달리 자기들을 감시하는 사람도 없고, 망망대해에서도 수천 킬로미터 이상 떨어져 있는 감옥.

간밤에 몰아친 폭풍우에 모래와 해초 따위를 뒤집어쓰긴 했어도 다행히 구명정은 제자리에 있다. 그나마 작은 위안이 된다.

두 사람은 구명정을 정박해둘 만한 곳으로 한 시간에 걸쳐 옮겨놓는다. 잔잔한 수면이 산들바람에 다소곳이 찰랑인다. 물이 투명한 초록빛이라 바닥에 깔려 있는 자갈들과, 고래잡이 캠프에서 흘러나왔거나 어디선가 유실됐을 기계 부품 비슷한 고체 덩어리까지 보일 정도다. 그러니 배의 잔해나 표류물 같은 게 있다면 그들의 눈에 뜨이지 않을 리 없을 것이다.

의기소침해진 두 사람은 해안으로 돌아온다.

"쇠사슬을 단단히 묶어두지 않았나 봐."

루이즈가 부루퉁한 어투로 그렇게 쏘아붙인다.

"아니야. 세 번이나 칭칭 돌려서 감아두었는데? 늘 하던 대로."

"그런데도 우린 지금 늘 하던 대로가 아니라는 게 확실하잖니!"

"그래도 솔탕 씨가 만든 닻은 최고야. 아무 데나 설치해도 엄청 튼튼하거든. 비싸게 구입한 만큼 그 값어치를 하는 것 같아."

"그래? 솔탕 씨한테 무지 감사하네. 우리를 찾으러 올 사람도 아마 그 양반이겠지? 쇠사슬을 두 번 이상 감았어야 했는데 그러지 않은 게 빤해. 게다가 어제 빨리 돌아가야 한다고 내가 분명히 말했지? 아이고, 아니다. 고귀한 신사분께서 더 즐기고 싶다며 고집을 피우시는데 낸들 어쩌겠어. 덕분에 다 잘됐지 뭐. 그냥 비만 좀 맞고 말 일을 이렇게……."

냉랭한 분노로 가득한 루이즈의 목소리는 어느새 질려 있다. 그녀는 뤼도비크를 등지고 서서 한동안 모래만 물끄러미 내려다보며 신경질적으로 자기 어깨를 주무른다. 루이즈는 지금 뤼도비크가 어떤 모습일지 잘 안다. 무기력하게 한풀 꺾인 열혈 청년의 거구, 축 늘어진 두 팔, 장난감이 망가져 실망한 아이 같은 파란 눈……. 루이즈는 이 사내의 밝고 낙천적인 면을 사랑했는데…… 금세라도 눈물이 흘러내릴 것만 같다. 하지만 지금은 그럴 때가 아니다.

뤼도비크는 그녀의 독설에 대꾸할 염치가 없다. 전날 두 사람이 대피해 있었을 때부터 그는 뒤늦은 후회로 입이 썼다. 그렇다고는 해도 그녀가 그토록 꼬집어 말하는 것을 들으니 마음이 아팠다. 루이즈의 마음을 풀어주기 위해서라도 해결책을 찾아야 하는 것은 온전히 그의 몫이다. 기필코 해결책을 찾아내야 한다.

"구명정으로 내포 일대를 돌아보는 것은 어떨까. 배가 절벽 기슭을 따라 휩쓸려가다 침몰한 것 같으니까."

"꿈 좀 깨. 그렇다 쳐도 거기서 뭘 어떻게 할 건데? 도대체 어떻게 해야 배를 수면 위로 띄울 수 있을지도 모르는데."

"정 안 되면 물속으로 들어가서 물건들을 건져올 수도……."

뤼도비크는 말끝을 흐린다. 루이즈는 숨죽여 운다. 그는 그녀의 어깨를 감싸 안는다. 어쩌다 상황이 이 지경으로 굴러떨어졌을까? 그저 여정을 조금 더 늘려보려던 게 지금 같은 형벌로 돌아오다니 이건 너무 가혹하다. 뤼도비크의 나이는 서른넷이다. 그동안 죽음을 떠올려본 적도 없다. 두 명의 친구가 저세상으로 가긴 했다. 하나는 오토바이 사고로, 다른 하나는 급작스러운 췌장암으로. 두 친구의 죽음을 보며 뤼도비크는 충격에 빠졌다. 하지만 그 계기로 이번 요트 여행에 나서야만 하는 명분을 마련했다. 이 생을 즐겨보자! 뭔가에 발목 잡히기 전에 철저히 삶을 즐겨야 한다! 그래서 두 사람은 이 장엄한 풍광 속에 와 있다. 남반구 여름의 부드러운 날씨에 발목 잡힌 셈이다. 가증스럽게도 방울져 떨어지는 물기는 햇빛을 머금어 아무 데나 널려 있는 다이아몬드처럼 반짝거린다. 배경처럼 펼쳐져 있는 벌판에서는 모락모락 새하얀 수증기가 피어오른다. 강치와 바다코끼리 떼는 께느른하게 하품을 하며 편히 까라져 있다. 뤼도비크는 자기 주위를 돌아본다. 새삼 이곳에는 아무것도 없다는 생각이 든다. 날아다니는 새도 없고 파동도 없다. 풀 한 포기 보이지 않는다. 두 사람이 여기서 죽어 없어진다 해도 달라질 게 전혀 없다. 이내 불어닥칠 바람에 누군가 여기 머문 적이 있었다는 작은 흔적조차 쓸려나가고 말 테니까.

뤼도비크는 이른바 Y세대라고 불리는 또래에 속한다. 중견 간부급 부모 밑에서 태어난 외아들로 파리 근교의 빌라에서 살았다. 자라는 동안 무엇 하나 딱히 아쉬울 게 없었다. 알프 듀에즈에서 스키를 탔고 발레아르에서는 요트 경주를 즐겼으며 양친의 귀가가 늦어질 때면 금발의 적수를 제거하면 점수가 올라가는 비디오 게임에도 열중했다. 그도 금발이다. 아주 짧게 잘라 매일 아침 젤로 착 붙이고 다니는 헤어스타일 때문에 190센티미터나 되는 그의 키가 더 커 보인다. 뤼도비크의 파란 눈망울과 턱 밑에 패인 보조개는 중학교에서도, 고등학교에서도 많은 여학생들의 마음을 헤집어놓았다. 여자의 환심을 사는 게 너무 쉽다 보니 그는 점점 더 무절제해졌다. 담임교사는 뤼도비크의 향락적인 기질을 걱정했다.

"자기 가능성을 허비하지 말 것."

학교 성적표에는 늘 이런 지적이 반복되었다. 강의실에 앉아 공부하기보다 떠들썩한 술자리에 끼어 맥주를 마시거나 대마를 피우는 일이 더 잦긴 했어도 그럭저럭 상업 전공의 학부 과정을 마쳤다.

부친의 연줄 덕에 '포이드 앤드 파트너스'라고 그 회사명에서 풍기는 인상과는 달리 더할 나위 없이 프랑스적인 이벤트 전문 업체의 고객담당부서에 취업했다. 그런데 다소 경박하면서도 천성적으로 사람을 끄는 그의 인성과 업무가 잘 맞았는지 뤼도비크는 일에서 천부적인 소질을 발휘하며 맹활약했다. 뤼도비크와 함께 있으면 사람들은 즐거워했다. 사는 게 단순하고 재미나고 열정적인 것으로 뒤바뀌었다. 뤼도비크가 반쯤 찬 술잔만 바라보고 있어도 그의 이런 모습은 사람들에게 삶의 활기와 즐거움으로 전해지는 모양이었다. 이건 그가 딱히 의도한 바도 아니다. 이런 적성은 겉멋도 아니고 꾸며낸 제스처도 아니다. 지금까지 자라오면서 부모에게 양육 잘 받고 행복하게 지내다 보니 그런 내력에서 생겨난 결과일 뿐이다. 뤼도비크는 살아오는 동안 단 한 번도 어쩐지 쓸쓸하거나 울적한 기분으로 아침에 깨어난 기억이 없다. 점점 자신의 타고난 천분에 자신감이 생기기 시작한 것은 사실이었다. 그렇다고 이 일에서 뭔가 대단한 것을 얻어내지는 못했다. 자기가 누리는 즐거움의 여분을 다른 사람들과 나누려 드는 것은 그저 그의 천성일 뿐이다. 다른 사람들과 함께하는 그 나름의 방식일 뿐이다. 그러니 사람들 사이에서 그가 정말 친절한 사람이라는 말이 나오는 것일 테고.

루이즈, 그녀의 첫인상이라고 하면 다소 옛날 사람 같다는 느낌이다. 자칫 시대에 뒤처져 있다거나 겉늙은 것으로 여겨질 수도 있다. 야리야리한 체형과 길쭉한 두상, 가녀리면서도 어딘가 억눌린 듯한 미소는 상대방에게 겨우 나쁜 인상만 주지 않을 정도다. 그녀는 그르노블의 장사꾼 집안에서 막내딸로 태어났다. 집안 형편이 그다지 어렵지 않았지만 부모는 악착같이 돈을 버는 데 매달렸다. 정말 뭐가 아쉬운지 주의를 기울이기 전까지는 그녀도 물질적으로 그다지 아쉬울 게 없이 자란 편이었다. 오빠 둘은 연장자랍시고 툭하면 권위적으로 굴기 일쑤였다. 루이즈는 늘 '꼬맹이'라고 무시당하며 이런 가족 질서의 틈바구니 속에 끼어 살아야 했다. 그러다 보니 자라면서 한 번도 자기의 생각과 꿈, 진학 문제 또는 개인적인 진로 따위를 놓고 가족들과 상의한 적이 없었다. 그녀의 외모는 그다지 남의 눈길을 끌 만한 편이 아니다. 그녀 스스로도 자신의 외모에 대해 하찮게 여긴다. 키 1미터 55센티에 갈색 머리를 하고 뼈만 앙상한 체구. 특히 더 이상 부풀어 오르지 않는 앞가슴은 그녀의 오랜 고민거리였다. 루이즈는 어렸을 때나 학창시절에 별다른 주목을 받지 못하고 평범하게 보냈다. 대신 이런 평범함을 보상받기라도 하겠다는 듯 열심히 능동적으로 생활했다. 사람들이 하는 말로 그녀는 딱히 더할 얘깃거리가 없는 친구였다. 참으로 딱한 평가라고 할밖에. 중·고등학교를 졸업한 후에는 리옹에서 법학을 전공했고 국가 공무원 시험을 거쳐 파리 15구 세무서로 발령받았다. 그러는 동안 그녀를 괴롭힌 것은 자기가 다른 사람들에게 투명인간 같은 취급을 받는다는 점이었다. 어렸을 때는 책 읽기에 몰입했다. 쥘 베른과 에밀 졸라의 작품들을 비롯해서 도서관에서 손에 잡히는 책들은 닥치는 대로 읽어치웠다. 그때부터 루이즈는 숨 가쁘고 가슴 벅찬 모험으로 가득한 삶이 어떨지 공상하는 일로 자주 시간을 보내곤 했다. 궁극적으로는 깊은 밀림이나 엘도라도 같은 신세계에 가보고 싶었다. 황당무계한 시나리오에 따라 이런저런 공상들을 전개해보기도 했다. 물론 주인공은 자신이었다. 매일같이 극중의 상황을 되새김질하면서 자기가 꾸며낸 장면과 주인공의 대사를 공들여 다듬었다. 그녀는 탐험가가 되기도 했고 자유로운 여전사가 되는가 하면 탁월한 운동선수나 음악가가 되기도 했다. 때로는 바닷가의 절벽이나 사막 한가운데에 있는 레지스탕스의 지하 감방에서 모습을 나타내기도 했다. 이렇게 공상 속에서 현실과 다른 모습으로 살아보는 일은 자괴감을 누그러뜨렸다. 또한 언젠가 자기가 사람들의 이목을 독차지할 수 있으리라는 자신감까지 불어넣었다. 그녀가 침대에 누워 눈을 감으면 그 순간부터 자기만 아는 이야기가 펼쳐졌다. 학교에 있는 동안에는 잠시 접어둬야 했지만 저녁에 집으로 돌아오면 펼치다 만 이야기의 매듭을 다시 이어 붙이곤 했다. 그럴 때마다 그녀는 희열에 사로잡혔다. 사춘기로 접어들면서부터는 공상 이외에 또 다른 관심거리를 찾아냈다. 그게 바로 산악 등반이었다. 그녀의 관심이 산악 등반에 쏠리기 시작한 것은 여름방학 때 우연히 야영을 하고 나서였다. 이런 활동이야말로 지금 자기에게 부족한 뭔가를 충족시켜줄 수 있는 일일지도 모른다는 생각이 들었다. 우선 신체적인 활력. 그녀는 이전까지 그런데 관심을 기울여본 적이 없었다. 그다음으로는 강인한 인내와 용기. 그것은 그녀가 꿈에서나 실현해본 정신이었다. 또한 여러 등반 대원이 모여 이루는 공동체의 결속. 매사에 적응력이 뛰어나고 명민한 루이즈는 무사히 학업을 마쳤다. 산악 가이드가 되어야겠다는 생각이 문득 스쳤다. 하지만 그녀는 가족들의 반대를 무릅쓰면서까지 그 일에 뛰어들 만큼 대담하지 못했다.

"그런 일은 여자가 하는 게 아니야. 나중에 결혼해서 아이라도 생기면 그땐 어쩌려고 그래?"

결국은 취미 생활로만 남겨둬야 했다. 성인이 되어 독립해서 파리에 번듯한 직장까지 얻었지만 그녀는 매주 운동화나 피켈 그리고 아이젠을 챙겨 리옹 역으로 향하는 데 그칠 수밖에 없었다.

테제베 고속전철, 16호 객차 46번과 47번 좌석. 뤼도비크는 나중에 만나게 될 친구들과 겨울 스포츠를 즐기러 떠나는 길이다. 하지만 45분 동안이나 아이폰만 만지작거리고 있으니 여행길이 슬슬 지루해지기 시작한다. 루이즈는 등반하게 될 산악 지형의 안내서를 유심히 보고 있다. 뤼도비크가 언뜻 살피니 옆 좌석의 여자는 대충 자기 나이와 비슷해 보인다.

"산을 타시나 봐요?"

흥미진진한 책자에 빠져 있는데 함부로 말을 걸어 방해하다니, 루이즈는 처음에 대충 입술 끝으로만 대답한다. 하지만 이내 상대방이 머쓱해지지 않도록 밝은 미소를 지어 보인다.

루이즈는 동료들과 자기 관심사에 대해 대화를 이어가려고 노력해본 적이 많다. 하지만 동료들은 그녀가 입을 열 때마다 이내 따분해했다. 등반 코스와 산세에 대한 묘사, 기술적인 전문용어 등이 뒤섞인 이야기로는 그들의 관심을 끌 수 없었다. 그녀는 다시 자기만의 몽상 속으로 도피하는 수밖에 없었다. 몽상의 모든 귀퉁이마다 다양한 사람들이 살고 있는 이 등반의 세계는 이제 그녀만의 요새가 되기에 이르렀다. 루이즈는 등반 여행에 나설 수 있는 토요일과 일요일만 바라보며 정중하지만 무심한 태도로 남은 한 주를 버텼다. 몽블랑 드뤼의 절경이 담긴 포스터를 사무실에 붙여놓고 멀거니 올려다보는 일은 그녀만의 비밀스런 낙이다. 그것은 다른 사람들이 도저히 이해할 수 없는 그녀만의 세계다.

이렇게 서글서글해 보이는 청년과 함께라면 열차가 목적지에 도착한 뒤에 어떤 인연이 여담처럼 이어진다 해도 그녀로서는 아무려나 상관없다. 아직 모르는 사람이지만 자기 말에 끄덕여주는 몇 번의 고갯짓에 어쩐지 호감이 간다. 이로써 그동안 견디고 살아온 소외가 보상되는 것 같기까지 하다. 어떤 기대감으로 마음이 달뜬다. 루이즈는 뤼도비크에게 산 중턱의 대피소에서 나올 때 새벽녘의 파란 장미와 마주친 일, 손끝으로 여러 종류의 암반 성분을 구별해낸 일 등에 관해 늘어놓는다. 포탈렛지*에만 매달려 암벽에서 보낸 밤, 지푸라기처럼 바람에 가볍게 휘감기는 해먹 텐트, 구름 뒤로 협곡의 햇살이 사그라질 때면 유난히 땅과 하늘이 맞닿아 보이면서 영원에 가까워지는 것처럼 느껴진다는 이야기도. 루이즈는 뤼도비크가 산길의 아름다움에 대해 이해하기 쉽도록 최대한 간결

* 암벽 등반에서 암벽 허공에 매달려서 잠을 잘 수 있는 간이침대

하고 명료하게 설명하고자 노력한다. 그 순백의 절경에 눈앞이 아찔해질 뿐이라는 표현까지 곁들여가며. 그러고는 또 얼어붙은 지각이 발밑에서 갈라지는 소리와 등반 로프가 허공을 가르며 저편으로 날아갈 때 나는 휘파람 소리에 대해서도 들려준다. 그는 그녀의 말에 잠자코 귀 기울인다. 이 아가씨의 내면에 저런 불꽃이 타오르고 있다니, 흥미롭다. 게다가 그녀의 예쁜 눈은 영롱한 에메랄드빛이다. 그녀가 내면의 불꽃을 피워 올릴 때마다 그 눈은 사금파리처럼 반짝반짝 빛난다. 샤모닉스의 환승역 출구부터는 각자의 행선지로 갈라져야 한다. 뤼도비크는 그녀에게 친구들과의 모임에 초대하고 싶다고 전한다. 예의상 말하는 것처럼, 그러나 그 안에 또 다른 속내도 살짝 담아.

"그쪽 친구들하고 같이 와도 좋아요. 조만간 저녁에 한번 보기로 해요. 우리는 스키를 타고 나서 데라파주에 가 있을 거예요."

이틀 뒤 루이즈는 등반 동료 필, 브누아와 샘에게 그만 하산해서 한잔 하러 가는 게 어떠냐고 묻는다. 뜻하지 않은 그녀의 제의에 동료들은 의아해한다. 평소에는 그들이 그녀를 술자리에 억지로 끌고 가는 편이다. 뤼도비크의 친구들과 루이즈의 동료들은 이내 친밀해진다. 뤼도비크는 루이즈의 동료 셋이 그녀를 우두머리처럼 떠받드는 데 놀란다.

"역시 루이즈는 최고죠. 한마디로 일당백이에요. 심지어 크레바스*를 탐지하는 동안 기본 장비도 안 쓰더라니까요."

"암벽에 천둥번개가 내리치는데 끄떡도 안 하더라고요. 놀라지도 않나 봐요."

"이 작은 체구에서 어떻게 그런 에너지가 나오는지 모르겠어요."

뤼도비크는 테이블 맞은편 끝자리에 앉아 있는 그녀를 슬금슬금 곁눈질한다. 루이즈는 이번 등반도 무사히 마치고 하산해서 홀가분하다는 표정을 짓고 있다. 깨진 손톱으로 빙벽 표면을 가까스로 움켜잡는 시늉까지 해가며 당시 상황을 되살리는 동안에는 귀여운 미소도 지어 보인다. 정말이지 루이즈는 우리 주변에서 흔히 볼 수 있는 그런 여자가 아니다!

파리로 돌아온 직후 마음이 달아오른 뤼도비크는 그녀를 전화로 불러내서 언제 한번 동료들과 함께 그다지 험하지 않은 코스를 골라 그녀의 등반에 동참하고 싶다며 그렇게 되면 그때 자기 멘토가 되어달라고 부탁한다. 이렇게 기쁠 수가. 물론 그녀도 이미 뤼도비크에게 마음이 끌리고 있으니까. 루이즈는 이만큼 잘생기고 준수한 킹카에게 관심을 받아본 적이 지금까지 단 한 번도 없었다. 그녀의 이성 경험은 기껏해야 사

* 빙하가 갈라져서 생긴 좁고 깊은 틈

춘기 시절 스쳐 지나간 풋사랑밖에 없다. 그 시절 상대에게 차마 싫다고 말할 수 없어서 경험하게 된 몇 날 밤이 다였다. 어쨌든 모든 사람이 다 겪는 일을 자기라고 피해서는 안 되니까. 정작 사랑 놀이에서는 별다른 즐거움이 느껴지지 않았다. 그러다 보니 이런 문제는 인생에서 그다지 대수로운 일이 아니라고 여기기로 마음먹는다. 혼자 사는 것은 자기가 앞으로 겪을지도 모를 낭패에서 미리 벗어날 수 있는 또 하나의 방법이다. 하지만 루이즈는 꿋꿋한 만족감과 비밀스럽게 다른 이성에게 끌리는 허전함을 동시에 느낀다. 그래서 뒤섞인 행로를 조화시키고자 고심한다. 한쪽 길은 사교 파티에 처음 초대된 아가씨처럼 이성교제의 문을 슬며시 열어두겠다는 것. 그리고 나머지 한쪽 길은 자기의 등반 동료 셋과 우정 어린 미소나 주고받으면서 허전한 마음을 추스르겠다는 것.

아무튼 이제 됐다! 이제 그녀도 암벽 타기 하는 마돈나가 되어 누군가와 사랑을 시작하게 된 것이다!

여섯 달이 지나자 두 사람은 동거하기에 이른다. 바캉스에서 우연히 시작된 인연처럼 그들의 만남은 서로의 몸과 마음이 활활 불타오르는 관계로 빠르게 여물어간다. 뤼도비크 덕분에 그녀는 자주 웃는다. 루이즈는 그에게 풍부한 감흥을 나눠준다. 그녀에게는 오묘한 기가 있다. 평소에는 차분하고 신중해서 수줍어하는 것처럼 보이기까지 하지만 암벽을 타거나 그들이 침대 위에서 사랑을 할 때면 확 달라진다. 그녀는 그의 손길이 닿으면 금세라도 숨이 넘어갈 듯한 교성을 거리낌 없이 내지르곤 한다. 마치 잔잔히 고여 있지만 언제라도 폭포수처럼 급류로 변해 쏟아져 내릴 듯한 물처럼.

이렇게 잘생긴 청년이 자기에게 관심이 있다는 것을 경이로운 깜짝 선물처럼 받아들이는 단계를 넘어 루이즈도 그를 진정으로 사랑하게 된다. 그는 유쾌하고 천진난만하다. 그녀가 '꼬맹이'였을 때도 그 정도까지는 아니었다. 이따금 뤼도비크에게서 늦된 사춘기 소년의 응석 같은 게 엿보이기도 한다. 하지만 찬찬히 따져보면 그가 옳다. 루이즈는 자기 머리를 뤼도비크의 품에 파묻는다. 그는 사랑의 밀어와 다양한 계획들로 서로의 마음을 고조시킨다. 뤼도비크의 존재는 그녀에게 빛을 던져준 것이나 마찬가지다.

여기서 떠나자는 말을 먼저 꺼낸 쪽도 당연히 뤼도비크다. 그동안은 그럴 기회가 없었다. 혹은 그런데 집중할 여력이 나지 않았다. 그런데 그가 연이어 두 가지 업무상 실수를 저지르는 일이 발생했다. 어떤 행사에 참가한 사람들이 이벤트 업체 측에서 제공한 음식을 잘못 먹고 탈이 나서 계약을 취소한 것. 도저히 묵과할 수 없는 일이 벌어진 셈이다. 게다가 보상 행사 기간 동안 게스트를 잘못 섭외하는 바람에 주요 고객들이 줄줄이 넌더리를 내며 빠져나가는 일이 뒤따랐다. 회사에서는 그런 사실을 지적하며 뤼도비크를 매섭게 몰아세웠다. 그러다 보니 이 직장에 정나미가 떨어지게 되었다. 그런데도 그는 타고난 넉살로 페인트 총 서바이벌이나 섬 주말여행 같은 행사를 기획했다. 그러면서 회사의 조기 합병에 따른 손실을 최소화하자면 어찌하는 게 좋을지 다른 직원들과 함께 진지하게 궁리하는 척했다. 뤼도비크는 실제로 식전주가 시간 맞춰 나오도록 하고자, 훌륭한 그림이 행사장 안쪽을 근사하게 장식할 수 있도록 하고자, 저녁 파티가 끝나갈 무렵 산뜻한 음악이 제때 흘러나올 수 있도록 하고자 부심했다. 하지만 이렇게만 살다 끝날 수는 없는 노릇이다!

어느 날 저녁 봄바람에 꽃가루가 많이 흩날린 탓에 평소 몰고 다니는 스쿠터 대신 전철을 타고 퇴근한 적이 있다. 그때 문득 뤼도비크는 자기 안에서 심한 분노가 솟구치는 것을 느낀다. 그저 아무 생각도 없이 멍해 보이기만 하는 객차 내 승객들을 향한 분노. 승객들은 제각기 객차의 진동에 따라 흐느적거리며 귀에 이어폰을 꽂은 채 공허한 시선으로 앞만 바라보고 있다. 차창에 물방울로 맺히기 전 비를 맞고 축축이 젖은 옷에서 새어 나와 가물가물 피어오르는 김을 보자 별안간 작렬하는 분노. 무관심과 외로움, 판에 박힌 일상의 반복을 향하여 터져 나오려는 분노. 뤼도비크는 사람들의 회색 또는 갈색 외투와 밑으로 처져 있는 입꼬리와 기계적으로 스테인리스 손잡이를 움켜잡고 있는 손을 유심히 살핀다. 그러고는 외부의 관찰자라 할지라도 전혀 다를 바 없이 객차 안의 군중들 사이에 뒤섞여 있을 수밖에 없다는 점에 뜨악해한다. 물론 이런 관찰을 계속할 수도 있다. 언젠가는 이 군중들의 틈바구니에서 빠져나와 모비항의 협만 부근에 근사한 저택을 한 채 장만하고 앤틸리스로 바캉스를 떠나기도 하고 좋은 술이 어우러진 저녁 파티를 즐기게 될 수도 있다. 틀림없이 한두 아이의 아버지가 되고 직장 내에서 높은 직위까지 승진할 수도 있다. 하지만 마지막 기약조차도 그에게 별다른 위안을 주지 못한다. 시간 날 때 놀러 간 산이나 바닷가에서 그는 오히려 희미하게나마 참된 삶의 조짐을 엿보곤 했다. 자신이 상당한 집중력을 발휘한 단 몇 분의 순간을 지금도 잊을 수가 없다. 손끝이 극히 작은 콘센트에 접속된 듯 부르르 떨리며 물살을 가르는 뱃고물의 모서리까지 그 진동이 전해진 것을 분명히 체감했으니까. 그것은 이른바 '자기초월' 같은 게 아니라, 용어가 좀 웃기긴 하지만, 찰나의 우주가 온몸으로 비집고 들어온 것을 자각한 체험일 수 있다. 서른셋의 나이에 이르러 문득 자기 삶을 돌아보니 기억에 선연히 남아 있는 것은 약간의 육감적인 황홀경과 이 순간밖에 없다니. 이제는 행동에 나서야 한다. 되도록 빨리. 행동에 나서든가 아니면 죽어 없어지든가.

뤼도비크는 꼬박 여섯 달이나 들여 루이즈를 설득한다. 사실 그녀는 지금 모든 게 만족스럽다. 하루 일과 동안에는 성실히 세무서의 복잡다단한 법리 검토에 기력을 다 쏟는다. 저녁이 되면 뤼도비크와 열렬히 사랑을 나눈다. 그녀는 레스토랑과 영화관, 연인을 동반한 친구들 사이의 저녁 모임, 심지어 난장판 같은 파티에도 기꺼이 드나드는 쪽으로 취향이 변했다. 주말이 오면 뤼도비크는 즐겨 산에 올랐고 루이즈는 뤼도비크의 부친이 가지고 있는 요트의 돛폭을 바라보면서 즐거워한다. 서두르지 말고 언젠가 그녀의 배가 불러오기를 차분히 기다려야 하지 않을까.

하지만 그녀는 결국 자기가 물러서게 되리라고 느낀다. 그는 시무룩한 표정으로 끊임없이 그녀와 협상하려 든다. 그러더니 나중에는 주변 친구들에게 자기들이 곧 떠나게 되리라는 말을 전략적으로 퍼뜨리기까지 해서 루이즈를 곤혹스럽게 한다. 언젠가부터 친구들이 놀리는 어투로 "어이, 그 거창한 계획은 어떻게 돼가니? 조만간 출발하는 거 맞지?"라고 묻지 않는 저녁 모임이 없을 정도다.

그녀가 결국 뤼도비크의 뜻에 따르기로 한 것은 그를 잃을까 두려워서다. 하긴 자기들한테 무슨 위험이 닥칠 수 있을까? 한번쯤 즐기며 살기 위해 큰마음 먹고 발을 내딛는 산책길일 뿐인데. 그러고는 바로 되돌아오면 그만 아닌가. 자기들이 젊고 건강한 동안, 아이가 없는 동안 떠나야지 안 그러면 영영 시도해볼 수조차 없을 거다. 사람이 언제까지나 빡빡하게 일에 치여 살 수만은 없는 노릇이다. 최소한 한 번 정도는 강렬하게 이 삶을 즐겨야 한다. 이 마지막 설득이 그녀를 움직이고 만다. 그 말은 어린 시절 그녀가 꿈꾸던 모험담에 맞닿아 있으니까. 암벽을 오를 때 그녀가 가장 먼저 추구하는 것도 현재의 감각을 벗어던지게 하는 강렬함이다. 뤼도비크는 자기에게 이미 연인으로서의 온기와 즐거움을 충분히 가져다주었다. 그가 루이즈에게 오지 않았다면 아마도 그녀는 고독 속에 유폐되어 살다 그렇게 시들어갔을지도 모른다. 그녀는 산을 타다 험로와 마주치면 더럭 겁이 나면서 몇 분 더 걸리더라도 안전한 쪽으로 돌아서 가려고 하는 게 인지상정임을 잘 알고 있다. 머리에 헬멧을 쓰고 손에는 피켈을 든 자기 모습을 떠올리며 그때 어떻게 했는지를 떠올려보는 일이 잦아졌다. 숙련된 등반 테크닉에 정신을 집중하는 것만으로도 충분하다. 그러면 로프 끝에 매달려서도 난관에 굴하지 않았다는 환희를 누릴 수 있다. 그녀는 점점 더 자주 잠을 설치게 되었다. 그러던 어느 날 밤 모든 문제가 너무나도 간단하게 보였다. 만일 뤼도비크의 제안을 받아들이지 않는다면, 반복되는 일과가 더 중요하다며 몸을 사린다면, 평생토록 자책하게 될지도 모른다고. 그 순간 그녀는 그를 잠에서 깨워 제안을 받아들이겠노라고 말한다. 이로써 퇴로가 완전히 끊긴 셈이다.

두 사람은 잰걸음으로 교섭을 이어간다. 그녀가 얻어낸 것은 그들이 안식년만 활용해서 여행을 하고 돌아오기로 한 점이다. 물론 앞으로 두고 봐야 할 대목이겠지만. 뤼도비크가 루이즈에게 꺼내놓은 수십 가지 여행 계획들 가운데 우선 말에 올라 안데스 고원을 횡단하는 일과 뉴질랜드 자전거 일주 또는 파키스탄에서의 등정 등은 접기로 한다.

가장 마음에 드는 것은 배로 대서양을 한 바퀴 도는 일이다. 합리적인 루트는 일단 앤틸리스 제도로 가서 본격적인 여행에 들어가기에 앞서 사전 준비와 점검을 좀 하고 최고의 등반이 보장되는 파타고니아로 내려갔다가 남대서양을 횡단해서 남아프리카로 넘어가는 것이다. 그러고는 케이프타운에 도착하면 이제 어떻게 할지 숙고해봐야 할 것이다. 배를 수송기에 싣고 담담하게 이제 그만 돌아갈 수도 있다. 하지만 인도양으로 가서 어쩌면 세계 일주에 나설 수도 있다. 두 사람은 연달아, 어쩔 때는 황급히 결단을 내려야 하는 순간과 마주하게 된다. 뤼도비크는 그녀가 일부러 나쁜 날씨에 적응하고자 겨울철 항해를 원하는 것 같다며 빈정거린다. 루이즈는 뤼도비크가 조난 대비용 무선 표지를 준비하는 게 돈 낭비라고 우기자 너무 무책임한 거 아니냐며 면박을 준다. 두 사람은 이런 저런 문제로 자꾸 옥신각신한다. 문제는 이런 여행을 두고 두 사람이 저마다 꿈꿔온 게 닿을 수 없는 별처럼 서로 달랐다는 데 있다. 그 차이가 불거질 때마다 두 사람은 감정이 격해져 충돌한다. 각자는 자기가 꿈꿔온 대로 이 여행을 이끌어가고 싶은 욕망에 사로잡혀 있다. 1년 동안 두 사람은 항해 관련 커뮤니티와 여행 알선업자가 주관하는 '남반구 바다의 주간 동향' 같은 인터넷 사이트에 들락거린다. 또한 파타고니아에서 전세 비행기를 조종한 바 있는 퇴역 군인 에르베와 친분을 맺는다. 그는 나중에 두 사람이 그쪽으로 여행하기 좋은 배를 찾아내는 일도 도와준다. 첫눈에 두 사람은 요트 한 척을 골라낸다. 어딘가 엉성하고 밑동이 투실하며 방데 지방 조선소에서 출고되었다는 게 명시되어 있는 후미도 어쩐지 칙칙해 보였지만 '제이슨'이라는 그 배의 이름이 두 사람을 유혹했다. 신화에 다다를 만한 모험을 거쳐 그들만의 황금 양털을 쟁취하는 것, 그게 바로 두 사람의 목표다! 이 배의 이름은 숙명을 암시하는 눈짓이다. 에르베를 저녁 식사에 초대해서 항해도를 철저히 분석하고 가장 좋은 정박지가 어딘지 살펴보고 윌리워에 대한 대비책을 검토한다. 바람, 추위, 거친 바다, 빙산 등에 대해서도 의논한다. 루이즈의 주변 동료들에게서는 우수아이아 부근의 등반 경로에 관한 지형 안내도와 그 밖의 정보를 얻어낸다. 하지만 두 사람은 나중에 그쪽으로 가볼 여유를 내지는 못하게 된다.

어느 날 아침, 감미로운 설렘 속에서 두 사람은 결국 구름으로 뒤덮인 셰르부르 항구를 뒤로하고 그들에게 예정되어 있는 여행길에 오른다. 옳은 결정일 것이다. 이로써 두 사람을 한데 묶은 인연의 사슬은 더할 나위 없이 단단해질 수밖에 없을 것이다. 이따금 그에게는 너무 옥죄는 것 같을 수도 있고 이따금 그녀에게는 너무 느슨하고 헐겁게 여겨질 수도 있겠지만 여하튼 두 사람은 서로를 보듬어가며 살아갈 수밖에 없다. 그들의 삶은 암소의 배처럼 풍만해진다. 몇 주가 지나는 동안 두 사람은 정박지에서 한가롭게 빈둥거리기도 하고 산봉우리에 올라 환성을 지르기도 하고 손수 처리해야 할 일거리들과 씨름하며 보내기도 한다. 매일 아침마다 새로운 모험과 만난다. 매일 낮이 다 다르다. 매일 저녁에 그들은 하루 동안 쌓인 발견의 성과와 마음껏 누리는 자유를 기분 좋은 포만감 속에서 되돌아본다. 이 여행은 단지 장기간의 유람에만 그치는 게 아니다. 두 사람은 이 여행에서 환희가 열광으로 뒤바뀌어가는 것을 보고 있다. 카나리아, 앤틸리스, 브라질, 아르헨티나 등 여행을 이어갈수록 세계는 그들에게 더욱, 근사하고 다층적이고 괴이한가 하면 감동적이고 기쁨이 넘치는 놀이터처럼 다가온다. 리스본의 한 골목에서 윤기 바랜 아줄레주*에 넋을 놓기도 하고 카나리아 제도 테이데 봉의 해발

* 포르투갈의 독특한 타일 장식

3,700미터 고지에 올랐다가 갑자기 쏟아지는 비를 맞기도 한다. 대서양을 건너는 길에는 만새기 같은 바닷물고기들을 잡아 배를 채우기도 한다. 앤틸리스 제도에 도착해서는 실망스런 과달루페의 해양 리조트를 피해 몬트세랫의 마법에 빠져볼지 아니면 끝없이 펼쳐진 바부다 섬의 해안에서 단둘이 한 주 동안 로빈슨 크루소 흉내를 내볼지 망설인다. 브라질의 올린다 원주민들과 알몸으로 어우러져 노래 부르고 춤추다 숨이 넘어갈 듯 헐떡거리기도 한다. 땀과 카샤사가 넘쳐나는 광란의 나흘을 보낸 후 카니발에서 그만 헤어나야 할 시간이 닥칠 무렵에는 아쉬워서 눈물도 흘린다. 부에노스아이레스에서는 휴대전화를 도둑맞고도 그냥 웃어넘기기로 한다. 다시는 휴대전화 따위에 얽매이며 살지 않으리라고 다짐하면서. 아르헨티나의 해안을 따라 운항하는 동안 공기가 훨씬 차갑다는 게 느껴진다. 하늘에는 더욱 햇살이 찬연하지만 바람은 한시도 잦아들지 않는다. 두 사람은 두툼한 방수복을 꺼내 입는다. 이제 서서히 날씨가 험한 지역으로 넘어가고 있다는 게 실감 난다. 그런데도 오히려 감미로운 기대감이 앞선다. 아닌 게 아니라 뒤쪽에서 거세게 불어닥친 바닷바람이 연거푸 두 번이나 난간에 버티고 선 그들을 후려치고 지나간다. 등에 화끈거리는 통증이 남을 정도다. 금세 찝찔한 소금기가 얼굴을 뒤덮는다. 이러다 자칫 비글 해협으로 들어가지 못할까 걱정스

럽다. 그래서 일단 우수아이아의 허름한 부두에 배를 대기로 한다. 다행이다. 거기서 두 사람은 잡지 같은 데서나 본 적이 있는 황갈색 얼굴의 원주민들과 마주한다. 그들은 두 사람을 항해술에 능한 뱃사람쯤으로 맞아들인다. 덕분에 어깨가 으쓱해진다. 두 달 동안 두 사람은 고목이 어지럽게 우거져 있는 숲속에서 예정에도 없는 휴양 생활을 즐긴다. 다윈 덤불 속에서 장을 보듯 싱그러운 나무 열매들을 따 오는가 하면 마테차와 시큼한 피스코, 엄청 독한 이 지역 특산주 등을 실컷 마신다. 그런 음료들에 취해 사방이 연보랏빛으로 물든 듯한 어느 날 밤 두 사람은 다리 위에서 그대로 엉겨 붙어 사랑을 나누기도 한다. 노도 같은 빙하의 으르렁거림만이 알몸으로 뒤엉켜 있는 두 사람을 훼방 놓을 뿐이다.

좋은 날은 많고 나쁜 날은 적다. 이 세상 사람들의 비위를 거스를 정도로 넘쳐나는 자기들의 행복에 대해 누가 어떻게 여기든 전혀 상관없다. 누군가 자기들을 비난 섞인 눈초리로 바라볼 수도 있을 거라는 생각 따위는 아예 하지도 않는다.

수천 마일을 항해하는 동안 두 사람은 제이슨 호를 조종하고 그 안에서 생활하는 데 익숙해진다. 그동안 쌓인 경험과 자신감도 상당하다. 이제는 가로돛의 크기를 조정하거나 풍향에 맞춰 돛대를 올리는 일쯤은 머뭇거리지 않고 척척 해낼 정도다. 루이즈는 이때 벌써 뭔가를 알아챌 수도 있었을 테지만,

그들은 그저 등반이 녹록지 않겠다는 생각을 하는 데 그친다. 실정을 정확히 파악하고 뭐든 해보고자 할 때는 이미 상황이 걷잡을 수 없게 된 이후다. 파타고니아에서 떠나와 남아프리카 쪽으로 향해 가는 동안 두 사람은 벌써 이 여행이 그쯤에서 멈추지 않으리라는 것을 예감한다. 인도양이 두 팔 벌려 손짓하고 있다. 그리고 그다음으로 드넓은 태평양이 기다린다.

지나가는 길에 보니 출입이 금지되어 있는 섬 하나가 그들을 향해 눈짓하는 것처럼 보인다. 저기 가서 산에나 한 번 더 오르면…… 루이즈는 살짝 튕긴다. 하지만 두 사람은 개구쟁이 같은 혈기에 이끌려 금지된 구역으로 빠져든다.

"얼마간만, 길어야 두 주 정도. 아직 철이 이르긴 하지만 그래도 아기 펭귄들을 보기에는 요즘이 딱 좋을 거야!"

그래, 두 사람의 선택은 완전무결했다. 1월의 그날 밤까지는.

두 사람은 서로를 등지고 앉아 마치 어떤 재앙에서 기적적으로 회생할 수 있었던 사람들처럼 멀거니 앞만 바라본다. 보잘것없어 보이긴 해도 그들의 유일한 재산인 배낭은 둘 사이에 놓여 있다. 두 사람에게 지금 뭐가 남아 있는지는 빤하다. 피켈 두 개, 아이젠 두 쌍, 이십 미터가량 되는 로프, 유사시에 대비한 산악용 쐐기, 모포 두 장, 수통, 라이터, 성냥, 나침반 둘, 사진기, 전날 저녁으로 먹고 남은 시리얼 바 세 개와 사과 두 알 등등. 그들을 이전 세계와 연결해주는 것은 이것이 전부다.

이윽고 뤼도비크가 입을 연다.

"배고프다. 넌 배 안 고파?"

"사과랑 시리얼 바가 남아 있잖아."

루이즈의 목소리가 쌀쌀맞다. 생각 같아서는 그를 어디론가 쫓아버리고 싶다. 지금 이 판국에 먹을 게 목구멍으로 넘어가나! 뤼도비크의 언행은 암담한 상황을 더 두드러지게 할 뿐이다. 늘 그렇지만 자기에게는 아무 책임도 없다는 투다. 자기들을 이 지경으로 몰아넣고도 지금 어디 소풍이라도 온 줄 아나 보다. 그녀가 거기서 더 험악해지지 않도록 막아 세운 것은 역시 등반대를 이끌어본 경험이다. 지금은 서로 말다툼이나 하고 있을 때가 아니다.

"너도 먹을래?"

"아니, 난 배 안 고파."

그녀의 목소리가 너무 차가워서 뤼도비크는 궁색하게 남은 식량을 더 꺼낼 엄두조차 내지 못한다.

"자, 너도 어서 먹어. 이게 너한테 주는 마지막 기회니까."

루이즈는 여전히 감정을 억제하고자 안간힘을 쓴다. 하지만 이번에는 어쩔 수가 없다.

"아니, 그냥 네가 다 먹어. 일단 먹어치우고 나서 나중에 어떻게 할지 보자. 늘 그렇듯이 우선 행동부터 하고 생각은 그다음에 하면 되니까!"

그 말에 뤼도비크가 발끈한다.

"야, 제발 기분 좀 풀어! 사과는 안 건드리면 되잖아! 어쨌거나 먹을 걸 좀 찾아봐야 할 거야. 지금 사과 두 알 남은 게 문제가 아니라고."

"나도 알아. 하지만 이젠 아주 지긋지긋해. 허구한 날 돌아가는 게 똑같아. 이런 식으로 구니까 우리가 늘 요 모양 요 꼴인 거야." 그녀가 볼멘소리로 그렇게 쏟아낸다.

"참나, 내가 널 여기까지 억지로 끌고 온 게 아니거든! 떠날 준비부터 해서 어디로 갈지 알아보는 일까지 같이 했잖아!"

어느새 두려움은 서로에 대한 분노로 뒤바뀐다. 두 사람은 마치 아무 일도 일어나지 않았다는 듯이, 마치 소파에 앉아 편히 쉬던 사람들처럼 말싸움을 벌인다. 루이즈는 문득 불길한 예감에 사로잡힌다. 두 사람은 불도 없고 가 있을 만한 장소도 없이 지금 여기 고립되기만 한 게 아니다. 그들은 서로가 서로를 향하여, 서로가 서로에 대하여, 혹은 서로가 서로에게 맞서 비난하고 있다. 하긴 어떤 커플이 이런 고립된 상황을 온전히 견뎌낼 수 있을까?

뤼도비크의 생각도 크게 다르지 않다. 그는 가방에 남은 먹을거리를 더 이상 꺼낼 엄두도 내지 못하고 잘못을 저지른 아이처럼 잔뜩 주눅 들어 있다. 게다가 이런 그의 모습에 루이즈의 신경이 더욱 날카로워지는 모양이다. 자꾸 뭐라고 윽박지르기만 할 게 아니라 사태가 긍정적으로 바뀌도록 뜻을 모아 분발할 수도 있을 텐데. 그가 먼저 말을 던져본다.

"혹시 기지 안에 뭔가 굴러다니는지 보러 가볼까?"

"1950년대 이후부터 줄곧 방치되어 있었는데, 거기 뭐가 있겠니? 난 회의적이야."

"그래도 뭐든 계속 해봐야지."

"오케이, 그럼 해보자."

그녀가 한발 뒤로 물러나준다. 여하튼 두 사람은 말한 대로 뭐든 해보려고 시간을 꽤 오래 들여 여기저기 뒤져본다. 허탈한 기분에다 무력감에 사로잡혀 몸과 마음이 다 허물어질 지경이다. 두 사람은 모든 것들이 흐릿하고 불확실하고 소용없어 보이는 상념의 수렁에 빠져 전혀 헤어나질 못하고 있다. 최면에 걸린 듯 멀거니 텅 빈 내포만 바라보는 마비 상태에서 겨우 빠져나와 뭔가 해보려고 움직여보았지만 두 사람이 결국 재확인한 것은 가증스런 이 상황을 받아들여야 한다는 사실이다. 낙담을 깨는 것은 뭐라도 해보지 않으면 안 된다는 발버둥일 테지만 그것은 필경 더한 고통만 불러올지도 모른다.

한동안 넋을 놓고 있던 두 사람 가운데 뤼도비크가 먼저 입을 연다. 잔뜩 지친 목소리다.

"그만 가자."

이 섬의 실질적인 마을이라고 할 기지 건물 안에서 두 사람은 두 시간 동안이나 헤매고 돌아다닌다.

무너져 내린 서까래와 자꾸만 들썩거리는 함석판과 썩어서

푹 꺼져버린 마룻바닥 사이로 그들이 걸음을 내딛는 곳은 기름 추출 작업장, 목공 세공소, 실험실이다.

스트롬니스 섬이 지도에 나타나기 시작한 것은 18세기 중반 드 라 트뤼에르 경이 우울증에 걸려 일련의 범법 행위를 저지르고 로리앙에서 혼까지 유배를 떠나는 길에 안개 사이로 우람하게 솟아나 있는 눈 덮힌 산봉우리를 발견하면서부터다. 섬은 그 후로도 50년 동안 사람들의 관심을 끌지 못했다. 그러다 바다표범 밀렵꾼들의 눈에 씨가 마르지 않는 황금어장으로 재발견된 이후 사람들이 몰려와 강치와 바다코끼리까지 포획하기 시작했다. 이들의 탐욕스런 영혼은 동물 사냥을 통해 다량의 기름이 나올 수 있다는 데도 착안했다. 수십 년 동안 거대한 선박들이 내포에 진을 치고 거의 주둔하다시피 했다. 그 선박들은 섬 쪽으로 부속선을 내보냈다. 부속선은 온갖 위험에도 아랑곳하지 않고 섬을 샅샅이 돌아보는 일에 매달렸다. 그러고는 선박의 깃발을 펄럭이며 돌아오곤 했다. 해군 함선이 증류 장치를 실어 와서 보급하자 섬은 밤낮없이 한쪽에서는 동물들의 가죽을 벗기고 다른 한쪽에서는 그 가죽에서 기름을 짜내 용해하는 노역으로 미친 듯 들끓었다. 모든 기름통이 꽉 차고 강치의 부드러운 모피가 화물창고를 그득 메울 때마다 사람들은 선박의 뱃머리를 다시 유럽으로 돌렸다. 운송하는 도중 거센 풍랑과 폭우를 만나 배가 좌초되면 수장당한 선원들의 십자가만 바다 위에 둥둥 떠다니는 일도 잦았다.

사람들이 작살과 갈고리로 사냥하기 시작한 19세기에 접어들면서부터는 수공업 수준의 소규모 생산 단계에서 대량 살육을 통한 산업 조성의 차원으로 변하였다. 섬에 동물들의 가죽과 뼈를 가공 처리하고 선박과 인력을 체계적으로 관리하기 위한 작업장들이 하나둘씩 생겨난 것도 바로 그 무렵이었다. 그러는 게 한결 편리할 뿐만 아니라 무엇보다 수익을 내기에도 유리하다는 판단에서였다. 사람들은 배를 있는 대로 다 동원하여 지구 남단의 공장 설립에 필요한 자재들과, 미들랜드의 광부들보다 노동 여건이 좋다는 말로 현혹해서 끌어모은 빈민 청년들을 실어 날랐다.

나중에 강치와 바다코끼리가 눈에 띄게 줄어들자 기술력의 도움으로 이번에는 내포 안쪽까지 들어와서 유유히 노니는 고래 떼로 눈을 돌렸다. 1880년부터 섬의 생산 시설 단지는 실질적인 부락으로 자리 잡았다. 물론 그 부락에는 부녀자도, 아이도 없었다. 겨울에는 어항 관리를 위한 작업 편대가 남았고 여름에는 벌 떼같이 몰려든 수백 명의 고기잡이들, 고기 가공업자, 화부, 통 제조공들로 내포가 몸살을 앓을 지경이었다. 그뿐만이 아니었다. 배가 한번 들어왔다 나가고 나면 철물점

하는 사람, 목수, 전기설비업자, 배관공, 돛대 수리업자, 조사관, 요리사 등이 북적거렸고 개중에는 신부와 의사, 심지어 이 뽑는 사람까지 있었다. 여기 드나드는 선박은 가장 작은 나사못에서부터 먹을거리에 이르기까지 뭐든 다 실어 와서 섬에 쏟아냈다. 그러고는 이른바 '하얀 뼈 더미'를 싣고 다시 떠났다. '하얀 뼈 더미'란 말에는 등을 밝히고 공장에서 윤활유로 쓰이는 기름, 가죽과 고래수염, 용연향과 살코기 따위가 함축되어 있다. 당연히 뼈도…….

'50번째' 스타하노프 운동* 참가자들은 고래만 백여 마리를 잡았다며 의기양양해했다.

그동안 축적된 재물의 총량은 어마어마해졌다. 배를 있는 대로 다 동원하여 수천 톤에 달하는 목재와 비철, 각종 화약과 여러 기계 부품들의 재료 따위를 이 야생의 섬 심장부에서 쓸어 담아 운송해 갔기 때문이다. 유기적인 관리 체계 밑에서는 공장들 사이의 거리도 전혀 장애가 되지 않았다. 해양 포유류 살육에 최적화되어 있는 이 섬의 공장은 바다 건너 다른 공장들의 수요에 바로바로 부응할 수 있었다. 영구기관의 움직임처럼 이쪽 설비는 다른 쪽 설비와 정밀하게 연동되어 쉬지 않고 돌아갔다. 매년 수십 만 마리의 강치와 바다코끼리, 고래가

* 구소련에서 노동 생산성을 높이기 위해 벌인 활동

도살당했다. 어느새 동물들의 낙원은 사체 더미의 폐허로 변해갔다. 사람들은 풍요롭게 살아가기 위해서라는 말로 이토록 무자비한 도륙의 향연을 정당화했다. 동물들은 씨가 마를 지경이었고 수렵은 막장으로 치달았다. 그와 동시에 유전 개발과 플라스틱 생산 등 정유 산업의 발전이 고래 사냥을 사양길로 내몰았다. 바다표범 밀렵꾼도 박물관으로 가야 했다. 박물관에는 더 이상 여자들이 착용하지 않는 고래 뼈 코르셋도 함께 전시되었다.

두 차례의 세계대전을 거치는 동안 이 섬의 기지들은 하나둘씩 폐쇄되기 시작했다. 이 생기 잃은 산업에서 자본이 썰물처럼 빠져나갔다. 서식 동물들에 대한 관할 당국의 첫 번째 보호조치도 뒤따랐다. 1954년 가을, 마지막 인력들까지 완전히 철수했다. 사람들이 떠나가자 섬에는 인적 끊긴 부락만이 그들의 탐욕을 증언하듯 거대하게 하늘로 열려 있는 쓰레기장처럼 남겨졌다. 오직 바람만이 스스로 떠맡아 이 참담한 노략의 흔적을 지워 없앴다.

기지를 샅샅이 뒤지다 보니 루이즈와 뤼도비크의 마음이 어느새 조금은 누그러든다. 사람들이 여기서 살고 있었다는 생각을 하자 두 사람은 그래도 덜 외로워진다. 그들은 자기들이 여기에 무엇을 남겨놓고 떠났는지 아마 알 것이다. 두 사람은 위탁물 보관소가 있던 자리로 발길을 옮긴다. 꽤 인상적이다.

조금 더 내밀한 구역들이 몇 군데 있다. 그쪽으로 가보면 연약한 육신과 여기 살던 청년들의 영혼이 엿보이는 것 같다. 그저 일하기 위해서만 이곳에 머물렀을 영혼. 치아 시술용 의자, 작은 예배당 안에 거칠게 조각되어 있는 나무 십자가, 습기 자국에 거의 가려지다시피 한 여자 사진. 사진을 고정한 압정의 녹이 번져 그 습기 자국 위에 갈색 눈물방울처럼 굳어 있다. 필경 이곳에서도 누군가 고함을 지르고 강제로 명령을 내리고 동료들끼리 언쟁을 벌이기도 했겠지만 또한 웃음과 축제의 순간도 있었겠지. 결국 여기서 전해지는 것은 착잡하고 흉흉한 인상이다. 그리고 그런 인상은 분노를 불러온다. 기계에서 근근이 짜낸 동물들의 기름으로 파리가 '빛의 도시'라 불릴 수 있도록 그처럼 남루한 삶과 온갖 폐기물들의 산더미가 필요했단 말인가?

뤼도비크와 루이즈는 더 이상 문명화의 근간에 관하여 자문해볼 여력이 없다. 그들의 동공은 그저 통조림이나 음식물 꾸러미처럼 생긴 물체가 어디 없는지에만 꽂혀 있을 뿐이다. 두 시간쯤 헤매고 다닌 끝에 두 사람은 기적이 실제로 일어날 수 있다는 것을 믿게 된다. 해안 근방에서 그들의 시야에 진짜 조선소 건물 하나가 솟아났다. 그곳에는 받침틀에서 떨어져 나온 길이 20미터가량의 쾌속정 한 척이 남아 있는 데다 그 밖에 쪽배 몇 척과 녹슨 스크루도 한 묶음 보인다. 간이 건물 하나는 사무실로 사용된 것 같다. 그 옆으로는 널찍한 창고가 있다. 안을 들여다보면 고철 장수가 좋아했을 법하다. 새 기계 부품들로 그득한 백여 개의 궤짝들, 세심하게 포장되어 있는 모터들, 바로 그 옆자리에는 사이즈에 따라 분류되어 있는 철제 앵글들과 나사못들이 담긴 공구함. 선반 귀퉁이에는 두 개의 상자가 놓여 있다. 그 겉면에 또렷이 새겨진 활자가 루이즈와 뤼도비크를 거의 무아지경으로 몰아넣는다.

'비상용 구명장비.'

보트만 타고 근해를 항해하려다 혹은 해안에서 바다코끼리나 강치를 사냥하려다 파도에 떠밀려 불가피하게 조난당한 일꾼들의 이야기는 부지기수다. 배의 주인들은 자기 배가 아까워서라도 이 위험을 그냥 보고만 있을 수는 없었겠지? 그래서 몇몇 아량 있는 관리는 별거 아닌 장비나마 구비해야겠다고 여겼겠지? 각각의 상자 안에는 역청 바른 종이로 포장되어 봉인까지 마친 열 개의 꾸러미들이 들어 있다. 꾸러미를 열어서 보니 그 속에 세 겹의 종이 포장 밑으로 기름져 보이는 갈색 빵들이 나타난다. 밀가루가 너무 오래되고 기름기가 찌든 탓에 빵에서는 목구멍으로 넘길 수 없을 만큼 끔찍한 맛이 난다. 루이즈는 먹다 토할 뻔한다. 하지만 위장은 입에서 거부한 것을 받아 넣고 싶어 안달이다. 두 사람은 둘이서 반 토막을 꾸역꾸역 입안에 밀어 넣은 후 궤짝들을 빼돌려 전날 밤 묵었던 움막으로 퇴각한다.

비가 내리기 시작한다. 바람은 불지 않는다. 찰랑거리는 빗물 소리가 어쩐지 우수 어린 곡조를 빚어낸다. 이 곡조에 두 사람의 심기가 끝내 어지러워지고 만다. 뤼도비크는 널조각들을 찾으러 다닌다. 두 사람은 불을 지피고 나서 오래도록 너울거리는 불길만 잠자코 바라본다. 마치 살아 있는 불길만이 두 사람의 유일한 위안거리라는 것처럼. 기분이 허망하다. 의욕도 없고 대책도 없다. 위도가 높은 지역의 하루는 한없이 느리게 저문다. 뤼도비크는 자기의 모든 에너지를 다해 이 침묵에서 벗어나기로 한다.

"틀림없이 자연의 생태 같은 것을 조사하는 배가 이쪽으로 지나갈 거야. 여긴 자연보호구역이니까. 나야 구체적으로 그런 사람들이 뭘 연구하는지 몰라도 알바트로스나 펭귄의 개체수를 헤아려본다든가 뭐 그런 거겠지. 게다가 지금은 확실히 그러기에 딱 좋은 계절이기도 하고."

"아마도 그렇겠지. 하지만 그럼 그 사람들의 기지는 어디 있는 거지? 여긴 없는 게 확실하고. 세로 150킬로미터, 너비 30킬로미터쯤 되는 무인도, 게다가 각각의 내포 사이에는 건널 수 없는 빙하가 흐르는 이곳까지 어쩌다 보면 그런 사람들이 올 수도 있겠지. 하지만 우리를 보지도 않고 금세 떠나버릴걸."

"그 사람들의 주의를 끌면 되잖아. 언덕 위에 돛대랑 깃발로 에스오에스를 표시해놓을 수도 있을 테고."

"오케이. 하지만 그런 사람들 입장에서는 서두르는 게 이득이라고 여길 거야……. 당장 먹는 게 큰일이네. 현재 남은 거로는 오래 버티지 못할 텐데."

"여차하면 강치랑 펭귄을 사냥하게 될 수도 있어. 지금 우리 입장에서는 벌금이 많든 적든……. 기름기를 걷어낸 펭귄 스튜 같은 건 먹을 만할지도 몰라. 아마 우리가 처음은 아닐 거야."

루이즈는 오랫동안 뤼도비크의 눈을 깊이 들여다본다. 마치 그의 동공과 각막 너머에서 이렇게 경이로울 정도로 낙천적인 태도의 뿌리를 한번 찾아보려는 것 같다.

"사랑해."

그는 그녀의 목덜미를 감싸 안는다. 두 사람은 첫 키스를 할 때처럼 느리게, 아주 느리게 서로 입을 맞춘다. 이 극한상황은 지금 두 사람의 사이를 벌려놓고 있다. 두 사람은 그것을 느낀다. 그것을 직시하는 중이다. 방금 전만 해도 언성이 높아졌다. 하지만 그것은 어디까지나 순간적인 혈기를 다스리지 못한 탓이었을 뿐이다. 두 사람을 압박하고 있는 공황의 결과였을 뿐이다. 둘이 계속 함께한다면 그들의 사랑이 스스로를 지탱해줄 것이다. 그들을 보호해줄 것이다. 바로 거기에 그들만의 강점이 있다. 남자와 여자는 함께 있을 수만 있다면 물가에서 수천 킬로미터나 떨어져 있는 사막에 맞서서도, 고독에 맞서서도, 죽음에 맞서서도 견딜 수 있다. 두 사람은 서로의 절박한 부름에 호응하듯 상대에게 달려든다. 그러고는 열악한 잠자리 위에서 둥글게 뒤엉켜 서로를 위무하는 듯한 섹스에 빠져든다. 연인들의 격정이라기보다는 오히려 아이를 흔들어 재우는 부모의 다사로움 같은 데 이끌려.

새벽 네 시, 벌써 날이 환히 밝아온다. 루이즈는 다시 잠들고 싶어서 뤼도비크 옆으로 바싹 몸을 붙이고 눈을 감는다. 그러고 나서 다시 눈을 뜨면 불가사의한 마법의 힘으로 두 사람은 스물네 시간 이전으로 되돌아가게 될 것이다. 그러고는 모든 게 다 잘 끝날 것이다. 하지만 아니다. 그녀는 머릿속이 뒤죽박죽으로 헝클어지는 것 같아 이토록 어마어마한 결과를 야기한 원인이 무엇인지 되짚어보기로 한다. 쇠사슬을 몇 미터만 더 감았더라도, 돌풍이 거기 말고 다른 쪽으로 비켜 가기만 했더라도…….

아침 햇살에 불편했는지 뤼도비크가 몸을 뒤척인다. 그도 실은 골똘히 생각을 가다듬던 중이다. 정면으로 대응해야 한다. 그들은 아직 젊고 머리가 잘 돌아가며 무엇보다 건강하다.

수많은 사람들이 이보다 더한 최악의 조건에서도 살아남았다. 두 사람은 모험을 추구했다. 이게 참된 모험이다. 참된 모험은 자기 자신이 누구인지에 관하여 일깨우는 각성의 여행이다. 두 사람은 현재에 당당히 대응해나갈 것이다. 찰나의 우주. 뤼도비크는 미래의 어느 날 기립박수로 열렬히 환대하는 청중들 앞에서 자신이 강연하고 있는 모습을 그려본다…….

이런. 지금은 그런 공상에나 잠겨 있을 때가 아니다. 뤼도비크는 모포를 밀어낸다.

그리하여 두 사람은 진짜 로빈슨 크루소 같은 생활을 시작한다. 새벽에 잠자리에서 일어나 부지런히 몸을 움직인다. 둘이 아웅다웅하는 것도 이제 옛일이 된 것 같다. 그들은 시련이 오히려 두 사람을 더욱 결속시키리라 믿는다.

기지는 꽤 훌륭한 작업장이다. 망치, 펜치, 나무나 양철 조각 따위가 필요해질 경우 '철물점'에 들르기만 하면 된다. 두 사람은 200리터쯤 되는 양철통에 구멍을 내서 벽난로처럼 생긴 난로를 조립한다. 연기가 빠져나갈 수 있도록 몸통에 통풍구도 낸다. 파이프를 양철통의 통풍구와 연결해서 유리창 하나를 깨고 바깥으로 굴뚝도 올린다. 그리 해두면 이제 환기는 걱정 없다. 더 이상 매캐한 연기 때문에 눈이 붉어지거나 목이 따끔거리지 않게 된다. 이런 작업들을 손쉽게 해치우니 낙천적인 기분이 든다. 두 사람은 계속해서 문짝을 손질하고 매트리스도 수리하며 식기와 테이블, 의자 등도 찾아낸다. 나중에 돌아보니 그들이 이런 일에 그토록 열중한 것은 아마도 현실을 부정하려는 몸짓이 아니었나 싶다. 당시에는 자기들이 이런 식으로 조난당해 고립되고 말았다는 사실을 전혀 받아들이지 못했다. 무의식적으로는 반드시 누군가 오리라고, 그건 단지 시간문제일 뿐이라고, 기껏해야 몇 주면 끝나리라고 기대하며 근근이 버틴 것이다. 실제로 저녁 먹을 시간을 기다리는 어린아이들처럼 저녁 준비를 하는 소꿉놀이에 빠져 지내는 셈이다. 설령 그렇다손 쳐도 이렇게 움직이면서 뭔가에 열중하다 보니 어떻게든 일단 적응해보자는 의욕을 유지하는 데 도움이 된다. 어쩐지 마음이 놓인다. 서서히 공포와 불안에서 멀어지는 것 같기도 하다.

며칠이 지나는 동안 두 사람은 위험을 무릅쓰고 내포 바깥으로 나가볼까 어쩔까 망설인다. 그러다 난바다에서도 시야에 띌 만한 언덕바지를 택해 큼지막하게 에스오에스라고 돌무더기를 쌓아놓기로 한다. 자기들이 대피해 있는 쪽으로 향하도록 화살표도 그려두고. 생각보다 작업이 고되다. 우선은 가장 하얗고 가장 납작한 자갈들만 골라내야 한다. 그러느라 쇠막대로 땅 밑을 파봐야 할 때도 많다. 그러고는 자기들이 원하는 위치까지 날라야 한다. 두 사람은 고개를 파묻고 작업에만 열중한다. 그러면서도 본능적으로 먼바다 쪽을 돌아보곤 한다. 지금은 잠잠한 수평선이 언제 또 변덕스러운 빙산과 풍랑에 휩쓸려, 구조되리라는 자기들의 희망을 뭉개버릴까 자꾸 걱정스러워지는 탓이다. 언덕바지의 높이에서 내려다보니 옆쪽으로 또 하나의 내포가 시야에 나타난다. 두 사람은 그쪽을 주의 깊게 살핀다. 혹시 그쪽에서 절벽 모퉁이에 걸려 좌초되어 있는 제이슨 호가 나타날 수도 있지 않을까. 하지만 절벽 기슭의 암석들과 해수면 위에 둥둥 떠 있는 얼음덩어리 말고는 아무것도, 언뜻 해안에서 표류하는 은빛 어망처럼 보이긴 하지만 확실하게는 정체를 알 수 없는 부유물 이외에는 아무것도 없다. 그래도 두 사람은 엄청나게 그 수가 많은 펭귄들의 무리에 흐뭇한 눈길을 준다. 어느새 해안의 모래톱은 펭귄들에게서 빠진 깃털이 융단처럼 덮여 새카맣게 변한다. 바다는 그쪽으로 뛰어드는 펭귄들의 행렬을 집어삼켰다 도로 내뱉기를 반복한다. 언덕에서 내려다보니 무질서한 입자 운동처럼 보일 정도다. 줄잡아 수십 만 마리는 족히 될 듯하다.

"하 요거요거, 비상식량이 아주 그득하구나!"

뤼도비크가 농담조로 그렇게 지껄인다.

언젠가부터 펭귄은 두 사람의 주요 관심사로 자리 잡았다. 여기저기 샅샅이 뒤지고 다니지만 기지의 창고 안에서 발견한 끔찍한 빵 이외에는 먹을 만한 게 나오지 않는다. 두 사람은 이내 굶주림과 얼마 지나지 않아 나머지 식량도 바닥나리라는 불안에 시달린다. 그러다 보니 우선적으로 떠오른 게 움직임이 둔하고 온순한 동물, 바로 펭귄이다. 사냥 기술을 터득해서 실행에 옮기자면 얼마간 시간이 필요하다. 처음에는 뒤꽁무니만 쫓아다니다 허탕만 친다. 녀석들의 무리는 늘 바다로 나 있는 길목을 찾아 어느새 사라져버리곤 한다. 사냥 기술의 핵심은 우선 녀석들의 퇴로를 차단하는 데 있다. 녀석들이 무서워하지 않도록 조심하면서 무리 하나를 건물 한 귀퉁이로 천천히 몰아간다. 그러고는 무거운 쇠막대로 닥치는 대로 내리치면 그만이다. 그러면 녀석들은 비명도 지르지 못하고 제자리에 쓰러진다. 간혹 가다 그 무리 중에 한두 녀석이 부리로 그들의 다리를 콕콕 찍으면서 저항할 때도 있다. 하지만 그래 봐야 거센 발길질만 당할 뿐이다. 펭귄 사냥에 익숙해진 두 사람은 차라리 황제펭귄을 노리기로 한다. 황제펭귄은 키가 1미터 가까이나 되고 육질도 턱끈펭귄이나 고르푸 같은 잔챙이들보다 훨씬 고급스러울 듯하다. 루이즈도, 뤼도비크도 가책 따위로 괴로워하지는 않는다. 그러기는커녕 어쩔 때는 동물들을 이만큼 쉽게 잡아 죽일 수 있다는 데서 생겨나는 쾌감으로 온몸이 짜릿할 지경이다. 물론 두 사람은 눈부신 오렌지색 반점이 찍혀 있는 펭귄들의 머리가 얼마나 곱고 예쁜지 여전히 감탄한다. 부모 펭귄이 자기 새끼들에게 먹이를 물어다주는 모습에서는 측은한 심정이 들기도 한다. 한편으로는 심각하게 뒤뚱거리는 걸음걸이를 보면서 모처럼 깔깔거리곤 한다. 하지만 그건 어디까지나 두 사람이 이곳을 무사히 빠져나가고 나서 보일 법한 여유에 불과하다. 지금 그들은 다른 세계에 와 있는 셈이다. 두 사람에게는 우선 이 야생의 생태계에 적응하는 일이 절박하다. 야생에서는 포식자가 자기보다 약한 동물을 먹어치운다 해도 결코 잘못이랄 수 없다.

새의 몸체에서 깃털을 뜯어내는 일은 생각보다 품이 많이 드는 일이다. 녀석들을 끓는 물에 그대로 집어넣는 것은 불가능하다. 깃털이 쉽게 뜯겨 나가지 않아 낑낑거리다 보면 살가죽을 찢어놓기 일쑤다. 조리해서 먹는 동안 다 뜯겨 나가지 않은 깃털이 입천장에 달라붙는 일도 허다하다. 그래도 결국에는 효과적으로 벗겨내는 요령을 터득한다. 더러는 살가죽에 붙어 있는 양질의 지방까지 저며내서 아쉬울 때도 있지만. 다른 펭귄들에 비해 몸집이 크긴 하지만 황제펭귄을 잡을 때조차 풍성한 식사를 즐길 수 있는 것은 아니다. 일단 가죽을 벗기고 나면 먹을 만한 거라고는 양쪽 날갯죽지와 갈빗살밖에 남지 않는다. 갈빗살은 물고기 비린내가 진동하는 닭 가슴살과 비슷하다. 두 사람은 고기에 적당히 간이 배일 수 있도록 민물과 바닷물을 반반씩 붓고 삶는다. 그러면서 즐기는 척이라도 하려고 자기들이 만든 요리에 거창한 이름을 지어 붙인다. '소스 없는 가슴살 편육', '고기를 발라낸 사골 부용*'등.

뤼도비크는 양배추가 괴혈병을 치료하고 억제하는 데 좋다는 말을 읽은 적이 있다. 하지만 피망처럼 혀가 쓰리다 싶을 만큼 맛이 너무 강하다. 그러니 우선은 물에 여러 번 담아 푹푹 삶는 게 상책일 것이다. 하지만 그러자면 시간도 오래 걸리고 나무도 많이 든다. 게다가 기지 근방에서는 잘 자랄 것 같지도 않다. 두 사람이 그다음으로 식탁에 올려보고자 눈을 돌린 것은 길쭉한 다시마다. 암석들 틈바귀를 메울 정도로 많다. 또한 그쪽에 잔뜩 널려 있는 삿갓조개도 주워온다. 그다지 영양가가 풍부하지 않고 언제나 뒷맛에서 물고기 비린내가 나는 것도 고약하다. 한 사람당 하루에 펭귄을 네 마리씩 먹으니 그나마 배고픔이 좀 가신다. 하지만 그런 비율로 먹어치우다 보면 내포에 머무는 펭귄들의 수가 점점 줄어들 테니 걱정이다.

두 사람은 식량을 확보하러 멀리까지 기웃거려본다. 점찍어둔 곳은 옆 동네 내포다. 날씨가 아주 화창해질 때까지 기다려 구명정을 물 위에 띄운다. 그러고는 연료 절감 때문에라도 열심히 노질해서 배를 움직인다. 그러다 보니 서쪽에 있는 곶을 돌아가는 데만도 세 시간이나 걸린다. 배설물과 비릿한 물고기의 악취가 그들을 맞이하듯 멀리서 풍겨온다. 해안에

* 육류, 생선, 채소, 향신료 등을 넣고 맑게 우려낸 육수

서 들려오는 소음에 귀청이 멍멍해진다. 펭귄들이 먹이를 잡기 위해 그쪽으로 몰려나와 있다. 불룩해진 아가리 안에 담긴 걸쭉한 물고기 살점을 새끼들에게 먹이려고 금세라도 게워낼 것 같다. 녀석들은 각각의 개체 사이에 암호처럼 약속되어 있는 울음소리를 통해서만 자기 무리를 알아본다. 사냥터에 도착하면 일단 꽥꽥거리면서 새로 그 자리에 난입한 방해꾼을 몰아내고자 부리로 마구 쪼아댄다. 방해꾼이 자기 무리에 새로 낄 때까지. 그러면 어느 한 자리에 눌러 붙어 있던 어미새가 그 자리를 양보하고 다른 한두 마리가 그 신참에게 다가가서 바싹 몸을 붙인다. 그러고는 부리를 크게 벌린다. 비둘기처럼 하얀 물떼새들이 이리저리 돌아다니며 바닥에 깔린 배설물들에서 먹이를 쪼아 먹는 동안 탐욕스러운 도둑갈매기들은 어디가 어딘지 몰라 헤매거나 병에 걸렸는지 시들시들한 새끼 새들을 낚아채려고 슬며시 낮은 고도로 내려온다.

루이즈는 무리 지어 있는 펭귄들 한가운데로 천천히 걸음을 내디뎠다. 그녀가 걸음을 내딛을 때마다 이 새 떼의 물결은 양쪽으로 갈라졌다 한데 합쳐졌다. 인간을 방불케 하는 이 군집 사회에서 각각의 개체는 맡은 바 자기 책무에 열중하면서 새끼들을 돌본다. 훈육은 부리로 톡톡 건드리는 식이다. 둥지가 위협받는다 싶을 때는 침탈자의 대가리를 쪼아서 내쫓는다. 그러다 어쩔 때는 싸움이 붙기도 하지만 또 어쩔 때는 살살거리기도 한다. 그런가 하면 그저 산책이나 즐기는 것처럼 보이는 무리도 있다. 녀석들의 까만 눈은 언제나 뭔가에 깜짝 놀란 기색처럼 보이거나 골똘한 생각에 잠겨 있는 것 같다. 겹겹이 둘러싸여 있는 녀석들의 몸에서 미열이 새어 나와 사방을 포근하게 데워주고 있는 것처럼 느껴진다. 왜 그런지는 모르겠지만 불현듯 루이즈의 눈시울이 붉어진다. 이제는 영원토록 지속가능한 게 이 연약한 목숨이 옹기종기 모여 사는 군집 생활의 정경밖에 없단 말인가, 그것도 차갑게 얼어붙은 지구 끝에서? 혹은, 조금 더 구체적으로 말해서, 설령 그처럼 동류와 무리 지어 살고 싶은 향수가 있다손 쳐도 그것을 누구와 나누거나 누구에 맞서서 지켜낼 것인가? 찰나의 우주, 그녀는 문득 펭귄이 부러워진다. 그러자 깊은 외로움이 사무쳐온다.

꽥꽥거리는 울음소리의 합창이 그녀의 상념을 흐트러뜨린다. 굶주림을 어쩌지 못해 살기만 남은 뤼도비크가 펭귄의 무리 속으로 비수처럼 돌격해 들어간 것이다. 쇠막대를 마구잡이로 휘두를 때마다 펭귄들이 몇 마리씩 죽어 나간다. 근방의 다른 무리들은 저항하듯 계속 꽥꽥대면서도 황급히 달아난다. 뤼도비크는 쇠막대를 내리치고 또 내리친다. 마치 비열한 광기에라도 휘둘리고 있는 듯한 모습이다. 루이즈는 살육에만 정신이 팔려 있는 이 사내의 모습을 물끄러미 바라본다. 끔찍하다. 순간적으로 그녀 안에서 증오의 불길이 타오르는 게 느껴진다. 그제야 겨우 고개를 들고 뤼도비크가 그녀에게 버럭 소리를 지른다.

"뭐하는 거야! 거기서 계속 그렇게 멍때리고만 있을래? 잡은 놈들은 얼른 구명정으로 옮겨놓고 다른 놈들은 바다로 도망가지 못하게 막아야 할 거 아니야."

멍한 상태에서 벗어나 그녀는 뤼도비크의 말에 따른다. 30분쯤 지나자 축 늘어진 펭귄 백여 마리가 검고도 하얀 산더미를 이루며 구명정 위에 그득 쌓인다. 쏟아지는 햇살을 받아 축축한 녀석들의 깃털에서는 여전히 윤기가 흐른다.

"이제 그만해! 지금까지 쌓여 있는 것만으로도 너무 무거워서 돌아가는 길이 어떨지 걱정돼 죽겠으니까. 자칫하면 도로 다 비워야 할지도 몰라."

"여기까지 그렇게 자주 올 수도 없을 텐데 뭘."

하던 일을 마저 하며 뤼도비크가 그렇게 쏘아붙인다.

이윽고 그가 일손을 멈추고 그동안 거둬들인 수확량을 헤아려본다.

"오케이. 이제 가도 되겠다. 이로써 넉넉한 식량 보급로를 뚫은 셈이네."

역시나 돌아올 때가 더 위태롭다는 게 사실로 드러난다. 두 사람은 축 늘어져 있는 펭귄들의 사체 더미 위에 쭈그려 앉는다. 하지만 자꾸 엉덩이가 미끄러진다. 루이즈에게는 자기들이 깔고 앉은 녀석들의 몸뚱이에서 뼈마디가 으스러지고 살가죽이 납작하게 짓눌리는 소리가 들리는 것처럼 느껴진다. 이 사체 더미를 옮겨놓는 데도 두 사람 모두 남은 기력을 다 쏟아부어야 할 텐데. 해수면을 가로질러 지나가는 물살이 그렇지 않아도 과중한 짐 때문에 허덕거리는 배를 좌우로 뒤흔든다. 배 위까지 솟구쳐 오른 물보라가 두 사람에게 폭포수처럼 쏟아져 내린다. 한 시간쯤 후에는 배에 물이 차서 그 물을 퍼내느라 펭귄들의 사체 더미를 이리저리 옮겨놓게 된다. 그 과정에서 몇 마리가 물에 빠지는 일이 벌어지면서 조난당한 후 처음으로 두 사람은 격하게 충돌하고 만다.

루이즈는 노를 젓느라 어깨 통증이 도지는 바람에 이를 사리물고 버틴다. 하지만 한 시간쯤 더 지나자 이번에는 두 사람에게 확연히 감지될 정도로 바람이 거세지기 시작한다. 해안에 무사히 도착하려면 상당한 고생을 무릅쓰는 수밖에 없다.

그녀가 애원하는 목소리로 말한다.

"모터에 시동을 걸자. 안 그러면 도착 못해."

"그건 안 돼! 연료는 아껴두자니까. 다른 배가 이 주위로 지나가게 될 경우를 상상해봐. 이 구명정으로 그 근처까지는 갈 수 있어야 할 거 아니야."

10여 분이 더 지나자 두 사람은 신경이 예민해질 대로 예민해진다. 결국 뤼도비크는 펭귄들의 사체 더미 위로 노를 내동

댕이치고 만다.

"에이, 더러워서 못해먹겠네!"

모터 소리, 이 물질문명의 소리가 두 사람의 날선 신경을 가라앉힌다. 눈을 감으면 뭍에 남아 산책을 마친 그들이 안락한 깃털 침대 속으로 기어 들어가거나 맛있는 식사를 즐기기 위해 제이슨 호로 돌아가는 길이라고 믿겨질 수도 있을 것만 같다.

배가 해안에 닿자마자 쉬지도 못하고 바로 자기들이 점거 중인 건물 1층까지 엄청난 양의 하물들을 날라놓아야 한다. 슬금슬금 내리기 시작하는 비를 피하기 위해서다. 온몸이 흠뻑 젖고 탈진할 지경이라 만사가 버겁지만 그래도 두 사람은 난로에 불을 피우고 하루치로 할당된 펭귄 네 마리의 가죽을 벗겨낸다. 그러고는 끓는 물에 고기가 익기를 한 시간 가까이 기다린다. 평소대로라면 루이즈는 샤워하자고, 아니 실은 샤워라기보다 미적지근한 담수에 너덜너덜한 넝마 조각으로라도 몸을 한번 문지르고 오자며 우겼을 테지만 그날 밤은 사정이 다르다. 두 사람은 그대로 잠자리에 처박힌다. 옷과 손에는 여전히 펭귄들의 피가 흥건하고 깃털도 흩날린다. 납덩이 같은 졸음에 겨워 밤새도록 아래층을 들쑤신 소란도 전혀 알아차리지 못한다.

아침에 털가죽을 마저 벗겨놓으려고 두 사람이 아래층으로 내려가서 맞닥뜨린 것은 거기 우글거리는 쥐 떼다. 밤새껏 펭귄 고기로 성찬을 즐긴 놈들은 두 사람의 발소리에 놀라 이리저리 달아나기 바쁘다. 이건 그야말로 참상이다. 펭귄들은 엉망진창으로 여기저기 다 뜯어 먹혔다. 바닥에는 쏟아져 나온 내장과 토막 난 살 조각과 눈알이 빠진 대가리가 널브러져 있다. 그토록 고생해서 쌓아 올린 비상식량의 고기 더미가 내부에서 일어난 폭발로 물컹거리는 점액질의 잔해들만 잔뜩 흩뿌려놓고 아예 형체도 없이 사라져버린 것처럼 보일 지경이다. 두 사람이 가까이 다가가자 마지막으로 남은 쥐 한 마리가 온통 피로 얼룩진 잔해 더미의 한복판에서 튀어나온다. 점액과 핏물로 시커멓게 번들거리는 놈의 몸체에서는 앞니 두 개만 유난히 새하얗게 도드라져 있다. 두 사람은 일제히 비명을 내지른다.

기껏 이러려고 그 고생을 했다니! 겨우 이 더러운 쥐새끼들한테나 먹이려고 하루 종일 뼈 빠지게 고생해서 그렇게나 많은 펭귄들을 잡아온 셈이라니! 아침 햇살이 지저분한 창가를 가로질러 그나마 온전하게 남아 있는 세 마리 위로 쏟아진다. 서로 맞대고 누운 몸뚱이, 감겨 있는 눈꺼풀, 녀석들은 마치 쌔근쌔근 잠든 것처럼 보일 정도다. 루이즈는 그 사체들을 품에 안고 살며시 흔들어 재우고 싶다는 충동마저 느낀다. 눈물이 솟구쳐 오른다.

"루이즈, 지금 눈물이나 짜고 그럴 때가 아니야."

뤼도비크는 여기저기 기어 다니는 쥐 떼에게 달려들더니 아직 뜯어 먹히지 않은 놈들만 골라내려고 펭귄 더미를 해작거린다. 그러고는 신경질적인 손놀림으로 상태가 좋지 않은 놈들은 사정없이 바닥에 내팽개친다.

"또 그러네. 와서 좀 도와. 그렇게 가만히 서 있지만 말고!"

그녀는 코를 훌쩍거리며 그에게로 다가간다. 성한 놈을 추려내고 털가죽을 벗겨내고 다시는 이런 손실이 발생하지 않도록 막대에 그 고깃덩어리들을 매달아놓고 하는 일들로 하루가 다 지나간다. 대강 마흔 마리쯤 건졌다. 바닥에 널브러져 있는 잔해들도 말끔히 쓸어 담아 치워야 한다. 다시 쥐 떼를 끌어들이지 않으려면 최대한 깨끗이 청소할 필요가 있다. 그러자니 진절머리 나는 잡일이 끝날 줄 모른다. 이제는 100미터쯤 떨어져 있는 개울에 가서 물을 길어 와야 한다. 그러고는 털이 절반이나 빠져 있는 대걸레로 바닥을 문질러야 한다. 두 사람은 서로 한마디도 하지 않고 일에만 열중하는 척한다. 하지만 마음속으로는 이번 사건에 대해 서로를 원망하고 있다. 오후가 저물어갈 무렵 루이즈는 삿갓조개를 찾아보러 혼자 해안으로 향한다. 메뉴를 바꿔보고 싶어서다. 먹어야 할 때마다 거쳐야 하는 준비 과정이 너무나도 메스껍고 끔찍하다. 거기서 잠시라도 벗어나 있고 싶다. 바다는 잔잔하다. 어둑해진 모래톱은 반짝거린다. 바람은 파도 자락에서 깃털 장식 같은 물보라를 들춰내며 내포를 하얗게 물들인다. 춥다. 비참하게 버림받았다는 기분도 든다. 적어도 지금까지는 지난 시간에 대한 기억과 거리를 두고자 해왔다. 그저 살아서 돌아가야 한다는 희망에만 집중하려고 해왔다. 두 사람이 함께라면 충분히 그럴 수 있다며 스스로를 다독여왔다. 그런데 문득 그럴 자신이 없어진다. 세무서가 있던 4층이 떠오른다. 재색 책상과 플라스틱 서랍장, 컴퓨터와 몰디브 산 화분, 몽블랑 드뤼의 포스터도 눈가에 선하다. 복도에 감도는 커피 향, 유리문 뒤에서 들려오는 동료들의 새된 목소리까지. 그 친구들은 아마도 이 시간쯤이면 그녀가 이국의 찬연한 햇살 아래서 아무 걱정 없이 유람이나 즐기고 있을 줄 알고 부러워할 텐데. 모든 게 그녀 안에서 가슴을 짓누르는 울분의 아지랑이가 되어 솟아오른다. 이제 다시는 잃어버린 낙원을 되찾지 못할지도 모른다는 울분. 하지만 두 사람이 동거하던 아파트만큼은 다시 떠올리고 싶지 않다. 한때는 그들만의 포근한 보금자리였지만 두 사람이 너무나도 어리석은 결정을 내리는 바람에 팔아치운 그 아파트. 도대체 어째서 뤼도비크에게 양보하고 말았을까? 그건 돌이킬 수 없는 자기 실수다. 훨씬 완강하게 대응했어야 했다. 그녀는 뤼도비크를 잃을까 두려웠다. 하지만 그 결과로 지금은 둘 다 서로를 잃을 수도 있는 위기에 빠진 셈이다. 그는 줄곧 경솔하게만 군다. 배에 조금만 덜 실었더라도 두 사람은 느긋하게 노를 저어 돌아와서는 실어온 것들을 안전한 곳에 보관해두고 푹 쉴 수도 있었을 것이다. 그녀는 계속 자기 생각을 되새김질하며 해초를 뜯어낸다. 그러다 바위틈에 끼어 있는 물고기 두 마리를 발견하고는 빙긋이 미소 짓는다. 아마도 밀물에 떠밀려 올라온 모양이다. 그렇게 바위틈에 낀 물고기 두 마리를 보고 있자니 그 신세가 자기들과 다를 바 없다는 생각이 든다. 가엾게도 덫에 걸렸다는 점에서. 이놈들은 곧 갈매기 같은 바닷새에게 잡아먹히고 말겠지. 그것 말고는 놈들에게 다른 미래가 있을 수 있을까?

그녀가 돌아와서 보니 뤼도비크는 불을 피워놓고 나무토막을 써는 중이다. 톱밥 부스러기를 마구 흩날리며 드세게 톱질하는 모습에서 알 수 있듯이 치밀어 오르는 화를 겨우겨우 억누르고 있다는 투로. 그도 곰곰이 생각해본다. 최대한 빨리 벗어나야 한다. 그런데 그러자면 자기들에게는 견딜 수 없이 혹독한 이 환경에 보다 공격적으로 대처할 필요가 있다. 그가 느끼기에 루이즈는 너무 우유부단하고 겁에 질려 있다. 어차피 적응해가는 과정에서 겪어야 할 시행착오는 불가피한 게 아닌가. 다시 동물 부락으로 돌아가야 한다. 노 젓는 법도 숙달해야겠지. 그리고 펭귄을 잡아먹고 사는 마당에 강치와 바다코끼리라고 안 될 것도 없잖아? 뤼도비크는 점점 사람이 달라지고 있다. 훨씬 억세고 훨씬 야생적인 쪽으로. 그게 뭐든 다 후려갈기고 또 후려갈기고 계속 후려갈겨버리고 말 거야. 점점 거칠어지는 톱질에 열중하며 뤼도비크는 그 말을 주문처럼 속으로 되뇐다.

그날 저녁 두 사람 사이에는 결국 전운이 감돌기 시작한다. 루이즈가 더러워진 웃옷과 바지를 빨려고 하자 결국 그가 폭발하고 만 것이다.

"물 구하러 다니는 거 지겹지도 않니? 그리고 빨래 삶는다면서 불 피우는 데 쓸 나무토막도 다 써버릴 거 아니야."

뤼도비크가 분통 터진다는 듯이 말한다.

"나무야 아직 잔뜩 있잖아. 그리고 지금까지 물을 길어 나른 건 나야. 배를 쫄쫄 곯는 것만으로도 너무 힘들고 벅찬데 끔찍한 냄새까지 펄펄 풍기면서 살고 싶지는 않아."

그녀의 말에 뤼도비크가 마침내 속에 쌓인 것을 꺼내놓는다. 넌 적응하려는 노력을 전혀 하지 않고 있어. 여기서 살아 돌아간 사람들도 틀림없이 점잔 빼고 있지만은 않았을 거야. 그러다 뤼도비크는 이날 겪은 펭귄 사건을 다시 들먹이며 꼬치꼬치 따진다. 자기들이 조금만 더 힘을 냈더라면 그런 일이 닥치지도 않았으리라는 것을 못 박아두기 위해서. 이 공간에서 유일한 조명인 난롯불이 그의 얼굴을 붉은색으로 물들인다. 그로 인해 더 화가 나 있는 것처럼 보인다. 뤼도비크는 화가 나면 말뿐만 아니라 이런저런 손짓도 함께 해가며 이야기를 하려는 습관이 있다. 손짓에 열중하고 있는 그의 모습이 옛날 그림 속 마신의 형상 같은 그림자로 드리워진다. 루이즈는 과장되어 나타나는 손짓을 내려다보며 얼마 지나지 않은 시일 동안 뤼도비크의 양손이 얼마만큼 변했는지 알아차린다. 그 손은 긁힌 상처 자국과 부스럼으로 그득한 데다 잔뜩 부어 있다. 관절과 정맥은 너무 우툴두툴하게 불거져 나와서 거의 뭉개진 것처럼 보일 정도다. 축축하고 지저분한 소맷부리에 계속 쓸리다 보니 손목 위에는 붉은 반점이 돋아나 있다. 옛날 어부들은 그것을 '작은 양배추'라 부르곤 했다.

섬은 그들의 살갗에 심신이 망가져가는 징후들을 여기저기 새겨놓고 있다. 하지만 그것은 어쩌면 시작에 불과할지도 모른다. 혹시 두 사람이 여기서 병에라도 걸리면 어떻게 될까? 이토록 부실한 영양 섭취로 인해 몸이 허약해지지는 않을까? 곧 겨울이 닥칠 텐데……. 귀로는 그의 푸념을 들으면서 그녀의 눈은 말리고 있는 옷에서 모락모락 피어오르는 김을 바라본다. 김은 엷은 안개처럼 허공으로 떠오르더니 그들이 낸 환기창 높이에서 점점 가물가물해진다. 하지만 그 순간 뤼도비크가 그녀로서는 도저히 받아들일 수 없는 말을 내뱉고 만다.

"요컨대 나를 믿고 따라달라는 말이야!"

이건 어딘가에서 떨어져 나온 조약돌 하나가 태산 같은 장벽을 한번 무너뜨려보겠다며 호언장담하고 다니는 것이나 다름없는 말이다. 그녀는 신경을 곤두세우거나 지난 이야기를 들먹거리기도 싫고 또다시 비난조로 따져 묻고 싶지도 않았다. 하지만 말은 본의와 상관없이 그녀의 입에서 새어 나오고 만다. 그녀도 너무 오랫동안 참아왔다. 하지만 그 말만큼은 견딜 수 없다. 너무나도 역설적이라 그녀로서는 그 말을 입에 담아본 적조차 없는 것처럼 느껴진다.

"믿고 따라달라고? 누가 이렇게 헛된 여행으로 이끌었는데? 뭘 그렇게 확인하겠다고 안온한 생활을 버리면서까지 온 건데? 그냥 허세 한번 부려보겠다고 이 섬에 오기로 결정한 건? 분명히 날씨가 나빠질 게 빤해 보였는데도 바보같이 산책을 계속하자고 우긴 건? 도대체 언제까지 너를 믿고 따라야 하는 거지? 여기서, 이 더럽고 황량한 폐가에서 굶어 죽거나 동사할 때까지?"

두려움, 후회, 절망, 굶주림, 추위, 아무런 미래도 기약할 수 없다는 낙담 등이 그녀의 분노를 더욱 부채질한다. 놀이는 끝났다. 현대적이고 역동적인 커플 놀이도 이제 끝장이다. 지금 여기에는 두 사람밖에 없고 그들 앞에서 작은 불씨라도 되살려 서서히 타오르려 하는 것은 죽음뿐이다. 경련하듯 떨리는 그녀의 목소리가 날카롭게 주위의 적막을 가르며 허공에 울려 퍼진다. 말을 이어가면 이어갈수록 더욱더 스스로를 억제할 수 없다는 게 느껴진다. 머리는 그녀에게 그만 이 언쟁을 무마하라고, 뤼도비크와의 불가피한 공생관계를 유지하라고 주문한다. 그녀가 이처럼 격하게 분노를 쏟아냄으로써 두 사람이 조난당한 이후 암암리에 합의해온 낙관론의 협정은 처음으로 어그러진 셈이다. 말하자면 두 사람 사이에 나타난 첫 번째 균열이라고도 할 수 있다.

뤼도비크의 얼굴이 차갑게 얼어붙는다. 자기가 몰고 온 밀물의 급류에 그저 어안이 벙벙할 뿐이다. 평소 그는 루이즈와 말싸움 벌이기를 즐기는 편이다. 매번 그녀가 뒤로 물러나리라는 것을 아니까. 더러는 그녀에게 원하는 대답을 얻어내고자 억지 부리고 고집 피우는 것을 전략이나 둘만의 사랑싸움쯤으로 여기기도 했다. 하지만 송곳처럼 정곡을 찌르는 이 목소리에서는 더 이상 애정이 느껴지지 않는다. 미친 여자처럼 고래고래 소리를 질러대는 루이즈는 분노에 차서 말을 더듬기까지 한다. 그동안 잘 먹지 못해서 윤곽이 한결 도드라진 얼굴과 땟국으로 말라붙은 머릿결이 그녀를 더욱 야위고 가냘퍼 보이게 했다. 하지만 역설적이게도 그럴수록 자기를 바라보는 그녀의 견해만큼은 더욱 냉혹하고 무자비하게 벼려진 모양이다. 지금 그녀는 자기가 너무나도 경박하고 알량하고 어리석은 인간이라고 가차 없이 까발린 셈이다. 그렇다면 그녀는 그들이 처음 관계를 맺기 시작할 때부터 그런 눈으로 자기를 봐온 걸까? 그다지도 무능해 보였다면 그녀는 자기와 무엇을 어쩌려고 한 걸까? 혹시 이 섬과 지금 이 상황 때문에 그녀가 서서히 미쳐가고 있는 것은 아닐까? 뤼도비크는 얼이 빠진 듯 계속 바닥만 내려다본다. 뭘 어찌하면 좋을지 먹먹하기만 하다. 두 사람을 결속시켜온 신뢰는 이제 깨졌다. 그것은 누구도 되돌릴 수 없는 사실이다.

루이즈의 목소리가 갈라지더니 끝내 오열 속에 파묻힌다. 두 사람은 탈진하여 마냥 마주 앉아 있다. 비현실적인 침묵이 이들을 감싼다. 이날 저녁에는 기지와 집채가 뒤흔들릴 만한 바람도 불지 않고 잠잠하다. 그저 적막할 뿐이다. 마치 두 사람이 거기에 살고 있지 않은 것처럼. 마치 섬이 두 사람을 벌써 집어삼키기라도 한 것처럼.

다시 공동생활로 돌아온다. 두 사람으로서는 선택의 여지가 없다. 말다툼을 이어갈 만한 기력도, 의욕도 없다. 오히려 두 사람은 수습할 수 있는 도를 넘고 말았다는 가책을 한다. 전날 서로 아무 말도 하지 않고 그저 난롯가에 마주 앉아 길고 암담한 한순간을 보내고 나서 잠자리에 들었다. 잠자리의 가장자리에 바싹 웅크려 서로를 등지고. 하지만 그러고 나서도 말 한마디 주고받지 않았지만 결국에는 서로를 감싸 안을 수밖에 없었다. 아니, 오히려 서로를 향해 대피하고자 했다고 할 수 있다. 이 충돌이 끝내 파국으로 치달을까 두렵다는 불안을 서로에게서 덜어주고 싶다는 듯이. 이튿날 아침 깨어나면서부터 두 사람은 묵계에 따라 각자의 생활을 따로따로 꾸려간다. 물론 전날 오간 말들은 아무것도 해결되지 않았고 두 사람 사이에 언제까지라도 지워지지 않을 앙금으로 남은 게 사실이다. 하지만 그렇다 해도 그런 내색을 해서는 안 된다. 최소한 무마된 척이라도 해야 한다. 여기서 혼자 남느니보다 알력과 반목이 심하더라도 둘이 함께 있는 게 훨씬 나을 테니까. 그들의 관계는 신중히 다뤄야 할 도자기 접시만큼이나 지나칠 정도로 조심스러워졌다. 이제 두 사람은 자기가 어떤 행동에 나서려 하거나 어떤 결정을 내리려 할 때마다 상대방에게 "괜찮아?", "너도 좋지?" 같은 말을 그 행동이나 결정의 구두점처럼 꼭꼭 붙이게 된다. 그렇게 함으로써 우스꽝스러워 보이리만큼 서로의 의사 확인에 충실하려는 마음가짐을 과장하는 셈이다.

오랜만에 두 사람에게 선의를 베풀 듯 한 주 내내 좋은 날씨가 지속된다. 그들의 상심이 사라진 건 아니지만 그사이 꽤 가라앉는다. 섬의 환경이 그럭저럭 견딜 만해진 것 같다. 아침마다 청명한 햇살 아래서 깨어난다. 어느새 기지 건물의 표면은 첫날 그토록 두 사람의 눈길을 현혹하던 다갈색으로 돌아온다. 눈부시도록 푸른 하늘 아래 또렷이 드러나 있는 녹슨 테두리가 강렬한 반사광을 내뿜는다. 묵은 목재는 더 이상 재색으로 보이지 않고 은빛을 띠고 있다. 오전의 밝은 빛살은 비현실적으로 보일 만큼 복잡하게 얽히고설킨 폐가의 미로와 4등분 되어 있는 건물 내부의 얼개, 거인의 손이 가져다놓은 듯 어마어마한 크기지만 제 스스로 부식되고 만 기름 탱크 등을 샅샅이 비춰 보인다. 모든 사물들은 비록 뒤틀린 각도일망정 그런대로 차곡차곡 쌓여 있다. 함석판과 널빤지 등 여기저기서 급작스럽게 튀어나오는 물건들은 세월의 풍상을 견디고 지금까지 살아남은 것처럼 보이기도 한다. 이 온갖 잡동사니들을 앞에 내세우고 뒤쪽으로 오목하게 은폐되어 있는 공간에서 눈에 뜨인 형광 이끼나 샛노란 지의류 또는 창백한 접시꽃 한 다발만큼은 황색과 재색으로만 양분되어 있는 이곳에서 동떨어져 있다. 내포에서는 해안 일대의 선녹색 해수면이 깊고 육중해 보이는 흙빛으로 변해가며 투명한 거울처럼 갈색 절벽과 산봉우리에 뒤덮인 만년설을 되비춘다. 그들의 섬은 아름답게 빛나고 있다. 비록 역경에 처해 있긴 해도 두 사람은 일시적이나마 이 절경의 아름다움에 도취된다. 섬을 에워싸고 있는 것은 깊은 정적이다. 단지 펭귄의 울음소리와 둥지를 튼 제비갈매기가 지저귀는 소리 또는 바다코끼리의 트림 소리만이 일정한 간격으로 그 정적을 가르고 솟아날 뿐이다. 물론 두 사람이 가금 사육장처럼 활용하려는 옆 동네 동물 부락에서도 풍부한 개체수를 알려주는 듯한 소음이 들려온다.

한낮에 이르자 덥다고 느껴질 정도로 기온이 오른다. 두 사람은 티셔츠 바람으로 일을 한다. 전적으로 먹을거리를 사냥하러 다니는 데만 골몰하는 생활이 계속되다 보니 구석기 시대에 살고 있다는 느낌마저 들 지경이다. 닷새가 지나니 그들이 첫 수렵에서 잡아온 펭귄들의 살가죽은 온통 곰팡이로 뒤덮이면서 썩는 냄새를 풍기기 시작했다. 그런데도 고집스럽게 두 사람은 다시 동물 부락으로 돌아가서 이번에는 조금 더 차분하게 쉰 마리쯤 잡아온다. 그러고는 거위 가슴살 요리만 한 두께로 펭귄의 속살을 토막 내서 썰어두기로 한다. 그것을 직사광선이나 다른 포식동물들에게서 피해 입지 않도록 바람이 잘 통할 만한 곳, 예컨대 창고 같은 데다 철책을 치고 놓아두면 색깔이 거무스름해지면서 건조되기 시작한다. 두 사람은 스스로 찾아낸 보존 방식에 기분이 뿌듯해진다. 그러면서 머릿속에는 벌써 앞으로 창고 안에 넉넉해질 비축 식량을 상상해본다. 하지만 그들이 이뤄낸 최고의 성과는 강치를 사냥하는 데 성공한 일이다. 지금까지 두 사람은 번식기가 다가올수록 사나워진다는 이놈들을 꺼렸다. 에르베가 이런 말을 해준 적이 있다.

"그놈들은 투견이나 마찬가지예요. 윗몸을 일으켜 세우고 달려드는데 땅에서 달리는 속도가 웬만한 사람보다 더 빠릅디다. 놈들한테 물리면 바로 격리 조치예요. 보건상의 이유죠. 지독하게 전염이 잘 되거든요."

그는 두 사람에게 강치를 조심하도록 신신당부했다. 처음 보면 강치의 외양은 참 예쁘다. 비단결 같은 갈색과 베이지색이 어우러진 모피에 콧수염도 근사하고 귀도 귀여운 데다 검은 눈이 영롱하게 반짝거리기까지 해서 한번 쓰다듬어보고 싶어지기 십상이다. 두 사람의 눈에는 강치들이 무리 지어 싸움 벌이는 일로 대부분의 시간을 보낼 만큼 공격적이라는 게 먼저 들어온다. 새끼들을 지키는 것은 암컷이고 그보다 훨씬 사나운 수컷은 자기들의 서식 지역에 들어온 이상 인간들을 제재해야 할 경쟁상대로 여긴다는 것도 확실히 알아차린다. 그러니 그동안에는 강치와 거리를 둘 수밖에 없었다. 고래잡이가 번성하던 시절, 강치들은 실제로 몰살당하다시피 했다. 사람들이 포근하고 근사한 외투로 만들어 입고자 녀석들의 털가죽을 탐한 탓이다. 보호동물로 지정된 이후부터 강치들은 자기들만의 영역을 되찾았다. 그러고는 울음소리와 체취로 영역 표시를 했다. 하지만 어린놈이라 해도 강치 한 마리만 잡으면 수십 킬로그램에 달하는 고기를 얻을 수 있는 데다 등잔의 연료로 쓸 지방만 해도 상당량이 나온다.

어느 날 아침 두 사람은 기지 안의 대장간으로 가서 고래잡이에 사용된 옛날식 대검의 날에서 녹을 벗겨내고 말끔히 갈아둔다. 그러고는 함께 사냥길에 나선다. 두 사람의 머릿속에는 모험을 다룬 이야기책의 삽화가 떠오른다. 삽화에서 창을 단호하게 휘두른 사냥꾼은 노획물을 막대에 꽂고 의기양양하게 돌아왔다. 하지만 요즘 실정과는 거리가 먼 얘기다. 지금은 세무관과 밀렵꾼 통제관이 버티고 있다. 처음이라 두렵다. 펭귄의 경우라면 전혀 두려워하지 않고 달려들 수 있다. 작고 온순한 새쯤이야. 그런데 태어나서 처음으로 몸집 큰 생명체를, 그것도 포유동물을 잡으러 간다니. 녀석들은 엄청 저항할 게 빤하다. 그러다 보면 싸움의 결말이 불투명해질지도 모른다. 자칫하다간 육박전을 치러야 할 수도 있을 거라는 위험부담이 두 사람을 불안에 떨게 하고 혐오감을 불러일으킨다. 둘 다 완력을 쓰는 데는 익숙지 않다. 이제부터 시험을 당하게 생긴 셈이다. 뤼도비크조차 학창시절을 보내는 동안 누군가와 싸워본 적이 별로 없다. 두 사람은 행동에 돌입하기 전 한 발짝 물러나 오랜 시간 동안 전략을 짠다. 한 발짝 다가서려다가도 강치가 으르렁거리며 자세를 바로잡기만 하면 심장이 쿵쾅거려 못 견디고 달아나기를 반복한다. 결국 두 사람이 우선적인 표적 대상으로 점찍은 것은 구석 자리의 몸집 작은 암컷 한 마리다. 그들이 눈에 띄자마자 녀석은 윗몸을 일으켜 세우더니 강치 특유의 울음소리를 토해낸다. 그 울음소리는 비음 섞인 신음 소리와 비슷하다. 더 이상 복잡한 생각에만 사로잡혀 머뭇거릴 때가 아니다. 뤼도비크가 녀석의 가슴팍에 치명적인 일격을 가하는 동안 루이즈는 뒤통수를 내리친다. 양쪽에서 시뻘건 선혈이 치솟고 녀석은 당황해서 거친 비명을 내지른다. 녀석이 전열을 정비하기 전에 두 사람은 두 번 더 세찬 공격을 가한다. 두려움에 휩싸인 나머지 손에 쥔 무기를 아무렇게나 난폭하게 놀린다. 강치는 미약하게나마 그들과 맞서보려 발버둥 친다. 털가죽은 이미 피로 물들어 있다. 마침내 풀썩 쓰러진다. 두 사람은 녀석을 자리에서 끌어내기 전 죽은 게 확실해질 때까지 잠시 기다리기로 한다. 온몸이 안도감과 뿌듯함으로 부들부들 떨려온다. 털가죽을 벗기는 작업은 결코 녹록지 않다. 칼로 너덜너덜하게 표피를 잘라 벗겨낸다. 그러고 나서 비곗덩이와 아주 붉은 살코기 조각을 거둬들인다. 새빨간 살코기 조각을 보니 입에 군침이 돈다. 두 사람 다 머리부터 발끝까지 점액과 피를 뒤집어쓰고 나서야 겨우 일이 끝난다.

갑자기 식량이 엄청나게 늘어나니 마음이 든든해진다. 물론 강치의 맛은 형편없다. 육류로만 채워진 식단이 장에 심한 부담을 주기도 한다. 그래도 굶주림에 대한 공포와 멀어져 다행이다. 그날 저녁 하늘이 기다란 깃털 모양의 구름들로 뒤덮여 날씨가 또 변덕스러워질 조짐을 보이긴 해도 두 사람은 고철 하나를 등에 받치고 앉아 모래톱 둔덕 위에서 쉰다. 저물어 가는 태양이 아스라이 빙산에도 다사로운 햇살을 비추고 있다. 내포는 잔잔하다. 여름 저녁의 어스름은 버려진 부락의 옛터를 고즈넉하게 가라앉히며 사금파리만큼이나 반짝거리는 돌비늘의 흔적을 모래벌판에서 끄집어낸다. 이토록 평온한 정경은 두 사람에게 현실을 직시할 수 있는 용기가 생기도록, 지난 불화도 말끔히 씻어낼 수 있다는 자신감이 들도록 북돋아준다. 제이슨 호가 사라진 게 현실이라는 것을 받아들이고 나서부터 두 사람은 그날그날 먹고 자는 문제를 되는대로 때우면서 버텨왔다. 이따금 두 사람 가운데 누구라도 한 번씩은 바람이 안으로까지 파고들어오거나 잠자리가 너무 불편해서 한밤중에 깨어나기도 했다. 그럴 때마다 스멀스멀 올라오는 불안감으로 깊은 고민에 빠져들지 않을 수 없었다. 두 사람의 의견이 일치한 것은 지금의 생존방식에서 어떻게든 벗어나야 한다는 점이었다. 그들이 그날그날 되는대로 버티고 있다는 것, 미래의 전망에 관하여 아무 생각도 하지 않고 지내고 있다는 것 등은 구체적으로 어떤 대목에 집중해서 전략을 짜야 하는지 알려주는 문제점들이었다. 이제 이 섬에서 살아남는 일은 어느 정도 해결된 것처럼 보인다. 느린 속도로나마 두 사람은 어쩌면 이 섬에서 머무는 게 죽을 때까지 지속될지도 모른다는 사실을 받아들이고 있다. 뤼도비크는 자기 천성에 따라 이 엄연한 현실을 농담조로 받아친다.

"우리가 구할 수 있는 고기들로 다양한 조리법을 개발하자면 아마 골머리깨나 아플걸. 난 삶은 펭귄 날갯죽지에 아주 질렸거든!"

루이즈의 머릿속으로 토마토 샐러드를 먹고 싶다는 생각이 슬그머니 비집고 들어온다.

"네 생각에 오래갈 것 같아? 여기서 지내는 거 말이야. 겨울도 넘겨야 할까?"

그러면서 잔뜩 구부려 세운 무릎을 두 팔로 감싸 안는다. 언뜻 보면 추워서 몸을 웅크리려고 그러는 것 같지만 이것은 평소 그녀가 자주 취하는 자세다.

"누군가 지나가는 사람이 있을 거야……. 생태 연구를 하는 배 같은 거……."

"관둬. 1월도 이제 다 지났어. 그런 거 조사하러 다니는 사람들이 이쪽에 와야 한다면 가장 좋은 계절을 택했을 거야. 그렇다면 벌써 오고도 남았어야 해."

"천천히 한 바퀴 둘러본 다음 여기나 펭귄 부락이 있는 저쪽, 제임스 만 근방에서 끝내려는 것일지도 몰라. 충분히 그럴 가능성이 있어. 머지않아 그런 배가 지나가는 걸 보게 될 거야."

조건반사적으로 두 사람의 시선은 난바다 쪽으로 향한다. 수평선은 안개 따위로 가려지지 않고 선명하게 트여 있다. 하지만 그쪽에서는 절망적으로 아무것도 나타나지 않고 있다.

"설령 그런 배가 있다 해도 놓치기 십상일 거야. 만일 밤에 이쪽을 지나간다면 우리가 해놓은 언덕바지의 구조 신호가 사람들 눈에 안 뜨일 수도 있어."

그녀가 그렇게 대꾸한다.

"아니. 이쪽에서는 밤에 어슬렁거리거나 뭘 하는 일이 없지. 그래도 원하면 제임스 만 쪽에도 구조 신호를 하나 더 만들어 두든지."

그렇게 하면 구조될 수 있다는 믿음의 근거가 루이즈에게는 그다지 충분치 않아 보인다. 무엇보다 그건 요행이나 숙명의 변덕에 좌우될 여지가 너무 많다.

"우리가 먼저 그런 사람들이 있는지 찾아 나설 수도 있어. 그런 사람들이 있다면 캠프는 분명 동쪽에 있을 거야."

그녀가 계속한다.

"서쪽은 알다시피 불가능하지. 그쪽으로는 절벽이나 접근 불가능한 빙하밖에 없으니까."

"지금 무슨 소릴 하는 거니? 각각의 내포 사이에는 네가 말한 대로 '접근 불가능한' 빙하가 하나씩 있어. 게다가 섬은 길이가 거의 150킬로미터나 되거든. 그러니 그쪽으로 가 있기는 절대 힘들 거야. 그나마 여기 말고는 기지처럼 지붕 있는 건물도 없고 먹을 만한 것을 찾을 데도 없어. 그러니 이쪽에서 머물 수밖에 없어. 선택의 여지가 없으니까."

그들이 있는 해안 한 귀퉁이에서는 험준한 산봉우리들이 시야에 들어오지 않는다. 제이슨 호를 타고 이쪽으로 다가오는 동안 두 사람은 산봉우리마다 펼쳐져 있는 순백의 빙관을 보고 탄복하지 않을 수 없었다. 그곳은 하얗고 파란 강줄기와 섬을 오렌지 조각들처럼 분할하고 있는 빙하의 젖줄이었다. 그 당시만 해도 루이즈는 경이로운 이 모든 '최초'의 체험들 앞에서 기쁨으로 온몸을 부르르 떨곤 했다. 지금은 보잘것없는 장비와 얼마 되지 않는 식량으로 어떻게 저런 자연환경에서 버텨낼지 난감할 뿐이지만.

"그럼 결국 여기서 겨울을 나야 할지도 모른다는 뜻이네."

루이즈는 최종 판결을 내리는 투로 그렇게 내뱉는다. 추위나 폭풍우 몰아치는 밤과 사투를 벌여야 할 기나긴 겨울이 그들을 기다리고 있다. 그녀의 말을 예시해 보이고 싶다는 듯 날이 이운다. 푸크시아 빛으로 물들어 있던 수평선이 연보라색을 띠는가 싶더니 재색으로 옮겨가서 그대로 굳어버린 것처럼 보인다. 각각의 개인이 어디 있든 위치 추적이 가능하고 현재 위치의 좌표를 알아내는 게 쉬워진 이 인터넷 시대에 어떻게 두 사람만은 이토록 완벽하게 다른 사람들과 떨어져 고립될 수 있다는 말인가? 이곳도 분명 지구의 한 지역인데 어떻게 이 행성의 한 부분만큼은 이다지도 철저하게 다른 지역에서 외따로 떨어져 있을 수 있다는 것일까? 자리에서 일어나기 전 두 사람은 친구나 가족이 컴퓨터와 패스워드로 그들의 발자취를 알아내기 좋도록 위치추적장치 같은 기기를 가져왔더라면 어땠을지 자문해보았다. 하지만 뤼도비크는 펄쩍 뛰었다. 두 사람이 추구한 것은 '빅 브라더'나 가족들의 개입에서도 멀찍이 벗어나 자유롭게 살아가는 삶이었다는 게 그 이유였다. 출입이 금지된 이 섬에서 등반에 도전하는 일은 원래 가능하지 않았다. 그런데도 두 사람은 그러기를 원했다. 자유와 안전, 책임감은 원칙적으로 양립할 수 없는 삼각형의 세 꼭짓점이다. 두 사람은 첫 번째를 가장 선호했고 나머지 둘은 뒤따라오리라고, 지참해온 전자기기의 기술력은 언제 어디서든 그들을 보호해주는 역할에 그치리라 확신했다. 그러나 나머지 두 가지는 끔찍하리만치 집요하게 사람을 뒤따라 다닌다. 그리고 냉담하게 자기의 우선권을 내세운다. 그게 실제 현실이다. 끊임없이 두 사람이 꿈꿔온 일탈의 모험에서 위성전화 통화와 크레디트 카드의 사용 인증, 비상구조체계의 숙지 등은 놀이가 너무 멀리 나가지 않도록 단속하고 관리하려 드는 기제였다. 고독하게 은둔하는 것 이상으로 중요한 것은 두 사람을 억압하는 문명 세계에서 최대한 멀어지는 일이다. 여기서 얼마나 더 지내게 될까? 여섯 달, 여덟 달? 그런데 만일 내년까지 아무도 오지 않는다면? 비루한 주거환경과 추위 속에서 야만인들처럼 동물이나 때려잡아 그 껍질을 벗겨 먹고살면서 여생을 보내게 될까? 죽을 때까지 줄곧 그러고 살아야 할까? 두 사람은 남반구의 감옥에 갇혀 있는 셈이다.

"나는 과학기지가 있는 쪽으로 가볼 생각이야."

루이즈가 불쑥 그런 말을 꺼낸다.

"오후 3시까지는 그래도 아직 날이 밝아. 되도록 빨리 해치울 거야. 피켈도 있고 아이젠도 있어. 먹을 건 강치와 펭귄 육포를 좀 챙겨 가면 돼. 넌 여기 남아 있어. 둘로 쪼개져서 이중으로 기회를 노리는 게 더 좋을 테니까. 그쪽 기지에 가보면 틀림없이 통신수단 같은 게 있을 거야. 라디오랑 위성전화기도 있을 테고."

"그건 너무 위험해!"

뤼도비크가 버럭 고함을 지른다.

혼자서 여기 남아 있어야 한다는 것은 상상만으로도 견딜 수 없다. 그가 다시 말을 잇는다.

"그것도 그렇고 사냥하고 구명정을 다루려면 둘이 있어야지. 행여 가다 넘어져 다치기라도 해봐. 저기 있잖아, 최악의 경우엔 여기서 겨울을 나야겠지, 아무도 안 온다면 말이야. 설령 그렇다 해도 둘이 같이 봄처럼 지낼 수 있는 방안을 찾아보면 되잖아."

서로는 제각기 자기 말이 옳다고 우긴다. 하지만 실은 루이즈도 자기 혼자 떠난다는 게 무섭기는 마찬가지다. 산을 탈 때조차 비상용 보호장비 없이는 지금까지 아무것도 시도해본 적이 없었다.

밤이 온다. 마지막 햇살에 낡은 건물의 모서리가 창백하게 도드라지면서 위협적으로 변한다. 차가운 바람이 서쪽에서 불어온다. 그 바람결에 함석판 하나가 삐거덕거린다. 두 사람은 그만 움막으로 물러난다.

역설적이게도 여기서 겨울을 나야 할 거라고 각오하니 그들의 마음이 홀가분해진다. 더 이상 헛된 기대에 매달려 있을 수만은 없다. 이제 그들에게 미래란 섬을 떠나는 게 아니라 이 섬에서 자기들의 생활상을 다시 짜려고 계획하는 쪽에 더 가까워진다. 역시 그 중심축은 월동 준비와 강추위에서 달아날 길을 찾는 일이다.

두 사람은 그들의 처소를 단장하려는 의욕으로 마음이 한껏 부풀어 오른다. 단장하고 나면 더 이상 움막이나 참호 같은 곳이 아니라 진짜 집에서 살게 될 테니까. 두 사람은 그 집에 '40'이란 이름을 붙이기로 한다. 40은 파리 15구 알레이 거리에 있던 옛집의 번지수다. 1층에는 벌써 '부엌'이 차려졌다. 두 사람은 이제 그곳에서 그동안 거둬들인 수확물로 식사를 준비하게 된다. 우선 설치류의 침탈에 대비해 그들의 귀한 식량을 온전히 보관해두고자 여러 개의 철끈을 매달아놓았다. 위층으로 올라오면 원래는 공동 침실로 사용되었을 공간이 나온다. 널찍하지만 텅 비어 있다. 이 공간은 '작업장'의 용도에 맞춰 정비하기로 한다. 벽돌 더미 위에 놓여 출입문 노릇을 한 탁자는 두 사람이 목공 작업을 하는 데 쓰이게 된다. 여분의 목재와 사냥도구, 칼, 숫돌, 곤봉으로 쓰일 쇠막대, 조개와 해초류를 담아올 황마 자루 등도 거기서 만들거나 다듬기로 한다. 이 건물의 지성소, 작업 감독이 숙소로 썼을 지붕 아래 방은 그때나 지금이나 똑같이 '침실'로 사용된다. 두 사람은 온갖 고철 덩어리와 널조각 따위를 주우러 자주 폐가의 잔해들을 뒤지고 다닌다. 그러면서 불과 몇 달 전만 해도 쓰레기로밖에 보이지 않았을 물건들이 이제는 귀한 보석처럼 여겨질 수도 있다는 데 놀란다. 기름의 질을 검사하기 위한 실험실이었을 듯한 곳에서는 여러 개의 술병과 플라스크, 밑동이 불룩한 유리 단지, 초록색과 재색 무늬가 있는 구리잔 등을 찾아낸다. 술병 같은 데다 강치의 기름을 액화시켜 담아놓고 천 쪼가리를 오려내서 심지처럼 사용하면 충분히 불을 밝힐 수도 있다. 물론 거기서 찾아낸 용기들로 등잔을 만드는 일도 어렵지 않다.

침실의 문을 열면 바닥에 융단이 깔려 있다. 실은 융단이 아니라 오래된 포목들을 잇댄 것이다. 누추한 맨바닥을 다니지 않도록 하기 위해서다. 왼쪽에는 난로 앞에 놓인 두 개의 고래 등골이 팔걸이 없는 의자로 쓰이고 창가는 밤에 커튼 비슷하게 생긴 장막으로 가려질 수도 있다. 그 맞은편에 줄지어 맞춰진 여러 칸의 목제 선반에는 그날 먹을 양식과 등반용품들과 나사나 못 같은 연장들을 얹어둔다. 벽에 붙은 선반 밑에는 탁자와 의자 두 개를 놓아 사무용 책상으로 활용한다. 침대가 놓일 오른쪽 귀퉁이 위쪽에는 좀먹은 헝겊 조각으로나마 바람막이를 쳐서 두 사람이 잘 때 조금 더 아늑한 느낌을 주도록 한다. 공간 전체에서는 연기, 상한 동물 기름, 그리고 습기 등으로 퀴퀴한 악취가 빠지지 않는다. 두 사람은 전혀 그런 줄도 모른다. 그런 악취는 이미 두 사람의 모든 것에 배인 냄새, 그들에게 친숙해진 일상의 냄새로 굳어진 셈이다.

강치 사냥에 성공한 후로 식량 문제는 이제 해결되었구나 싶었다. 천만의 말씀이다. 쾌청하고 건조한 날씨가 지속되는 한, 고기는 더 잘 마르는 게 당연했다. 하지만 문제는 약간의 습기에도 상하기 쉽다는 점이다. 두 사람은 식중독 증세를 느끼고는 건조 중인 고기들에서 절반 이상의 상당량을 내버리게 된다. 그러고는 이틀 동안이나 구토에 시달리며 끙끙 앓았다. 이번에는 훈제해두는 것을 시도해본다. 어쩔 때는 바깥에서, 날씨가 나쁘면 부엌에서 두 사람은 고기를 훈제하는 데 매달린다. 그럭저럭 성과가 있긴 했지만 그 대가로 많은 땔나무와 불을 피우느라 오랜 시간이 들었다. 이런 난관에 봉착하자 두 사람은 비슷한 경우 옛날 사람들이 어떻게 했는지, 책에서 자기들을 매혹한 그 모든 탐험가와 모험가들의 대처 방법이 무엇이었는지 알아보고자 오랫동안 머리를 맞댄다. 유별나게 자기들만 멍청한 건가? 식량 부족이 어느 정도 해결된 이후로 알아둬야 할 사항들 중에 자기들이 놓친 것은 무엇일까? 혹시 재수 없게도 천연자원이 풍족하지 않은 섬에 떨어진 건 아닐까? 두 사람의 기억에 따르면 로빈슨 크루소는 어떤 형태로든 먹는 문제에만 매달려서 섬 생활을 허비하지 않았다. 알바트로스나 펭귄의 알만 자그마치 100여 개를 쓸어 담았다는 강치잡이들의 수기를 떠올려보면 그런 옛사람들의 남획 때문에라도 야생의 생태가 빈곤해지지 않을 수 없다는 결론이 나온다. 프랑스에서도 이제 수렵과 어획은 지탄받을 만한 일이 되었고 더 이상 사람들을 먹여 살리는 활동으로 인정받지 못한다. 하긴 요즘 사람들은 아득한 옛 선조들과 달리 수렵이나 어획 활동에서 거둬들인 것을 모래나 소금 속에 저장해둘 수도 없다. 두 사람에게는 문득 그런 생각이 스쳐 지나간다.

그들의 또 다른 결론은 옛사람들에게도 먹고살아야 하는 게 최우선적인 과제이긴 했지만 생각만큼 많이 먹지도 못했고 잘못 먹어서 탈나는 일도 많은 듯했다는 것이다. 이제 굶주림은 하루 종일 그들을 따라다닌다. 오죽하면 밤에 잠이 다 깰 정도다. 위경련과 급작스럽게 입 밖으로 흘러나오는 군침이 스트레스를 유발하기도 한다. 또한 계속되는 허기가 이따금 눈물로 맺힐 때도 있다. 아무리 굶주려도 배고픔만큼은 익숙해지지 않는다. 굶주린 배는 늘 두 사람을 따라다닌다. 그날그날에 따라 정도차가 있긴 해도 대체로 음험하게 도사리고 있다가 더는 못 참겠으니 빨리 대령하라는 식이다. 헤이즐넛 버터를 듬뿍 바르고 그 위에 소금 한 줌 뿌린 훈제 감자튀김 한 접시! 야채를 곁들인 바비큐 소시지! 구운 햄 한 덩어리! 상상으로나마 이 멋진 음식들을 대령해보지만 그래 봐야 허기는 더 심해질 뿐이다. 게다가 두 사람은 너무나 일상적으로 먹어온 이들 맛에 대한 기억이 벌써 가물가물하다는 사실을 깨닫고는 큰 충격에 휩싸인다. 이제 그들이 맛볼 수 있는 세계는 다소간 비린내 풍기는 물고기, 그런 물고기 맛이 나는 펭귄, 역시 물고기 맛만 나는 강치 따위로 좁아지고 말았다. 나머지는 허구에 불과해졌다.

두 사람은 점점 더 수척해져간다. 뤼도비크는 눈에 확 뜨일 정도로 근육이 푹 꺼지면서 키만 더 껑충해 보인다. 루이즈는 특별히 더 빠질 것도 없긴 하지만 뤼도비크와 반대로 체구가 더 오므라들고 줄어든 것처럼 보인다. 마치 팔다리가 앙상한 몸통에서 어울리지 않게 삐져나와 있는 것처럼 보일 지경이다. 요사이 부쩍 현기증에 시달리는 일이 잦아졌지만 그에 관해 말할 엄두도 나지 않는다.

하루가 짧아진다. 날씨도 스산해진다. 거의 잿빛으로만 굳어 있는 하늘은 위협적으로 부풀어 오르는 풍선처럼 언젠가 펑 하고 터지면서 엄청난 폭우를 쏟아낼 것만 같다. 두 사람은 오늘 하루도 날씨가 잔잔하기를 바라지만 아침마다 침대에 있을 때부터 들려오는 것은 집의 한쪽 귀퉁이로 스쳐 지나가면서 윙윙거리는 바람 소리와 후드득 떨어져 내리는 빗소리다. 구명정처럼 작고 가벼운 쪽배를 저어 제임스 만에 접근하는 일은 점점 더 위험해진다. 높다랗게 출렁거리는 파고의 위협에 시달리면서 곶을 멀리 돌아가야 하니 더더욱 그렇다. 동네 펭귄들을 거의 다 도살한 후 두 사람이 장악하고자 눈을 돌린 것은 제임스 만의 연안이다. 근해를 따라가던 중 그들이 맞닥뜨린 것은 기포가 부글거리는 급사면이다. 그 안쪽으로 돌아가면 남은 거리가 상당히 늘어난다. 첫날에는 하는 수 없이 그들이 따라온 계곡을 타고 올라간다. 그러고는 손과 발로 자갈밭을 골라가며 오른쪽으로 비스듬히 돌아간다. 그러자 작은 강기슭으로 통한다. 거기서 다시 거슬러 올라가서 바람이 거세게 불어닥치는 들목을 지난다. 그리하여 두 사람이 마주하게 된 것은 150여 미터나 되는 절벽 모퉁이의 가파른 비탈이다. 그리고 그 너머로 펭귄이 보인다. 펭귄의 사체를 배에 잔뜩 싣고 돌아오는 길에 두 사람은 해수면 위로 솟아오른 암석들 사이를 지나가다 날카로운 암벽 모서리에 걸려 점퍼가 찢어진다. 사냥은 불과 한 시간 만에 끝났지만 오고 가는 데 걸린 시간만 자그마치 일곱 시간이다. 탈진한 몸을 이끌고 겨우 '40'으로 돌아온다. 그런 고생 끝에 두 사람이 거둬들이는 수확량은 최대치가 서른여 마리 정도다.

괄목할 만한 성과 하나는 실험실에서 오래된 수첩들을 찾아낸 일이다. 수첩들에는 반듯한 글씨로 도살한 마릿수, 육질의 등급, 지방의 중량 등 온갖 수치들이 줄지어 적혀 있다. 페이지마다 빼곡한 그 수치들은 나중에 돈으로 환산되었음에 틀림없다. 수첩의 지면은 모두 누렇게 떠 있는 데다 거무스름한 반점과 녹이 묻은 흔적으로 얼룩져 있다. 발진성 농양 같은 장미꽃 모양으로 파르댕댕하고 불그레하고 푸르스름한 곰팡이 자국도 그득하다. 이 문화유산 같은 수첩을 보니 옛 시절이 떠오른다. 하얗고 반반한 16절지 종이 위에 세 가지 형태의 필체를 아무렇게나 휘갈겨 써보다 이내 구겨서 휴지통 속에 예술적으로 집어던지곤 했는데. 뤼도비크는 배포되지 않은 전단지 다발도 찾아낸다. 사람들이 수거해 와 궤짝 가득 담아둔 모양이다. 루이즈는 애써 멋 부린 듯한 글솜씨로 채워진 비망록을 발견한 후 크게 한숨짓는다. 그녀도 한때 그런 식으로 매일 일기를 쓰곤 했다. 자기 글씨를 기다리듯 하얗게 펼쳐져 있으며 얇고 우툴두툴하고 초록색 괘선이 그어져 있는 지면이었지. 거기에 글을 써나가다 보면 어쩐지 자기 생각에 그 지면이 호응해서 더욱 농익은 글솜씨로 일기가 적혀나가는 것처럼 여겨지기도 했다. 종이는 기술공학의 보배에 속한다. 두 사람은 나무젓가락을 잘라 필기구를 만들어 쓰기로 한다. 그리고 그을음과 비계를 뒤섞으니 잉크 비슷한 게 생긴다. 조악하긴 해도 이러면 짤막하게나마 뭐라도 적어둘 수 있다. 수첩들의 용지 뒷장을 일기장으로 재활용하려는 것까지는 좋은데 며칠쯤이나 되었는지를 알기가 막막하다 보니 두 사람은 그 문제로 잠시 티격태격한다. 저녁마다 종이를 아껴 쓰려고 최소한의 말로 그날 하루에 한 일을 기록하는 것은 이제 거를 수 없는 일과로 자리 잡았다.

1월 6일: 작업장 탁자 끝냄

2월 12일: 펭귄 서른두 마리 잡고 부엌에서 훈제 시작

2월 21일: 상한 펭귄 열 마리 버리고, 해초 한 봉지와 삿갓조개 한 움큼씩 세 번 수확

2월 23일: 잘 간 칼날이 부러졌지만 강치 암컷 한 마리 도살

비록 대수롭지 않은 기록이나마 이런 식으로라도 뭔가 끄적거릴 수 있다는 게 두 사람으로서는 미치도록 즐겁다. 그것

은 그들에게 또 하나의 전기를 마련해준 셈이다. 끄적거리는 일이 여행 오기 전의 일상적인 문명 생활에 다시금 다가갈 수 있도록 해준다는 점에서 그렇다. 실제와 무관하게 두 사람은 그 일기장을 자기들이 좌절하고 실패한 일들보다 뭔가 성취하고 극복해낸 경험들이나 암담한 회의보다 희망찬 계획으로 메우려고 하는 편이다. 무의식적으로 언젠가는 다른 사람이 이 글줄들을 읽게 되리라고 상상하기 때문이다. 그렇다 보니 되도록 좋은 인상을 남기고 싶다. 둘 중 어느 쪽이든 이따금은 자기 이름 앞에 괄호를 치고 탐험가로서의 공적을 덧붙이고 싶을 때도 있다. 하지만 절대 그러지 않기로 했다. 이심전심으로…….

그렇기는 해도 두 사람 모두 일기 쓰는 일을 감정이나 욕구 따위의 분화구로 활용하려는 것만큼은 틀림없는 사실이다.

밤이 되면 두 사람은 벌겋게 달아오른 양철통 귀퉁이에 바싹 붙어 앉아 이야깃거리 삼아 오래전 읽은 책에서 기억나는 대목을 꺼내놓는다. 새클턴과 노르덴스크욜드, 그 밖의 위대한 극지 탐험가들의 대장정. 어쩔 때는 그런 이야기에서 꿋꿋이 버텨갈 힘을 얻기도 하고 불행의 늪지에 빠진 인간의 의지력에 대해 무한한 신뢰가 생기기도 한다. 하지만 다른 때는 이와 반대로 이런 영웅들과 비교할 때 너무나도 무기력하고 너무나도 나약한 현재의 자기 모습에 깊이 낙심하기도 한다. 그래서 소설이나 역사 에피소드, 지리책 이야기로 주의를 돌려 보려고도 한다. 루이즈는 문학 서적을 꽤 읽었다는 자부심이 강한 편이었다. 하지만 지금은 『이상한 나라의 앨리스』에 대해서도 그렇고 『보바리 부인』이나 『적과 흑』이 도대체 어떤 이야기였는지 세세히 기억해낼 수가 없다. 뤼도비크는 프랑스 왕의 명단을 나열하는 쪽으로 갔다가 아프리카 지도를 묘사하는 쪽으로 왔다가 하면서 뒤죽박죽으로 헤매기만 한다. 그동안 익히고 배운 모든 것이 이미 그들에게서 한참 멀어지고만 것 같다. 심지어 아무짝에도 쓸모없는 것처럼 보이기까지 한다. 그것들은 두 사람이 살아온 문화의 영역이면서 그들에게 주어진 사회화의 기본 코드에 속한다. 하지만 여기서도 그런 게 통하나? 그런 것들이 두 사람으로 하여금 식량을 쉽게 찾아낼 수 있도록 도와주기를 하나, 아니면 두 사람을 병마에서 지켜줄 수가 있나? 그렇긴 해도 지금으로서는 그런 문화생활의 찌꺼기들을 어렴풋이나마 되돌아보며 잊지 않도록 자꾸 끄집어내는 것만이 절망에 굴복하지 않을 수 있는 활로이자 벌써 아득해지는 인간 공동체에 계속 머물러 있겠다는 몸짓일 것이다. '정상적인 상태'로 남아 있는 것은 스스로에 대한 의무이자 동시에 발버둥 치기 위한 버팀목이다. 두 사람이 그에 관해 서로 무슨 말을 나눈 것은 아니지만 이전 세계에서 그들의 의식에 가장 또렷이 떠올라 있는 것은 각자의 어린 시절을 이루는 세부 요소들이다. 지금도 무의식중에 입에서 흘러 나오는 콧노래 가락, 할아버지와의 산책길에서 본 거리 모습, 걸쭉한 코코아 냄새 등. 둘 중 누구도 이런 퇴행의 조짐을 선불리 털어놓지는 못하고 있지만, 여하튼 그런 요소들은 두 사람을 떠받치고 있는 밑돌이다.

두 사람은 일상생활에 적용될 생활규범과 원칙, 주기 등을 못 박아두기로 결정한다. 그리하면 되는대로 살아가는 것을 방지할 수 있지 않을까 싶다는 생각에서. 아침 일과는 새벽녘에 일찌감치 침대에서 튕겨져 나와 루이즈가 이끄는 대로 가벼운 맨손체조를 실시해야 한다. 그러고는 하루 동안의 작업 목록을 함께 검토한다. 거기서 정해진 작업을 모두 마무리 짓지 못하면 저녁 식사는 없다. 둘 다 일손이 서툴다 보니 등잔의 희미한 호롱불 밑에서 밤늦게까지 작업에만 매달려 있어야 겨우 끝나는 경우가 잦다. 또한 둘이 번갈아가며 물 나르기를 하고 라이터 사용을 줄이고자 밤낮으로 불씨 지키기 당번을 맡는다. 책무를 다하지 못하는 경우 따라야 할 벌칙도 정해둔다. 루이즈는 11월에 치러지는 가족 행사를 기억해낸다. 그때가 되면 으레 가족 중 누군가가 나무판자를 꺼내 왔다. 세 개의 다리가 받치고 있는 이 나무판자에는 스물네 개의 구멍이 뚫려 있고 한 아이에게 하나씩 돌아간다. 저녁마다 부모는 하루 동안 누가 착한 일을 했고 나쁜 짓을 했는지 가려낸 후 그 판결에 따라 아이들로 하여금 나무판자의 구멍 위에 못 달린 별을 올려두거나 내리도록 했다. 아이들은 산타클로스 할아버지가 머리맡에 선물을 놔두기 전 각각의 나무판자 위에 박힌 별들이 얼마나 되는지 확인한 후 그 개수에 따라 보상해 줄 거라고 믿었다. 그러니 결과가 성공적일 수밖에. 아이들은 크리스마스가 다가올수록 고기 파이를 두 배로 먹을 수 있도록 그게 뭐든 집안일도 마다하지 않고 열심히 거들곤 했다. 벌칙이 너무 유치해 보이긴 해도 뤼도비크는 그녀를 기쁘게 하기 위해 그냥 받아들이기로 한다. 저녁때는 의무적으로 세면을 마친 후 각자 먹을 음식의 양을 세밀히 나눠 이 빠진 사발에 담는다. 두 사람은 아무래도 뤼도비크의 몸이 훨씬 크니까 한 숟가락 더 먹을 권리가 있다는 쪽으로 합의했다. 저녁 식사 도중에는 오늘 하루 동안 누가 더 잘했나를 두고 치열한 입씨름이 벌어진다. 그리고 입씨름에서 판가름 난 결과는 썩은 마룻바닥 위에 녹슨 못 자국을 한 줄 내는 식으로 기록된다. 일요일은 그 기록을 합산해서 벌칙 받을 사람이 누군지 가리는 날이다. 진 사람은 물 나르기 당번을 한 번 더 해야 한다. 루이즈는 일요일만큼은 쉬자고 주장한다. 일요일에는 사냥, 낚시, 연장 손질 등 일체의 생산적인 활동을 삼가야 한다는 것이다. 남반구의 외딴섬에까지 와서, 게다가 평소 신앙심도 없는 두 사람이 안식일을 거룩하게 지키자니 황당하긴 하지만. 두 사람은 침대에서 뒹굴뒹굴한다. 그러다 건성으로 섹스도 하고. 그러면서도 임신하지 않도록 서로 조심한다. 식사 때는 정해진 하루치 식량에서 고기 한 덩어리를 더 먹기로 한다. 일요일에 하는 외출은 일하러 가는 게 아니라 오롯이 산책하기 위해서고 별 걱정 없던 시절처럼 계곡을 거슬러 올라가보기 위해서다. 비가 오면 루이즈는 펭귄의 털가죽을 무두질하는 데 열중한다. 표피가 부드러워지도록 세심하게 문질러둔다. 뤼도비크는 유목을 어설프게 생긴 동물 형상으로 조각해본다.

하루 일과를 어떤 의식처럼 지켜내겠다는 의지는 점점 무조건적인 맹신으로 흐르게 된다. 각자의 책무를 어기면 상대방의 신뢰를 잃는 것은 물론 묵계도 함께 깨는 셈이다. 묵계를 지키는 게 왜 중요하냐면 알다시피 그것이 두 사람만의 공동체 안에 정의를 확립시켜주기 때문이다. 억지로라도 꾹 참고 해야 하고 책임질 수 있어야 하고 통제할 수도 있어야 하고 좋고 나쁜 것은 철저히 분별할 수 있어야 한다는 생각은 이 새로운 세계를 거치는 동안 생겨난 수련의 결과다. 숙명은 그만한 가치가 있는 자에게만 너그러운 법이다. 이와 같은 책임감에 이끌려 두 사람은 하루 일정을 효율적으로 보낼 수 있도록 짜면서 현재의 한순간, 한순간에 대한 긴장의 끈을 늦추지 않게 된다. 또한 되도록 맑은 정신을 유지하려 하고 앞일에 대한 걱정으로 기분이 우울해지지 않도록 유의한다. 스스로에 대한 성찰과 완수해낸 일에 대한 자부심과 어떻게 해서든 해내고자 하는 마음가짐은 두 사람이 여전히 온전한 인간성의 테두리 안에 머물러 있다는 사실을 보증해줄 수 있다. 또한 그들이 여타 동물들과 다르다는 사실도 확인받을 수 있다. 두 사람은 다른 약한 동물이나 잡아먹고 사는 포식자가 아니다. 그럼으로써 그들이 종종 휘말리고 있다는 느낌을 받는 이 원시인의 삶에서 멀어질 수 있다. 이렇게 둘만 있어도 사회의 틀을 따라하려 하는 것은 아직도 두 사람이 거기 속해 있기 때문이다. 이곳과 파리 15구 사이에는 실질적인 내용의 차이가 없다. 단지 형태만 조금 다를 뿐이다.

날씨가 궂다. 추적추적 가랑비가 내린다. 잠깐 외출할 때만 입는 후드 재킷은 여기저기 찢겨 나가 추위와 습기에 속수무책이다. 얼마 전 두 사람은 불 때는 데 쓰려고 바닷가 오두막에서 널조각들을 찾아보았다. 나무 모서리가 닳고 닳아 송곳만큼이나 뾰족해서 다치지 않도록 조심해야 한다. 고개를 숙인 채 말없이 작업한다. 날이 갈수록 그들의 심신에 얹히는 피로감이 조금씩 더 무거워지는 것 같다. 한순간 루이즈는 잠시 상체를 일으켜 세우고 허리를 주무른다. 정면에서 난바다가 그녀의 시야에 들어온다. 탁 트인 내포 들목으로 거대한 선박 하나가 해안을 따라 가지런히 지나가고 있는 게 보인다. 바다 안개가 껴 있긴 해도 또렷하다. 순간적으로 자기가 혹시 헛것을 보고 있는 게 아닌가 싶다. 그러다 이내 가슴속에서 앞을 가로막는 장애물 같은 게 사라지는 듯하더니 난데없이 그녀를 엄습하는 열기가 느껴진다. 부드럽게 휘감아오는 그 열기에 온몸이 후들거린다.

"뤼…… 뤼도! 저기!"

몸이 석상처럼 굳은 것 같다. 팔을 내뻗을 힘조차 없다. 하지만 그럴 필요도 없다. 그도 자지러지는 소리를 낸다.

"아! 빨리, 구명정으로!"

"안 돼. 기다려. 사람들이 우리를 보려면 좀 더 있어야 해. 일단 휘발유부터 찾으러 가야겠어."

두 사람은 돌연 열에 들떠 우왕좌왕하기 시작한다. 다급히 서둘러야 한다는 조바심에 관자놀이가 지근거린다. 이제부터 어떻게 할지 대책을 상의할 여유도 없다. 두 사람이 언덕 위에 바윗돌들로 구조 신호를 만들어놓았을 때는 혹시라도 이쪽으로 지나가는 배가 그것을 보고 내포 안으로 들어와서 정박하는 게 당연한 수순처럼 여겨졌다. 그런데 지금 저 배는 섬에서 너무 멀리 떨어져 있다. 너무 멀리 떨어져 있다 보니 엷은 안개에 둘러싸인 땅덩이 말고는 그게 뭐든 아무것도 구별해내기 어려울 게 틀림없다. 그들의 눈앞에 있는 배는 초대형 선박이다. 길이가 100미터도 넘을 듯하다. 선박의 규모가 저 정도라면 파타고니아나 남극 대륙으로 관광객들을 실어 나르는 크루즈 선 가운데 하나일 것이다. 안개 낀 바다를 가로지르는 배는 수많은 불빛들로 환하게 떠올라 있다. 그 불빛들은 어둡고 육중한 윤곽 위로 갑판과 오밀조밀한 통로, 선실 따위를 비춰 보인다. 저토록 쾌적하고 조화롭고 안락하고 다사로운 세상이라니! 그런 세상이 저기 바로 코앞에 있다!

두 사람은 여기까지 오는 동안 저렇게 물 위의 성당 같은 관광선들과 자주 마주쳤다. 그럴 때마다 그 배의 승객들을 팔자 늘어진 노년기 여피족이라며 비웃곤 했다. 명경지수 같은 해안을 뒤로하고 느긋하게 차나 홀짝거리면서도 삶의 진실을 추구하는 척하고 사는 족속들이라고. 하지만 지금 이 순간 두 사람은 저 배에 오를 수만 있다면 모든 것을 다 바칠 수 있을 것이다. 불안이 그들을 사로잡는다. 혹시 저 배가 자기들을 보지 못하기라도 하면? 루이즈는 라이터를 찾으러 쏜살같이 숙소로 달려간다. 뤼도비크는 구명정을 끌어내려고 모래톱으로 내달린다. 라이터를 찾아 돌아와서야 그녀는 각자의 생각이 서로 달랐다는 것을 알아차린다.

"그만둬, 뤼도. 먼저 라이터 불을 켜야 해!"

다시 뤼도비크와 만난다. 심장이 쿵쾅거린다. 그 배는 어디 있는 거지? 배는 내포 한가운데에서 빠져나가 유유히 자기 항로를 계속 따라가는 중이다.

"아, 안 돼! 거기 멈춰! 기다려달란 말이야!"

배에 대고 그렇게 소리를 질러대면서 그녀는 휘발유를 뽑아내고자 구명정으로 뛰어든다. 라이터 불을 켜야 한다. 하지만 뤼도비크가 그녀를 거칠게 뒤로 밀쳐낸다.

"너, 미쳤어? 빨리 저쪽으로 가서 배를 따라잡아야지!"

"바보 천치 같은 소리 좀 그만해! 가봐야 어차피 거기까지 닿지도 못해. 봐봐, 배가 너무 빠르잖아. 그러면 사람들이 우리를 보지도 못할 거야. 빨리 라이터 불로 먼저……."

그녀는 말을 맺지 못한다. 그가 그녀에게 달려들어 강하게 밀쳐냈기 때문이다. 한순간 그들 사이에 말과 이성이 사라진다. 두 사람은 서로 엉겨 붙어 몸싸움을 벌이기 시작한다. 둘 다 악에 받쳐 얼굴은 분노와 조바심으로 일그러져 있다. 뤼도비크가 훨씬 기운이 세지만 이번에는 그녀도 쉽게 물러나지 않는다. 그를 사정없이 물어뜯고 할퀴더니 마침내 그를 거꾸러뜨리고 위에 올라타기까지 한다. 그들의 눈이 상대에 대한 증오로 이글거리지만 않는다면 격하게 뒤엉켜 있는 몸과 헐떡거림은 숨 가쁘게 섹스에 몰입해 있다 절정에 달한 순간을 연상시킬 수도 있다. 하지만 이건 생사가 달린 문제다. 마침내 뤼도비크가 우위를 점한다. 그는 루이즈를 모래톱에 내팽개친다. 그녀는 코피를 흘리며 그대로 쓰러진다. 뤼도비크는 이 틈을 타서 구명정을 물 위에 띄운다. 그러면서 자신의 승리를 확인하듯 혼자 뭐라고 주절거린다. 다급하게 모터에 시동을 걸려고 거듭 시도하다 주유구가 열려 있다는 것을 다시 떠올린다. 손이 덜덜 떨린다. 격렬한 심장박동으로 금세라도 가슴이 터질 것 같다. 언제까지고 이 순간이 끝나지 않을 것처럼 너무 길게 이어진다. 이윽고 모터에서 부르릉거리는 소리가 난다. 뤼도비크는 전속력을 다해 난바다 쪽으로 향한다.

루이즈는 녹초가 되다시피 한 몸으로 엉금엉금 기어 나와 그쪽에 대고 부르짖는다.

"안 돼! 정말 안 돼! 돌아와. 휘발유가 꼭 필요하단 말이야……."

그러면서 주먹으로 바닥을 내리친다. 사방으로 모래가 튄다. 도저히 용납할 수 없을 만큼 참담한 기분이 든다. 두 사람 사이에 삐져나온 난폭함이 그녀에게서 전율을 불러일으킨다. 만약 칼이 손에 있었다면 그녀는 그 칼로 뤼도비크의 등을 주저 없이 찔렀을지도 모른다. 난데없이 마음속 가장 깊은 밑바닥에서 그에 대한 증오가 치밀어 오른다. 그러자 부끄러움도 함께 밀어닥친다. 하지만 싸움에 졌기 때문인지 아니면 자기를 다스리지 못하고 충동적으로 행동했기 때문인지는 알 수 없다. 부르릉거리는 소리가 그녀를 다시 자극한다. 자리에서 벌떡 일어나 손가락 뼈마디가 으스러질 정도로 라이터를 꽉 움켜쥐고 몇 분 전까지만 해도 두 사람이 쓸 만한 것을 골라내는 중이었던 목재 더미 쪽으로 황급히 달려든다. 손에 긁힐

지도 모를 못이나 가시가 혹시 있는지 살피지도 않고 그녀는 가장 작고 건조해 보이는 나무토막들을 한데 모은다. 그러고는 거기에 불을 붙이려 한다. 수고도 헛되이 손가락 끝만 불에 델 뿐이다. 지금은 난바다 쪽으로 고개를 돌릴 때가 아니다. 오로지 이 일에만 계속 집중해야 한다. 혹시 승객들이 이 일대 경치를 감상한다는 이유로 크루즈 선이 속도를 늦추거나 하지는 않을까? 그래도 여기까지 왔는데 최소한 여흥을 즐겨야 할 시간쯤은 주어지지 않을까? 미친 여자처럼 화급하게 그녀는 주위를 살펴본다. 어느 널빤지 위에 오래된 신문지들이 박혀 있다. 아마도 단열재로 쓰려고 한 것 같다. 그녀는 그 신문지 뭉치를 빼내 덜덜 떨리는 손으로 다시 불을 붙여본다.

'아, 하느님 제발 불 좀 붙여주세요…….'

루이즈는 열여섯 살 이후로 기도를 해본 적이 없었다. 자기는 신 같은 거 믿지 않으니 이제 미사에도 참석하지 않겠노라고 공표하는 투로 엄마에게 말했다. 아, 세상에, 기적이다! 불꽃이 일어나더니 쐐기 모양의 나뭇조각으로 옮겨붙기 시작한다. 자기도 모르게 그녀의 입에서 안도의 한숨이 새어 나온다. 수(Sioux)족 인디언만큼이나 조심조심하며 나뭇조각들을 더해본다. 얼마 지나지 않아 작은 불길이 너울거리며 그녀의 눈이 붉게 물든다. 조금만 더. 썩은 마룻바닥의 널조각들까지 뜯어내서 보태면 더 큰 불길이 솟아오르면서 허공으로 기분 좋은 연기를 피워 올릴 것 같다. 그녀는 그제야 몸을 일으킨다.

내포에는 아무것도 없다. 선박도, 구명정도. 안개와 빙산의 푸르스름한 그림자 말고는 정말 아무것도.

그녀는 기가 다 빠져나간 듯 너무나도 차가운 땅바닥에 그대로 주저앉고 만다. 그러고는 울부짖기 시작한다. 머저리 같은 뤼도비크가 모든 걸 망쳐버렸다는 원망과 증오가 방금 전 벌인 몸싸움의 앙금과 엇물리면서 걷잡을 수 없는 급류처럼 터져 나와 앙분의 발작을 일으킨다. 자기가 정말 미쳐버리고 만 것 같다는 기분까지 든다. 이 정신적인 혼란에 더해 멍울진 고독이 뼛속까지 사무쳐온다. 이대로 있으면 죽을 것만 같다. 어쩌면 차라리 그러는 게 느리게 이어지는 단말마보다 나을지도. 만약 뤼도비크가 이대로 사라져 다시는 나타나지 않는다면 누가 진정으로 그녀를 위해 울어줄까? 이번 모험에 나서는 것을 극구 말렸던 루이즈의 부모는 이렇게 생각했다.

'좋은 직업이 있는데도 이런 짓에 뛰어들겠다니, 정말 구제불능이로구먼…….'

그렇다면 그녀는 아무런 존재감 없이 집에서 계속 무시당하며 언제까지나 '꼬맹이'로 살아야 했을까? 그녀의 절규는 텅 빈 내포를 휘저으며 절망적으로 울려 퍼진다. 이내 목청이 쉰다. 절규는 오열 속으로 사그라졌다 다시금 터져 나와 내포를 뒤흔들어놓는다. 화들짝 놀란 펭귄 두 마리가 날개를 퍼덕거리며 저만치 달아난다.

전속력을 다해 뤼도비크는 내포의 들목에 가 닿는다. 그런데 거기서 옆쪽으로 구명정을 밀어내는 물살에 막혀 속력을 조절할 수밖에 없게 된다. 근근이 자리에서 일어나 벗어젖힌 웃통을 머리 위로 들어 올려 흔들어본다. 선박은 아득히 멀어져가고 있다. 이런, 갑판에 나와 담배를 피우는 선원이나 다른 관광객에 비해 유독 호기심이 많은 이가 하나라도 있다면. 그 순간 지중해에서 물이 빠진 적이 있다는 한 사내의 이야기가 기억난다. 그 사내는 채소 껍질 따위를 버리러 나온 취사병의 눈에 띄어 구조될 수 있었다고 했다. 구명정이 전후좌우로 흔들린다. 뤼도비크는 균형을 잃고 그만 넘어진다. 어떻게 해서든 저기 도착해야 한다. 그건 달리 어쩌고 말고 할 게 없는 문제다. 뤼도비크는 다시 최대한 속력을 올려본다. 급한 마음에 안까지 들이치려는 물결을 한 손으로 쳐내기까지 하면서. 30분 후쯤 크루즈 선은 잿빛 배경 속에서 아스라이 가물거리는 한 점 빛이 되어 사라져간다. 받아들일 수도, 견뎌낼 수도 없지만 사실이 그렇다. 뤼도비크는 지금 교도소에서 착실히 복역해왔지만 도무지 알 수 없는 이유로 형량이 늘어난 모범수의 심정이다. 참을 수 없는 노여움, 좌절감, 불안 등이 목울대에 몽우리 지며 그의 숨길을 틀어막는다. 그동안 두 사람은 용기를 잃지 말자고 서로 다독이며 이 혹독한 환경을 이겨내고자 가까스로 견뎌왔다. 그는 자기 기분이야 어떻든 루이즈의 사기가 꺾이지 않도록 농담도 이어가고자 노력했고 루이즈가 어떤 의식을 제안하면 그게 좀 우스꽝스럽더라도 가리지 않고 동참했다. 그런데 그 결과가 겨우 이거란 말인가? 그 빌어먹을 놈의 배가 자기들이 어떻게 지내나 조롱하러 여기까지 다녀가는 것을 그저 지켜만 보기 위해서? 그렇다면 자기들을 지켜줄 정의는 이 세상 어디에도 없다는 말인가?

그는 돌연 이전 세계에서 일상적이고 평범하게 누려오던 것에 대한 그리움에 사로잡힌다. 크루즈 선 안에서의 세계, 샤워, 잘 차려진 식탁 주변으로 부드럽게 깔리는 음악, 그리고 거기서 훨씬 더 나아가서 저편에 저 수평선 너머에 이 시간이면 심한 교통 체증에 퇴근길이 막혀 투덜거리거나 친구들과 술 한잔 하고 있을 그쪽 사람들. 그가 원하는 것은 소파와 컴퓨터다. 그가 원하는 것은 주머니에서 빼낸 열쇠가 달그락거리는 소리와 양파 튀김 냄새다. 비 오는 날 전철의 객차 안에 감도는 바로 그 냄새도. 또 그가 원하는 것은…….

저 멀리 수평선 위로 떠가는 난알 하나가 그의 희망을 송두리째 앗아간다. 흠뻑 젖은 몸에 오한이 번진다. 머리가 뱅글뱅글 돌며 어지럽다. 파도에 들썩들썩하는 이 고무보트 위에서 그의 모습은 수염이 덥수룩하고 수척한 몸 위에 아무렇게나 누더기를 걸친 걸인의 행색이다. 스스로 돌아봐도 쇠약해진 자기 모습에 너무 비참해진다. 그가 그만 돌아가기로 결정한 것은 그러고도 한참 후다. 너무 늦었다. 돌아가는 길에도 그다지 속도를 늦추지 않아 배가 여러 번 뒤집힐 뻔한다. 보트를 안정적으로 이끌고 가려면 비스듬히 해안을 따라가는 수밖에 없다. 난바다 쪽에서 볼 때 섬의 풍광은 음산하고 칙칙한 흑백의 단색화에 불과하다. 파도 자락은 여기저기 잔설이 깔려 있는 어둡고 황량한 섬 기슭에 대고 고른 치열을 드러내듯 하얗게 철썩거린다. 뤼도비크는 모터를 끄고 물결에 보트를 내맡긴다. 이토록 자기들에게 적대적인데 이 섬으로 돌아간다 한들 다 무슨 소용일까? 그만 여기서 모든 걸 끝내버리는 게 차라리 낫지 않을까? 곧 밤이 올 테고 추위는 무자비한 발톱으로 나를 제압하겠지. 그럼 이내 온몸이 무감각해지면서 편히 잠들게 될 텐데. 우리를 벼랑 끝으로 내모는 이 악몽과 싸우는 거 이제 그만두자. 이 악몽의 고통을 줄여보자. 배고픔도 잊고 다음 날에 대한 불안도 다 잊고 그저 잠에만 푹 빠져들자. 지난 여러 주 동안 이 혹독한 환경과 맞서 싸우느라 너무 지쳤다는 생각이 불현듯 그를 엄습한다. 크루즈 선의 등장으로 고조된 희망은 부메랑으로 되날아와 그를 참혹하게 짓밟는다. 자기는 할 만큼 했다. 이제는 더 이상 여유로운 척할 수도 없고 여기서 뭘 어떻게 해야 할지 집중할 수도 없다. 뤼도비크는 출렁이는 물결에 심하게 기우뚱대는 구명정의 바닥에 누워 잔뜩 몸을 웅크린다. 그러고는 혼곤한 몽상 속에서 헤매기 시작한다. 부드럽고 포근하게 자기가 잠들 수 있도록 그리하여 그대로 소멸할 수 있도록 도와줄 수 있는 그 무엇인가가, 그 누군가가 아쉽다.

'어디 보자, 처음 안아본 여자가 누구였더라? 아멜리였나? 그래, 그다지 예쁘지는 않았지만 다른 사내 녀석들이 말하기를 잘 응해주는 여자애라고 했지. 주걱턱이었어. 코가 제법 길었는데 그런 게 나랑 똑같았지. 키스하려고 얼굴을 들이대는 동안 이러다 긴 코들이 부딪쳐서 부러지기라도 하면 어쩌나 걱정한 기억이 나네. 그녀의 침 맛이 유난히 시큼하게 느껴지던 일도 기억나고. 조금 더 쾌적한 추억을 찾아보자. 그래, 루이즈. 그녀의 몸을 길들인 게 바로 나라는 자부심으로 뿌듯해하던 시절이 있었지. 사귀기 시작한 지 얼마 되지 않았을 때만 해도 내가 안으로 파고들기만 하면 온몸에 경련을 일으키면서 금세라도 달아날 것만 같았는데. 그래서 다양하게 전희도 해주고 넣기 전에 애무도 충분히 해주고 그녀 안에서 욕망이 솟구쳐 오를 수 있도록 한참 몸을 달궈주다 뚝 멈추기도 하고 한 후로 어느 날 새끼 고양이 같은 교성을 내기 시작했지. 점점 그 소리가 커져갔고 단순히 끙끙 앓기만 하는 신음 소리에서 흐드러지게 리듬을 타는 노랫가락으로 변해가더니 결국에는 새된 비명 소리를 내질렀는데. 그날 밤 여자라는 게 뭔지

속속들이 알아낸 것 같은 기분이었지. 작은 젖가슴이 삼각형 모양으로 탱탱해지는 것을 보면서 그녀를 무릎 위에 올려놓고 마주 앉아 하는 체위가 참 좋았는데. 나의 루이즈, 나만의 꼬맹이, 꼬맹이처럼 너무너무 귀여운 루이즈.'

뤼도비크는 콧노래를 흥얼거리기 시작한다.

"꼬맹이, 꼬맹이, 나의 꼬맹이. 너무너무 귀여운 우리 꼬맹이……."

구명정이 죽은 물고기처럼 해수면 위를 아무렇게나 떠다닌다. 큼지막한 바다제비 한 마리가 난데없는 그 노랫가락에 깜짝 놀란 듯 한순간 구명정 위를 맴돌다 사라진다. 뭔지는 모르겠지만 몸집이 너무 커서 싸움을 걸 만한 상대가 아니라고 판단한 모양이다.

"꼬맹이, 꼬맹이, 나의 꼬맹이……."

'춥다. 그런데도 왜 루이즈는 내 몸을 데워주러 오지 않는 걸까? 그녀는 매정하다. 내가 그녀를 위해 어떻게 했는데! 그저 약간의 온기만 있으면 되는데. 루이즈는 근본적으로 아주 모진 면이 있어. 정서는 메마른 편이고 성정은 꽤나 억척스럽지. 오로지 그놈의 우라질 산 말고는 아무 데도 관심이 없다니까. 내가 곁에 나타나지 않았으면 루이즈는 아마 평생토록 조세 관련 서류나 뒤적거리면서 그 쪼다 같은 등반 동료들하고 시시덕거리다 누구 하나 거들떠보지 않을 노처녀로 시들어갔을 텐데. 아 너무 춥다. 누구라도 와서 몸을 데워주면 정말 좋겠다. 루이즈가 아니라면 여기까지 달려올 사람은 아마 엄마일 거다. 너무너무 예쁜 우리 엄마. 엄마가 학교까지 데려주는 게 참 좋았어. 반 아이들이 엄마를 보고 막 부러워하니까. 하지만 엄마라고 해서 늘 다정하기만 한 건 아니었어. 어쩔 때는 다짜고짜 화를 내기도 했지. 자기 일에 쫓기며 살다 보니…….'

"시끄러. 떠들지 마, 뤼도. 엄마, 지금 막 회의 끝나고 퇴근해서 피곤해 죽겠으니까. 조용히 하고 있어. 뭐 묻은 손으로 엄마 옷 만지지 않도록 조심하고. 말 잘 들어야지. 오늘 저녁에는 이리나가 돌봐주러 올 거야. 엄마는 아빠하고 어디 다녀와야 해서…… 얌전히 있어……."

자기만큼 늘 얌전하게 군 아이도 드문 편인데. 뤼도비크는 몸을 움츠린다. 무기력하게 축 늘어진 몸 위로 물보라가 들이친다. 그 여파로 보트 바닥에 물웅덩이가 고인다. 파도가 크게 출렁일 때마다 보트 바닥에 고인 물이 이리저리 흘러 나간다.

그때 뭔가 요란한 굉음이 씁쓸한 몽상의 흐름을 끊고 거기서 그대로 잠들지 못하도록 그의 귓가로 비집고 들어온다. 율동적이면서도 어쩐지 자극적인 폭포수 소리가 그로 하여금 눈을 뜨도록 강요한다. 지금은 개와 늑대의 시간, 하염없이 지속되는 남위 50도의 해질녘이다. 구름 아래로 비스듬히 새어 나오는 빛살이 사방에 비치면서 출렁이는 파도 거품을 금빛으로 물들인다. 절벽에 나 있는 각각의 단층과 새하얗게 점점 이 이어져 있는 새똥 자국도 그 눈부신 빛살 속에서 윤곽이 더욱 선연해진다. 그 아래 절벽 기슭에서는 금빛 머금은 파도가 부글거리다 으깨지면서 여러 다발의 포말로 높이 튀어 오른다. 그러고는 메두사와도 같이 여러 자락으로 갈라져 암벽을 날름거리려는 듯 번갈아가면서 그쪽을 향하여 들이닥친다. 뤼도비크는 그만 눈을 감고 싶다. 자기를 자꾸 성가시게 하는 이 경관에서 멀어지고 싶다. 하지만 그럴 수 없다. 더는 어쩔 수 없다. 저 절벽 위에서 몇 미터만 바람에 몸을 내맡기기만 해도 바로 죽음이다. 저 위로 오르기만 하면 곧장 죽음의 길로 들어설 수 있다. 암석들 위에서 무참히 으깨져버린 자기 몸을 상상해본다. 예리한 바윗돌들의 모서리에 살갗이 갈가리 찢겨 나갈 테고 그 위로 덮쳐오는 파도 자락에 이내 휩쓸리고 말겠지. 안 된다! 지금은 아니다. 여기서는 안 된다! 구명정이 밀려오는 파도의 부글거리는 회오리 속으로 휘말려 들어가고 있다. 그는 피곤하다. 너무나도 피곤하다. 하지만 눈을 떠야 한다. 발동기를 향해 엉금엉금 기어간다. 그러고는 시동을 거는 일에 남은 기력을 다 쏟아붓는다. 바다가 더욱 거칠게 들썩거리며 뤼도비크에게 본능적인 두려움을 불러일으킨다. 여기서 살아서 나가야 한다는 절박함이 그를 다시 일으켜 세운다. 모터에 시동이 걸린다. 예고된 참극에서 가까스로 마지막 순간에야 빠져나온다. 두텁게 번져가는 어둠 속에서 구명정은 거세게 출렁이는 파도를 헤치고 해안선을 따라 질주한다.

그 이후로도 30분 넘게 항해하는 동안 불현듯 몸이 이상하다는 느낌에 휩싸인다. 오랜 병마에서 갓 빠져나온 환자처럼 기운이 하나도 없다. 여전히 머리가 핑핑 돈다. 지금까지 무슨 일이 있었는지도 정확히 기억나지 않는다. 그저 거대한 선박 하나가 항적 뒤에 남기고 간 불빛과 곧 꺼져버릴 불꽃의 마지막 몸부림만이 떠오를 뿐이다. 다가오는 밤의 어둠 속에서 뤼도비크는 그렇게 기억에 남은 삽화 한 토막이 제법 흥미로워 보인다는 사실을 깨닫는다. 혼자 낯선 해안을 헤매고 다닌다. 자유롭게 보트를 타고 돌아다니는 사람 같다. 말라리아 환자처럼 온몸을 달달 떨고 있지만 않았어도 뤼도비크는 영락없이 집으로 돌아가기가 아쉬워서 바깥을 뱅뱅 돌며 은근히 겁이 나는 것을 즐기는 꼬마처럼 보였을지도 모른다.

절벽 기슭은 예리한 톱니 모양으로 트여 있다. 남위 50도의 늦여름 밤은 칠흑처럼 어둠으로만 뒤덮이지 않는다. 희끄무레한 빛띠가 수평선 위로 한 겹 떠 있다. 이로 인해 근해의 수면이 마치 반질반질하게 관리되고 있는 검정색 벨벳 융단처럼 보인다. 구명정이 톱니 안으로 휩쓸려 들어간다. 그러고 나서 몇 분 후 보트의 스크루가 어느 작은 해안의 자갈밭에 긁힌다. 그러자 뤼도비크는 구명정에서 튀어나와 차가운 모래톱 위에 주저앉아서는 혼미해진 정신을 회복하려고 노력한다. 옳거니! 이제야 기억이 되살아난다! 그렇다. 거대한 선박 하나가 두 사람의 눈에 띄었다. 그가 그녀에게 어서 저 선박을 따라잡아야 한다고 말했지만 결국 실패하고 말았다. 그런데 루이즈는 어째서 지금 자기와 함께 있지 않은 거지? 뤼도비크의 기억에서 그녀와 몸싸움을 벌인 일은 하얗게 지워져 있다. 온몸이 흠뻑 젖어 팔다리가 오들오들 떨린다. 무슨 수를 써서라도 반드시 그녀와 다시 만나야 한다. 그녀는 자기 혼자 남았다는 두려움에 질려 어쩌면 죽을지도 모른다. 혹시 자기 혼자만 고독을 그토록 무서워하는 게 아니라면 말이다.

비좁은 협곡을 깊숙이 따라 들어가면 심하게 비탈진 개울이 거의 반들반들해 보이기까지 하는 절벽 한가운데로 이어진다. 뤼도비크는 자갈밭 위로 구명정을 일단 끌어낸 후 미끈거리고 우툴두툴한 비탈길에 매달리다시피 하며 그 개울가를 거슬러 올라가본다. 얼음장 같은 물줄기가 손으로 흘러 내려온다. 손이 꽁꽁 얼어붙을 지경이다. 좀 기어오를 만하면 미끄러지고 그렇게 미끄러졌다가 다시 걸음을 내딛는다. 급사면의 단층을 지나가니 마침내 평지가 나온다. 날씨가 차츰 좋아지려나 보다. 뭉툭하고 들쭉날쭉한 구름들 사이로 하얗고 푸르스름하게 여문 달이 드러난다. 달은 잔설이 쌓여 있는 지점들을 새하얗게 들춰내며 그 그림자가 더욱 도드라져 보이도록 한다. 둔덕의 윤곽이, 바윗돌이, 하다못해 조그마한 조약돌까지도 그 그림자 속에서는 어머어마하고 위협적인 크기로 비쳐진다. 〈노스페라투〉나 〈폭풍의 언덕〉처럼 그림자를 강조해서 찍은 옛날 영화들의 몇몇 장면이 떠오를 정도다. 구름이 가린 달을 클로즈업해서 보여주면 으레 주인공의 적들이 등장한다는 뜻이다. 대본에서 그는 인적이 끊긴 자갈밭을 걷고 또 걸어야 한다. 곧 어딘가에서 누군가가 이렇게 외치겠지.

"컷!"

그러면 다시 불이 켜지고 사람들이 그에게 따뜻한 차 한잔과 담요를 가져다주며 정말 연기 좋았다고, 아마도 흥행에 성공할 거라고 말하겠지. 하지만 이런, 아무 일도 일어나지 않는다. 그는 내내 걷기만 할 뿐이다. 그의 머릿속에는 지금 단 한 가지 생각밖에 없다. 루이즈.

어림짐작으로 헤아려보건대 자기는 해안을 따라 걷고 있는 것 같다. 지금 몇 시쯤이나 됐지? 한 시? 두 시? 아니면 세 시? 그가 아는 것은 오로지 몹시 춥다는 사실뿐이다. 단 한순간이라도 좋으니 어디 쭈그리고라도 누워 몸을 데우고 싶을 뿐이다. 하지만 안 되겠지. 루이즈가 있으니까. 자기가 저녁 먹을 시간에 늦어서 기분이 별로 좋지 않을 테니까. 돌연 평지가 뚝 끊기더니 검정색 잉크를 풀어놓은 듯한 해수면이 양탄자처럼 펼쳐져 시야에 들어온다. 그것은 내포다. 바로 두 사람의 내포. 그와 다른 쪽에서는 달빛 아래 친숙한 고래잡이 캠프의 폐허가 환히 드러난다. 그는 수천 번이 넘는 밤이 지나는 동안 이곳에 발을 들인 사람들이 이런 심야의 추위 속에 낙오되어 쥐도 새도 모르게 죽음의 나락으로 곤두박질쳤으리라고 짐작해본다.

지금 몇 시쯤이나 됐지? 한 시? 두 시? 세 시? 두 손으로 더듬거려서라도 올라왔으면 내려가고 내려왔으면 다시 올라가야 한다. 고생스럽더라도 저 충적평야의 늪지를 가로질러가야 한다.

됐다. 이제 '40'이다. 층계, 문, 그리고 침대.

미치광이 같은 눈빛을 한 루이즈는 거지 행색을 하고 자기에게 다가오는 뤼도비크 앞에서 처절하게 울부짖는다.

두 사람은 잠자리에서 일어나지 않는다. 날이 밝아온다. 창가로 비껴 든 햇살에 비쳐 춤추듯 떠다니는 먼지가 보인다. 그들 사이를 고통스러운 침묵이 가로지르고 있다. 간밤에 두 사람은 상대방이 혹시라도 어디론가 사라질까 두려워 끈으로 서로의 몸을 묶어두기까지 했다. 묶여 있는 그들의 몸에서 김이 가물가물 솟아오른다.

해안에서 돌아오자마자 루이즈는 곧장 침대로 직행했다. 아무것도 할 수가 없었다. 한 시간이나 두 시간쯤 지나 겨우 침대에서 몸을 일으켰다. 그러고는 어둠에 덮인 해안으로 돌아왔다. 제이슨 호가 사라진 것을 확인했을 때와 비슷한 불안이 밀려왔지만 이번에 돌아오지 않고 있는 것은 다른 그 무엇도 아닌 뤼도비크다. 걱정스러운 마음에 몸싸움 벌인 일과 일렁이던 분노가 수면 밑으로 가라앉았다. 서둘러 구조 신호를 만들어둔 언덕바지 위로 올라가보았다. 하지만 먼바다에는 거대한 해수면만이 회녹색 양탄자처럼 펼쳐져 있을 뿐이었다. 일단 '40'으로 돌아왔다. 그러고는 추위에 언 몸을 데우고자 침대로 파고들었다. 뤼도비크는 지금 어디서 어떻게 되었는지도 모르는데 자기 혼자 살겠다고 난롯가에서 불이나 쬐고 있는 자신이 너무 파렴치하다는 생각이 들었다. 식욕도 나지 않았다. 바깥에 뤼도비크의 모습이 나타났다. 어딘가 숨어 있다 불쑥 어둠 속에서 뛰쳐나온 사람처럼. 그 거대한 선박은 결국 따라잡지 못한 것 같았다. 혹시 물에 빠졌었나? 살갗이 푸르뎅뎅하게 부풀어 오른 데다 물컹물컹해 보이기까지 하니 말이다. 게다가 저 모습은 더 이상 사람이 아니라 덫에서 겨우 빠져나온 한 마리 짐승, 심지어 물러터진 살집이나 고깃덩어리를 쌓아 올린 형체로밖에 보이지 않는데? 해안 어딘가에 있었던 건가? 다쳤나? 너무나도 축 늘어진 뤼도비크의 모습에 가슴이 메어지는 것 같았다. 애초부터 뭔가에 희망이나 기대를 거는 게 아니었다. 그건 정말이지 피를 말리는 일이었다. 루이즈는 가물거리는 정신으로 계단에 울리는 발자국 소리를 들었다. 그가 돌아왔다.

두 사람은 옷도 벗지 않고 모포 속으로 기어든다. 미적지근하게 옷에서 배어나온 습기에 두 사람의 몸이 금세 축축해진다. 등과 목, 머리를 타고 스멀스멀 기어 올라오는 바깥의 추위가 어떻게 해도 줄어들지 않는다. 지독하다. 어제 모든 게 끝장난 셈이다. 탈진해버린 몸과 마음이 회복되지 않는다. 시간이 가는지 안 가는지조차 더는 모르겠다. 서로서로 번갈아 가며 마비 상태에서 잠시 헤어나는가 싶다가도 이내 가라앉고 마는 일이 반복된다. 그냥 다 지긋지긋하다. 그저 너무 춥고 너무 혹독하다 싶을 뿐이다.

루이즈는 결국 다 떨치고 일어나기로 한다. 마치 온몸을 흠씬 두드려 맞은 것처럼 모든 근육이 욱신거린다. 일단 마음껏 바깥 공기를 들이마시고 싶다. 바깥으로 나오니 까슬까슬한 겨울바람이 그녀를 가장 먼저 반겨 맞는다. 덕분에 마음이 조금 나아지는 것 같다. 겨울철 등정에 나설 때마다 그녀는 얼굴에 찬물을 끼얹는 것처럼 시리디시린 이 바람을 꽤 좋아했다. 우선 걸어야 한다. 움직이면서 기운을 되찾아야 한다. 루이즈는 해안의 모래톱을 성큼성큼 가로지른다. 그러면서 애써 머리를 비우며 아무것도 떠올리지 않으려고 한다. 한걸음, 한걸음, 또 한걸음 내디딜 때마다. 말라붙은 다시마들이 그녀의 발밑에서 바스라진다. 슈우 하는 소리를 내며 잔물결이 출렁인다. 갈매기가 끼룩끼룩하고 우짖는다. 그런 주변 소음들에 머리를 내맡기려고 한다. 늘 곁에 머물면서 지금 이곳에서 보내는 자기의 일상과 밀착되어 있는 소음들. 문득 발바닥에서 느껴지는 감촉에 주의를 모아본다. 부서진 구두 밑으로 지금 자기가 딛고 있는 바닥에 대해 느껴보고자 한다. 푸석푸석하고 무른 모래, 썰물에 젖어 단단해진 모래, 자갈, 투실하게 부풀어 오른 듯한 조가비 등등. 뒷굽과 발끝, 뒷굽과 발끝으로 번갈아 가며 지표면, 우주의 한가운데에 있는 이 작은 행성의 지표면 위로 한발 한발 내딛는다. 매서운 바람결에 그녀의 팔이 들썩인다. 호모사피엔스, 잡식성 포유동물이자 항온동물. 어제 이전의 정상적인 세계와 그녀와의 관계는 완전히 끊겨버렸다. 이제는 정말 파리 15구와 도시의 불빛, 난방이 되는 아파트, 언제든 틀기만 하면 나오는 수돗물 따위와 영영 작별한 셈이다. 실연한 것만큼이나 그에 관해 떠올리는 것은 가슴만 아픈 일이다. 하지만 그 세계를 떠나보내지 않고서는 달리 어쩔 도리가 없을지도 모른다. 달리 어쩔 도리라고? 하지만 뭘 어떻게? 그런데 그 순간, 길 가장자리에서 어떤 갑각류 한 마리가 빙빙 돌며 위로 뛰어오르려고 하는 모습이 그녀의 눈에 뜨인다. 하지만 바람에 밀려 여의치 않다. 루이즈는 기분이 착잡해진다. 바람을 이겨내고 위로 튀어 올라 재도약하라! 재도약하라는 말은 우리 시대에 자주 통용되는 덕담 가운데 하나다. 이혼하고 나서, 실직이나 병마에 굴하지 말고 심기일전해서 재도약하라는 말들. 신문지상에는 자신의 미래에 대해 거의 불가사의해 보이는 신념을 품은 사람들의 예화, 그런 현대판 불사조들의 성공 신화로 넘쳐났다. 그녀가 지금 곱씹고 있는 기분은 어쩌면 유럽의 여러 도시들에서 불우하게 살아가는 아프가니스탄 난민들의 심경과 비슷할지도 모른다. 도저히 믿겨지지 않을 정도의 절망. 이루 헤아릴 수 없는 박탈감.

루이즈는 지금까지 단 한 번도 자살 충동 따위를 느껴본 적이 없었다. 그에 관해 상상해본 적도 없다. 뭉툭한 쇠붙이 모서리로 정맥을 그을까? 아니면 차가운 밧줄에 목을 맬까? 떠올리기만 해도 소름 끼친다. 동물적인 생존 본능이 화들짝 놀라 깨어나는 것 같다. 해안을 따라 걷는 동안 계속 마음이 갈피를 못 잡고 왔다 갔다 했다. 그녀는 아직 살아서 해안에 있다. 이대로 어디까지 가나 계속해보자. 끝까지.

'40'으로 돌아오는 동안 어느 정도 평온을 되찾았다. 침실로 들어가려는 순간 뭔가 섬뜩한 냉기가 그녀에게 몰려온다. 뤼도비크는 내내 자고 있는 것 같다. 머리 꼭대기까지 모포를 뒤집어쓰고 있어서 침대 위에 생기 없이 솟아 있는 형체로만 드러나 있다.

"뤼도비크? 뤼도? 자기야, 내 말 들려?"

그러고는 침대에 앉아서 모포를 걷어낸 후 그의 얼굴을 어루만진다. 흘러내린 눈물 자국이 뺨 위에 메말라 있다. 두 사람은 이야기를 나누기 시작한다. 먼저 그녀가 혼잣말을 늘어놓는다. 말들이 매끄럽게 이어지지 않고 자꾸만 뭉개지며 단음절로 끊어진다. 정말 기가 막힐 노릇이다. 이제 다 끝이다. 이건 너무 치명적이다. 두 사람은 절망의 나락으로 굴러떨어진다. 결국 이 섬에 뼈를 묻겠구나. 그래도 싸다. 이게 다 자기 잘못이다. 이 여행, 섬, 제이슨 호를 잃게 된 산책, 그리고 크루즈 선 사건까지 전부. 루이즈에게는 미안하다는 말밖에 할 수 없다. 그녀는 그런 그를 다독여준다. 짐짓 쾌활한 어투로 목소리에 힘을 준다. 그의 사과에 아무것도 아니라고, 괜찮다고 하며 오히려 힘을 북돋아주려고 한다. 마치 엄마처럼. 루이즈가 지금 느끼는 기분은 분노도 연민도 애정도 아니다. 그저 그가 다시 떨치고 일어나 자기를 외롭게 놔두지 말았으면 하는 마음뿐이다.

결국 뤼도비크에게 식욕이 돌아온다.

루이즈로서는 이건 뭔가 새로운 경험이다. 지금까지 그녀는 다른 사람들, 가령 산악대원과 직장 동료, 뤼도비크 등에 끌려다니며 살아왔다. 그 사람들이 꾸려가는 삶의 틈새에 끼어 살아왔다고도 할 수 있다. 사람들 사이에서 '꼬맹이' 취급을 받으면 자기 의견을 내기보다 사람들이 물을 때만, 그것도 되도록 공손한 태도로 답할 수밖에 없었다. 사람들이 보기에 루이즈는 딱 그런 사람이었다. 그녀는 주로 능동적으로 자기 의견을 내기보다 사람들의 물음에 수동적으로 답하는 쪽이다. 그녀는 머뭇머뭇 대답만 하는 사람이었다. 그게 다다. 어린 시절 즐기던 몽상이 떠오른다. 스스로 꾸며낸 이야기 속에서 그녀는 항상 좋은 역할만 맡았다. 늘 자기가 주인공이었다. 다른 사람들에게 추앙받거나 나쁜 적들을 격퇴하거나. 하지만 정작 현실 속에서는 단역배우로 남기 일쑤였다. 어째서 그동안 자기는 이 꿈을 저버리고 살아왔을까? 고산지대 가이드의 꿈을 접는 쪽이 더 좋겠다고 판단한 게 언제였더라? 왜 그리 비굴하게도 자기는 그 이상을 단념하고 그저 매주 몇 시간짜리 등반대 리더에 만족하며 살아야만 했을까? 살아오는 동안 그녀는 자주 뒷전으로 물러나 뭐든 남들이 결정해주는 것을 편히 여기지 않았나 싶다. 하지만 지금 시점에서는 더 이상 그럴 여지가 없다.

뤼도비크는 매사에 미적거린다. 뭔가 그의 내면에 문제가 생긴 것 같다. 통제되지 않는 시계추처럼 낙관과 비관 사이를 수시로 오간다. 내포를 환하게 밝히기도 하고 어두워지도록 가리기도 하는 구름의 흐름만큼이나 기질도 변덕스러워졌다. 이따금씩 지금처럼 험지에서의 모험과 우여곡절을 겪고 나면 곧 문명 세계로 돌아갈 수 있을 것처럼 기고만장한 기분에 빠지기도 한다. 하지만 그 순간이 지나간 후에는 모든 게 허망해지면서 자기가 아무짝에도 쓸모없다는 자괴감에 사로잡힌다. 그럴 수만 있다면 땟국에 찌든 모포나 뒤집어쓰고 침대 위에서 웅크리고만 있을 것 같다. 거기 그냥 그대로 그렇게 남아 터무니없는 공상을 즐기다 잠 속으로 도망쳐 시간을 보낼 수만 있다면. 몸을 일으켜 세우기가 고통스럽다. 흐릿한 빛과 습기와 자기 몸에 잔뜩 덧나 있는 상처들과 다시 마주하기가 너무 버겁다. 자신이 그토록 공들여 단장한 이곳 '40'도 점점 혐오스러워지기 시작한다. 우스꽝스러운 이름부터 도무지 견딜 수 없다. 맞서고 싶다. 그가 몸을 일으킨다.

루이즈는 그런 그를 이해한다. 그녀가 불을 지핀 난롯가에 놓인 고래 척추뼈에 앉아 두 사람은 잔뜩 목소리를 낮춰 이야기를 나눈다. 마치 비밀스런 모의에 열중하는 사람들처럼. 그녀는 도박을 걸어보기로 한다.

"지난번에 본 쾌속정을 수리해서 우리 손으로 배를 한번 만들어보면 어떨까 싶어. 그거, 상태가 그렇게 나쁘지 않았거든."

"뭔 소리야. 여긴 남아프리카에서 2,500킬로미터나 떨어져 있는 곳이야. 포클랜드에서도 800킬로미터나 떨어져 있고."

"그래도 풍속이 평균 2노트로만 유지되면 한번 도전해볼 만해. 포클랜드는 바람을 등지고 있으니 어떨지 모르겠지만 남아프리카는 한 달에서 한 달 반이면 가능할 수도 있어. 섀클턴이 남극 해협 횡단한 거, 기억 안 나?"

"기억 나. 하지만 우리는 섀클턴이 아니잖아. 당장 식량은 어떡할 거야? 물은?"

"그래도 있잖아, 아직 시간이 있어. 겨울 동안 열심히 배를 수리하고 물과 음식도 비축해둬야지. 할 수 있는 건 뭐든 다 해봐야지, 뤼도."

그녀는 후끈 달아올라 자기가 구상하는 대로 배를 그려 보인다. 둥그스름한 배의 옆구리, 작은 선실, 새로 만들어질 돛대와 돛폭까지. 완성만 된다면 이 배는 제2의 제이슨 호이자 이 섬에서 탈출할 수 있는 두 번째 기회를 만들어줄 것이다.

그 모습을 보니 테제베에서 그녀와 처음 만난 순간이 떠오른다. 그때도 지금처럼 그녀의 눈은 별에라도 닿을 것처럼 강렬했는데. 뭔가 알아서 결정해야 한다는 것은 그게 뭐든 루이즈에게 성가신 골칫거리일 뿐이다. 하지만 이제는 용맹한 병정처럼 악착같이 매달려 어떻게 해서라도 해내려고 발버둥친다. 그녀의 모습은 애처롭기까지 하다. 원래 연한 코발트색이었던 웃옷은 온통 진흙으로 얼룩져서 무슨 색인지조차 알아볼 수 없을 정도다. 때 찌꺼기가 내려앉은 머리카락은 잔뜩 엉겨 붙어 있다. 손은 여기저기 긁힌 자국투성이다. 그런 모습으로 루이즈는 세계대전에 참전한 병사처럼 뒤로 물러설 줄 모르고 과감하게 달려든다. 루이즈는 집요하게 설득한다. 그가 넘어올 수 있도록 상당한 자신감도 보여준다. 무기력해진 뤼도비크로서는 그저 물러나는 수밖에 없다. 이 앙상해질 대로 앙상해진 체구에서 어떻게 저런 에너지가 뿜어져 나오는지 놀랍다는 손짓을 해 보이며. 그렇게 결정하고 나니 마음이 홀가분하다.

오래전 할머니가 들려준 이야기 한 토막이 문득 기억을 스치고 지나간다. 양쪽으로 나 있는 갈림길이 있다. 천국으로 통하는 길은 삼엄한 가시덤불부터 시작되지만 발길을 내딛을수록 걷기가 점점 편해진다. 하지만 처음 발을 내디뎠을 때 편해 보이는 길은 결국 지옥으로 통하게 된다. 그저 유대교 전통에서 비롯된 바보 같은 경구일까? 사람들의 희생을 강요하는 미신? 하지만 충분히 그럴 수도 있는 얘기다. 지금 두 사람이 처해 있는 현재 상황에서 돌아보면…….

쾌속정은 조선소 맨바닥에 엎어져 있다. 마치 잠든 괴물 같은 모습이다. 그사이 거친 바람이 이 안까지 들이닥쳐 쾌속정을 선대에서 밀어내고 엎어뜨려놓은 게 틀림없다. 우현의 외피 판이 1미터 가까이나 수직으로 틀어졌다. 바닥으로 쓰러지면서 그렇게 된 것 같았다. 길이 9미터, 너비 3미터, 허리 측선에는 두 가닥 대마로 엮고 거기에 고무를 덧댄 로프가 여전히 매달려 있는 것으로 보아 물길 안내선으로 보인다. 어선 따위에 다가가서 그것을 부두로 끌고 오는 역할이었을 것이다. 군데군데 널빤지들이 수없이 많이 벌어져 있고 쪼글쪼글한 뱃밥 부스러기들도 구더기 떼처럼 잔뜩 삐져나와 있다.

세월이 흐르는 동안 어느새 재색으로 변한 참나무 목재들은 철근에서 흘러나온 녹과 오물을 뒤집어쓰고 있긴 하지만 제법 두껍고 튼실해서 아직 쓸 만하지 않냐고 되묻는 것 같다. 갑판에는 선실로 통하는 상부구조물이 있지만 사방으로 뚫려 있어 바람을 막아주지 못한다. 조종석이 있는 맨홀 안을 들여다보니 키 손잡이는 녹이 너무 슬어 누르스름한 막대 형체로만 남아 있다. 배의 앞쪽은 이런 데서도 생명이 서식할 수 있음을 보여준다. 각각의 틈 사이로 비집고 들어온 한해살이풀들이 뱃머리를 텁수룩한 밀짚 덤불처럼 뒤덮고 있다. 그쪽을 점령한 가마우지들은 한해살이풀로 둥지를 틀어놓았다. 그들은 생기 있는 오렌지색에 로열 블루를 뒤섞어놓은 방울 장식 같은 눈으로 두 침입자들을 걱정스레 주시하더니 이내 아쉬움을 털어내듯 어디론가 날아가고 만다. 그 틈을 타서 루이즈는 저녁에 한 끼 때울 요량으로 거기 남아 있는 새끼들을 얼른 때려죽인다. 괴어 있다 썩은 물로 가득 차 있어 내부는 황폐하기 그지없다. 그래도 튼튼하게 나사로 고정되어 있는 탁자와 의자, 건들거리는 벽장 하나씩을 찾아낸다. 온통 습기로 끈적거리고 버섯에 시커멓게 뒤덮여 있긴 하지만. 배의 모터는 그냥 녹슨 고철 덩어리로 뭉개져 있어 더 이상 모터인지 알아볼 수조차 없을 지경이다.

이상하게도 오랜 세월의 잔해에 불과한 이 쾌속정을 열심히 수리하면 혹시 남쪽의 근해와 마주할 수도 있다고 여기자 뤼도비크의 원기가 되살아나면서 상실감이 훨씬 누그러든다. 이렇게 달뜬 기분은 곧 사그라지고 말았지만 최소한 수리 작업에는 최선을 다하겠다고 마음먹게 된다. 어떤 목표 지점을 향해 열심히 활동할 수 있다는 게 다시금 그의 의욕을 북돋아 준다. 이제부터는 그 일에 빠져 지낼 수 있게 된 것이다. 한동안 소극적이고 잔뜩 위축된 병자에서 다시 활동력 넘치는 무대 주인공으로 복귀한 셈이다. 루이즈는 자기 환자가 병상에서 일어나 첫발을 내딛고자 할 때 옆에서 졸졸 따라다니는 간호사처럼 그의 일거수일투족에 주의를 기울인다.

한 주 동안 두 사람은 쾌속정에서 퇴락한 흔적을 말끔히 걷어내는 데 주력한다. 벌어져 있는 틈에 널찍한 쐐기를 망치질로 박고 힘들게 옮겨온 널빤지들로 떠받친다. 각각 몇 밀리미터씩 메우기만 해도 벌써 이 섬에서 자유로워지는 데 한 발짝 다가가고 있다는 기분이 든다. 그들이 뚝딱거리며 고치고 새로 만들어내야 하는 작업의 용량 한계를 벗어난다. 일반적으로야 못 쓰게 되면 그냥 버린다. 뤼도비크의 경우는 숲속에서 산장을 약간 보수하거나 자전거를 손질해본 게 전부고 루이즈의 경우는 아예 없다. 그러니 구멍에 나무 판때기를 못질하는 것조차 녹록한 일이 아니다. 연장의 사용법을 익히는 데만 해도 여러 시간이 걸린다. 그것을 다시 찾아와야 하고 원래 상태로 되돌려놔야 하고 문질러야 하고 거기 잔뜩 슬어 있는 녹을 벗겨내야 하고 칼날이 예리해지도록 갈아놓아야 한다. 둘 다 연장을 다루는 데 서툴다 보니 자꾸 손에서 놓치고 망치질이 빗나가고 못이 휘어지고 그러다 다치기 일쑤다. 상처에서 흘러나온 핏자국에 나무나 쇠붙이가 갈색으로 물드는 일이 잦아진다. 이렇게 일이 손에 익지 않으니 두 사람으로서는 난감할 뿐이다. 덧대야 할 위치에 널조각 두 장을 잘 맞춰서 똑바로 못질을 하는 것은 꽤나 간단해 보인다. 이 정도는 누구나 일반적으로 할 줄 아는 작업이다. 자전거 손질이나 마찬가지 아닌가. 하지만 이런 일조차 두 사람에게는 보통 복잡한 작업이 아니다. 온갖 예기치 못한 변수와 착오가 속출한다.

이렇게나 자기들이 아무짝에도 쓸모없는 인간들이란 말인가?

그러고 보니 두 사람이 읽은 극지 탐험가들의 수기에는 자잘한 작업에 관해 그려져야 할 대목이 하나같이 자세히 묘사되지 않고 대충 넘어간 것 같았다. '우리는 오두막을 한 채 지었다'라거나 '선박의 잔해들로 작은 보트를 만들었다'라거나 모두 그런 식이다.

루이즈는 아빠가 경비를 아끼겠다며 가게 벽장을 직접 짜서 쓴 일을 떠올렸다. 모든 건 한 치의 오차도 없어 보였다. 선반은 반듯했고 문은 잘 닫혔으며 서랍은 매끄럽게 열렸다. 자기는 말할 것도 없고 심지어 오빠들조차 아무리 해봐야 그런 솜씨의 절반에도 미치지 못했을 거라는 생각이 든다. 비스듬한 틈이 메워질 수 있도록 널빤지를 사선으로 가지런히 잘라야 하는데 그럴 수가 없으니 그냥 그 틈 바깥쪽에 대고 나무토막을 못질해버리는 식으로 때우는 수밖에 없다. 목공소에서 겨우 찾아낸 대패를 들고 외피 판의 둥그스름한 부분을 결합하기 위한 오리목도 조잡하게나마 가공해본다. 하지만 널빤지들이 도무지 말을 듣지 않고 자꾸 못만 토해대더니 조금 힘을 주니까 이내 쪼개져버린다. 결국은 나사못으로 널빤지들과의 타협을 시도해보지만 그 결과는 그저 딱하기만 할 뿐이다. 우현의 모양새가 충치에 파 먹혀서 잔뜩 부풀어 오른 한쪽 뺨만큼이나 볼썽사납다. 전체적으로 방수는 어림도 없어 보인다. 널빤지로 갈라진 틈을 메우겠다는 발상이 이토록 무모했다니 머릿속이 하얘진다. 예전 사람들은 범선을 수리할 때 아예 뒤집어놓고 작업했다는 이야기가 두 사람에게 어렴풋이 떠오른다. 그러자 이 진절머리 나는 구상만 좇아 무턱대고 작업에 달려든 게 너무 경솔했다는 자책이 든다. 조타만 해도 실은 보통 문제가 아니다. 키 손잡이랍시고 남아 있는 녹덩어리를 제거하고 쇠붙이를 틀에 맞춰 접합한다고 해도 그것으로 과연 이 배를 움직일 수 있느냐는 지금 따질 계제도 아니다.

또다시 낙담에 빠질 수도 있는 상황이다. 지금까지 살아오는 동안 각자 자기 자리에서만 열심히 움직였을 뿐 그 밖에 다른 일을 능숙하게 처리하는 데는 오래전부터 나 몰라라 한 게 사실이었다. 하지만 일을 하면 반드시 보상이 주어지는 법이다. 두 사람은 선박을 수리해보자는 계획에 집중하면서 서로에 대한 동지애를 조금씩 회복한다. 어깨를 맞대고 뭐라도 해보겠다며 함께 분투하는 모습을 보라. 둘 사이에는 어느새 농담도 오가기 시작한다. 아직은 조금 어색하지만 그래도 자기들이 처한 처지에 대해, 자기들의 어설픔에 대해, 그리고 이토록 터무니없는 희망에 대해 자조 섞인 말이 오가는 것을 웃음으로 받아들인다. 아침이면 여느 사람들이나 마찬가지로 '일터'에 간다. 그리고 저녁이 되면 금색 부스러기 같은 대팻밥을 뒤집어쓰고 돌아와서는 등도 화끈거리고 얼굴도 땟국으로 얼룩져 있을망정 함께 하루 일과를 결산하고 이튿날의 계획을 구상한다. 이처럼 관계가 예전으로 돌아간 듯한 기류는 무엇보다 두 사람의 마음을 평온히 가라앉히면서 그들을 다시 결속시킨다. 이제는 한 사람의 손이 누더기로 변한 상대의 옷 밑으로 슬그머니 미끄러져 들어가는 게 더 이상 어색하지 않다. 그러고 나면 두 사람은 이 축축하고 황량한 주변 환경에 아랑곳하지 않고 서로의 몸을 격렬히 탐하곤 한다.

조선소에서의 작업은 더디게 진행된다. 지금까지 그랬듯

앞으로도 두 사람은 식량을 조달하는 문제부터 해결하고 나서야 일터로 향할 수 있기 때문이다.

섬이 가을로 넘어간다. 아침에는 강한 추위가 몰려와 손과 얼굴이 얼얼해질 정도다. 일하다 잠시 쉬기라도 하면 너덜너덜해진 옷 사이로 추위가 파고들어서 온몸을 오들오들 떨 수밖에 없다. 아마도 3월이 시작된 모양이다. 지금 파리는 푸릇푸릇하게 돋아나는 새싹이 봄이 왔음을 알리는가 하면 벌써부터 바캉스를 준비할 생각에 사람들의 가슴이 살짝 설렐 무렵이다. 여기서는 우선 낮이 짧아지고 주변 경관에는 온통 잿빛이 스며든다. 비가 오나 바람이 부나 두 사람은 매일같이 식량조달에 매달리면서 그들을 희망으로 결속시키고 북돋아주는 쾌속정 보수 작업에도 박차를 가하는 수밖에 별 도리가 없다.

어느 날 아침 일어나보니 회오리를 동반한 비바람이 거세게 몰아친다. 두 사람은 일단 날씨 변화를 지켜보기로 한다. 하지만 정오가 지날 무렵부터는 날씨가 더 나빠진다. 거센 폭풍우가 내포를 뒤흔든다. 바람은 걷잡을 수 없이 포효하다 끙끙 앓는 소리를 내기도 하고 격한 노성으로 변하기도 한다. 낡은 함석판들은 마치 살아 있는 생명체처럼 돌풍이 이끄는 대로 하나가 북소리를 내면 다른 하나가 그 북소리에 화답하듯 돌아가며 삐거덕거린다. 더러는 우지끈하고 둔탁한 소리가 오래 들려오기도 한다. 함석판들 중 하나가 돌풍에 휩쓸려 날

아가는 소리다. 덕분에 그렇지 않아도 황량한 주변 풍경이 더 황량해지게 생겼다. 오늘 하루는 '40'에만 틀어박혀 있어야 할 모양이다. 바깥바람이 역류시킨 난로 연기에 자꾸만 콜록콜록 잔기침이 난다. 빗줄기가 너무 조밀하게 내리다 보니 실제로 만져질 수 있는 은막 하나가 창가 앞에 펼쳐져 있는 것처럼 보일 지경이다. 세상은 사라졌다. 그들의 피난처는 섬 속의 섬이다. 그곳은 두 사람이 위태롭게 떠 있는 구름의 한 조각일 뿐이다. 더 이상 아무것도 존재하지 않는다. 땅도, 사람도, 식물도, 동물도, 심지어 바다조차. 폭풍의 우레와 같은 노성이 내리치는 이곳 한복판에 남아 있는 것은 오로지 그들 두 사람뿐이다. 두 사람은 결국 침대 속에 웅크리고 있기로 한다. 아이들처럼 컴컴해지는 게 두려워 촛불 하나씩 켜두고. 더욱 사나운 돌풍이 몰아치자 급기야 벽까지 흔들거린다. 찰나의 우주, 금세라도 유리창들이 모조리 박살나면서 이 돌풍에 휩쓸릴지도 모른다는 상상이 아른거린다. 이토록 헐벗고 외로운 자기들을 말이다. 그러자 본능적인 공포가 그들을 덮친다. 지금 그들을 압도하고 있는 것은 모질고 냉혹한 공포다. 처음에는 서로 말을 나눠보려 한다. 예전에 있었던 일들, 저쪽에서 정상적으로 살아가던 시절의 이야기들을 두서없이 늘어놓아 보려고 한다. 하지만 얼마 지나지 않아 그러는 게 너무 버거워진다. 그들의 정신이 오로지 바깥에서 무시무시한 소음으로 날아오는 폭풍의 발작에만 사로잡혀 있기 때문이다. 두 사람은 주먹을 꽉 쥐고 벌레처럼 몸을 잔뜩 움츠린 채 바람이 한 번씩 몰아칠 때마다 소스라치게 놀란다. 오늘 하루가 너무 길다. 서로 손을 맞잡은 두 사람은 정신이 가물가물해진다. 창밖에서 희미하게나마 새어 들어오던 빛이 사라진다. 그사이에 어느덧 밤이 찾아왔나 보다. 모포 밑에 머리를 처박고 있던 뤼도비크는 자기 뺨 위로 눈물이 흘러내리고 있다는 것을 알아차린다. 왜 그런지는 스스로도 모른다. 그는 이 폭풍이 지나가고 나서도 자기가 살아남을 수 있을지 어떨지 속으로 자문해 본다. 섬에서 빠져나가는 건? 두 사람은 정녕 그럴 수 있으리라고 믿고 싶었다. 행여나 바다에서 이런 악천후와 맞닥뜨리게 되는 날에는 그들이 어설픈 솜씨로 수리하고 있는 엉터리 선박은 작은 흔적도 없이 침몰하고 말 게 빤한데. 그런 생각이 들자 꼭 크루즈 선을 뒤쫓아 가다 혼자 구명정에 남았을 때처럼 바닷물이 입과 폐 속으로 흘러 들어오는 듯 숨이 막혀온다.

루이즈도 쾌속정이 걱정스럽기는 마찬가지다. 뤼도비크처럼 이런 악천후에 침몰하는 모습이 눈앞에서 너울거려 오싹할 정도로 두려워진다. 그럴 바에는 차라리 바다로 나가지 말고 여기 남는 게 낫겠다는 결론을 내린다. 모든 걸 떠나서 어찌 됐든 섬에는 지금 살아가고 있는 터전도 있고 물도 있고 식물도 있고 동물도 있으니까. 두 사람은 결국 이 섬에 적응해나갈 거다. 그러자 파타고니아 인디언에 대한 이야기가 떠오른다. 그들은 한겨울 추위에도 아랑곳없이 홀딱 벗은 몸으로 살아가면서 눈밭에서 사냥하고 얼음물 속으로 들어가서 고기를 잡는다고 했다. 그러고 보니 언젠가 두 사람이 그 지역에 관해 다정하게 얘기를 나눈 적이 있는 것 같기도 하다. 식민지 이주민들이 그런 인디언들의 생활방식에 질겁했다는 말도 한 것 같고. 아무래도 두 사람은 이런 원시부족들보다 적응력이 떨어지겠지? 틀림없이 그럴 거다. 발전된 물질문명의 혜택이 두 사람을 이루 헤아릴 수 없을 만큼 깊은 자연의 심지에서 갈라놓았으니까. 인간들이 자연에서 살아갈 수 있는 길을 일깨워준 태고의 지혜에서 멀어지도록 했으니까. 문명화된 세상에서 살아가는 동안 인간은 안전한 생활환경과 장수를 누렸지만 인간으로 하여금 삶에서 몇 가지 근본적인 요소들을 망각하도록 부추겼다. 그것이 바로 두 사람이 속수무책으로 마주할 수밖에 없는 현재 상황이다.

다음 날은 그나마 조금 나아졌다. 그래도 두 사람은 여전히 모포 밑에 파묻혀 하루를 보낸다. 루이즈만 자리에서 일어나 훈제된 펭귄 한 조각을 가져온다. 두 사람은 마지못해 그것을 입에 넣고 우물거린다. 이윽고 저녁이 되자 바람이 잦아들더니 마지막 숨결을 가파르게 거둬들인다. 밤 시간 동안에는 쓰나미의 여운처럼 이따금 함석판이 삐거덕거리는 소리만 들려올 뿐 조용하다.

잔잔해진 날씨와 함께 새날이 밝아온다. 하늘은 맑고 푸르지만 그들의 눈에는 어쩐지 아슬아슬해 보인다. 두 사람은 본능적으로 폭풍이 또 언제 닥칠지 그 기미에 주의하며 잔뜩 경계하게 된 것이다. 오늘은 괜찮을 것 같다. 그제야 안도의 한숨이 나온다.

조선소로 가보니 온통 아수라장이다. 허술한 버팀줄이 폭풍우에 견디지 못하고 결국 다 끊어졌다. 동체는 바닥으로 내려와 두 사람이 그렇게나 고생고생해서 고정해둔 널판장 위에서 나뒹굴고 있다. 널판장들이 다 박살났음은 물론이다. 비명도 눈물도 나오지 않는다. 그저 서로 몇 발짝 떨어져 우두커니 서 있기만 할 뿐이다. 두 사람은 몇 주 동안 뼈 빠지게 고생한 보람도 없이 하루아침에 파괴되고 만 희망과 마주하고 있는 셈이다. 이제는 영혼을 추스르고 말고 할 기력도 없다. 그저 멍할 뿐이다. 코너에 몰려 난타당하고 있는 권투 선수만큼이나 혼수상태에 빠진 기분이다. 제이슨 호를 잃은 다음 날처럼 기가 질린다. 하지만 그때와 달리 이번만큼은 안간힘을 다해 달려들어보았다. 하지만 결과는 참패다.

제임스 만에서는 이보다 더 불길한 사태가 그들을 기다리고 있다. 그 많던 펭귄들이 사라졌다. 불그스름하고 악취 심한 배설물만 남아 있을 뿐이다. 전에 두 사람은 어미들이 서투르게 물에 뛰어들어 수영을 시작하는 새끼들의 독립성을 키워 주고자 연신 부리로 새끼를 쪼아가며 조련하는 것을 본 적이 있다. 자연은 인간에게 너그럽지 않다. 그리고 자기들이 여기서 적응하고 뿌리내리기에는 이제 겨우 몇 달이 지났을 뿐이다. 혹독한 추위는 땅을 송두리째 얼려버린다. 뒤늦게 이곳에 도착해서 나약하게 견뎌가는 불행을 탓해본들 남극해 같은 자연환경을 자기들에게 유리하게만 돌려놓을 수는 없을 것이다. 어제 불어닥친 폭풍우가 펭귄들의 이동을 앞당긴 모양이다. 수십만 마리의 개체들 중에서 겨우 백여 마리만 남아 이토록 황량해진 사냥터를 활보하고 있을 뿐이다.

사흘 후 다급함에 쫓기다 못해 두 사람은 자기들이 할 수 있는 한 되도록 많은 펭귄들을 잡고자 진력한다. 그동안 펭귄 사냥에 익숙해지다 보니 어느 정도는 요령이 생겼다. 비탈진 언덕길을 급히 달려 내려가더라도 길에 익숙해지면 걸림돌들을 피할 수 있는 것처럼 이제는 달아나려는 먹잇감들의 몸짓이 아무리 변칙적이더라도 훤히 내다볼 줄 안다. 쇠막대를 휘두를 때는 손목 스냅만으로도 딱 필요한 만큼의 강도를 낼 수도 있고 표적에서 빗나가는 법도 없다. 두 사람은 점점 더 많은 양의 먹잇감들을 싣고 '40'으로 돌아온다. 만일 19세기에 활동했던 강치잡이들이 수렵 모임 같은 데서 두 사람과 만났다면 기꺼이 존경심을 표했을지도 모른다.

나흘째 되는 날에는 눈이 내리는 바람에 한창 오르던 기세가 뚝 꺾인다. 아침에 눈을 뜨자마자 뤼도비크는 창가에 비쳐 드는 빛살이 더욱 푸르스름해졌을 뿐 아니라 주위의 적막감도 한결 두터워졌다는 것을 단박에 알아차린다. 어렸을 때처럼 그는 다시 눈을 감고 이제부터 펼쳐질 하루 동안의 일과를 헤아려본다. 안토니에는 눈이 그다지 자주 내리는 편이 아니다. 그곳에서는 눈이 내리다가도 어느새 구두 뒤축에 눅진하게 달라붙기 쉽고 음산한 진눈깨비로 옮겨가기 일쑤다. 그래도 아침부터 눈이 내린 날은 기쁜 마음으로 하루를 시작할 수 있다. 그는 문을 열고 순백으로 단장된 세상으로 나간다. 다시 태어난 세상은 그가 탐험해주기를 기다리고 있다. 뤼도비크는 이처럼 정원에 백지처럼 펼쳐진 정갈한 눈밭 앞에서 한순간 머뭇거리던 일을 기억한다. 친숙하면서도 어쩐지 낯설어진 주변 경관도. 또한 그 새하얀 눈밭을 어서 헝클어뜨리고 싶은 마음에 그 위에서 데굴데굴 구르기도 하고 깔깔거리며 눈을 마구 뭉쳐보기도 하고 자기 흔적을 남겨두고자 이리저리 돌아다니며 팔과 다리로 십자가 모양을 그려놓던 일 등도 기억에 선하다.

눈에 대해 그토록 좋은 기억이 있다 해도 '40'에서 나온 두 사람에게 그 같은 즐거움이 있을 리 없다. 눈은 그쳤지만 하늘은 그 위에서 뭉쳐 있는 눈덩이들이 빛을 빨아들이기라도 한

듯 온통 잿빛이다. 습기에 나무토막과 쇠붙이가 시커멓게 변했다. 사방이 막혀 있는 흰색 덮개 안에 갇힌 기분이 든다. 섬을 뒤덮고 있는 눈은 이 폐허에 황량함만 더해준다. 바닷새들이 남기고 간 삼지 발자국을 제외하고는 그 어디에도 생명의 흔적이 보이지 않는다. 뤼도비크에게 그 발자국은 새로운 세상으로 걸어 들어가는 느낌이 아니라 죽음이 기약되어 있는 잠자리에 버려진 듯한 흉조로 와닿을 뿐이다. 루이즈는 그렇게까지 끔찍한 인상을 받은 것은 아니지만 걱정이 앞서지 않을 수 없다. 이곳에 마침내 겨울이 닥친 것이다. 지금 부엌에는 건조해둔 펭귄 사십여 마리와 강치 한 마리뿐인데. 이제 앞으로 어떻게 하지?

두 사람은 미끄러지지 않도록 손에 손을 맞잡고 해안까지 내려가본다. 폭풍우 이후 내린 눈은 이제 그들의 섬 생활이 새로운 단계로 넘어가고 있음을 알리는 신호다. 지금까지 섬에 적응하느라 그들 나름대로 여러 시행착오까지 겪어가며 엄청나게 분투해온 것은 이미 부질없어진 옛일로 흘러간 셈이다. 이 눈 덮인 세상은 두 사람이 아예 처음부터 다시 시작해야 한다는 것을 말해주는 메타포나 다름없다. 그런데 이제는 그들에게 아무것도 없다. 식량도, 탈출할 수 있는 수단도.

두 사람은 아무 말도 하지 않고 눈밭이 뚝 끊긴 갯벌을 따라 느린 걸음으로 걷기만 한다. 날씨는 잔잔하다. 재색을 띤 바다가 쏴 하고 모래톱으로 밀려든다. 절벽 중턱쯤에 걸려 있는 띠구름들은 하염없이 느리게 흘러간다. 하늘은 지상을 짓누르려는 것처럼 무겁게 내려와 있다. 이제부터는 이 새하얀 페이지 위에 새로운 이야기를 써내려가야 한다. 그러면서 다시 뛰어오를 수 있는 방법을 모색해야 한다. 피로가 몰려온다. 억누를 길 없는 낙심에 휘둘린다. 하지만 지금은 그에 맞설 만한 기력도 희망도 없다.

수첩을 열어 어림잡아본 날짜로 치면 아마 4월 말쯤 된 것 같다. 아침나절이 되기 전까지는 날이 밝아오지 않는다. 그동안 매일같이 반복해온 하루 일과와 아침 체조, 그날그날의 작업 계획 등은 이제 더 이상 이어지지 않는다. 짐승들이 사라지고 쾌속정이 작살난 이후부터 아침에 눈 떠봐야 할 일도 없다. 최근 눈이 다시 내린 것은 보름 전쯤이었다. 산발적인 눈이었다. 개울가로 가는 길이 편하려면 눈을 치워야 했다. 길바닥이 살얼음판으로 변하기 때문이다.

하루를 보내기가 버겁다. 자고 싶다. 모든 걸 다 잊기 위해서라도 자고 싶다. 자다가 눈을 뜨면 마냥 지속되는 이 악몽에서 기적적으로 헤어날 수 있도록.

두 사람은 하루 한 사람에게 돌아가는 몫의 펭귄을 줄이기로 한다. 점심때는 가장 좋은 부위를 강치 기름에 튀겨 먹는다. 나머지 시간에는 살 조각과 으스러진 뼈, 심지어 전에는 그냥 내버리곤 한 털가죽까지 한데 뒤섞어 약한 불로 천천히 익혀서 정체불명의 잡탕 메뉴를 조리해 먹는다. 아침과 저녁때는 이런 잡탕과 따뜻한 물 한잔이 배를 채울 수 있는 먹을거리의 최대치다. 이렇게 계속 먹다 보니 허기는 전혀 가시지 않는데도 물린다는 느낌이 든다. 나머지 시간에는 그야말로 허기와의 사투다. 배가 고파서 위가 꼬일 지경이다. 몸이 덜덜 떨려오고 머리도 핑핑 돈다. 순간적으로 현기증이 몰려온다. 마치 거미줄에 걸려 있기라도 한 듯 몸이 뜻대로 말을 듣지 않는다. 허기진 배는 두 사람의 정신까지 갉아먹는다. 생각을 모을 수도, 계획을 세울 수도, 미래에 대해 상상할 수도 없다. 두 사람은 아무것도 하지 않는 동안 심신을 옭아맨 거미줄의 덫에 걸려든 셈이다. 난로를 지피기 위해 널조각들을 잘라 두고 갯벌로 내려가서 조개를 한 무더기 주워오는 게 요사이 두 사람이 하고 있는 노동의 전부지만 이제는 그마저도 지긋지긋하다. 나머지 시간 동안에는 난롯가에서 멍하니 앉아 있는 것으로 소일한다.

뤼도비크는 점점 더 심하게 밭은기침을 하기 시작한다. 본인은 그저 지나가는 감기일 뿐이라고 우기지만 루이즈가 보기에는 그게 아닌 것 같다. 기침을 할 때마다 반사적으로 가슴에 손을 가져다 대고 얼굴까지 찌푸려가며 참으려는 모습이 자주 눈에 들어오기 때문이다. 그사이 뤼도비크는 보기 안쓰러울 정도로 야위었다. 말라붙은 살가죽 밑으로 각각의 뼈마디가 앙상하게 불거져 있다. 걸을 때도 노인처럼 굼뜨게 움직이고 조금만 몸을 움직여도 몹시 힘들어한다. 그런데도 어떻게 해서든 특유의 낙관적인 기질로 다시 주변을 환히 밝혀보고자 절박하게 발버둥을 친다. 일례로 버려진 나뭇조각들을 반질반질해지도록 공들여 다듬어서 도미노 패를 만들었다. 그러고는 그 패들의 모양새가 예쁜지, 오래 쓸 수 있을지 따위에만 계속 신경을 썼다. 이렇게 아무 쓸모도 없는 일거리에 푹 빠져 있다니, 루이즈로서는 그런 뤼도비크의 모습이 달가울 리 없다. 하지만 달리 할 일도 없는 마당에 그런 일에라도 열중하도록 놔두는 수밖에. 그렇다 해도 도를 넘어서서 이런 데 매달리려 할 때는 신경이 거슬리지 않을 수 없다.

"한 게임 할래? 진 거 갚아줘야지. 지난번에 보니까 너 너무 잘하더라. 이번에는 저녁 때 수프 한 접시 걸어놓고 할게."

"바보 같은 소리 좀 작작해. 지금 네 모습을 보고도 그런 소리가 나오니? 몸에 뼈밖에 안 남았잖아."

"딱 이번 한 판만. 그럼 따뜻한 물 한 그릇도 걸게……."

루이즈로서는 그런 게임이나 하고 있을 기분이 아니다. 지금은 도무지 아무것도 할 의욕이 나지 않는다. 용맹하고 적극적으로 병정놀이를 하던 시절은 지나갔다. 이제 더 이상은 뭔가에 의욕적으로 달려들 수가 없다. 자기는 할 수 있는 한 모든 것을 다했다. 하지만 지금 자기 앞에 펼쳐진 결과를 보고 있자니 그저 참담한 패배감에서 오는 고통만 사무칠 뿐이다. 뤼도비크는 공연히 유쾌한 척해서 그녀를 더 짜증나고 피곤하게 한다. 물론 자기가 그를 더 아껴줘야 하고 다독이도록 노력해야 한다는 것쯤은 잘 알고 있다. 그래도 뤼도비크보다는 자신의 상태가 더 나은 듯하니 말이다. 하지만 살짝 죄책감이 들면서도 점점 무심해지는 것은 어쩔 수 없다. 어쩔 때는 뤼도비크와 마주하고 있으면 극심한 증오에 사로잡히기도 한다. 왜 그런지 알 수 없을 만큼 억제하기도 쉽지 않은 증오심이다. 그가 또 농지거리를 걸어오면 한번쯤 호되게 후려칠까 망설인 적도 한두 번이 아니다. 독기 어린 응답이 입가에 뱅뱅 돈다. 하지만 더 이상은 그동안 유지해온 습관대로 그와 논쟁을 벌이고 싶지도 않다. 루이즈는 초조해져서 지금 자기들에게 남은 것들을 헤아려보기 시작한다. 줄어든 펭귄 수, 거둬온 조개 수, 땔감으로 쓸 나무토막의 수 등. 이만큼 셈에 철저한 것을 보면 자기는 어김없는 상인의 자식이다. 장사치의 셈 버릇. 자기에게 그런 유전자가 있다니 정말 싫다. 여하튼 날씨만 괜찮다면 여기서 빠져나가고 싶다. 뤼도비크가 침실에 처박혀 계속 쿨럭거리면서도 강박적으로 보일 만큼 반나절 이상씩 도미노 놀이에 빠져 있는 모습을 더는 보고 싶지 않다.

그동안 내린 눈으로 기지 건물의 일부와 계곡 안쪽으로 다니는 게 여의치 않아졌다. 그저 해안만 왔다 갔다 할 수 있을 뿐이다. 남은 식량 때문에 조바심이 난다. 되도록 그러지 않으려고 해도 어쩔 수 없다. 마음을 다잡고 걸어본다. 하지만 그럴수록 더 심한 허기가 몰려온다. '40'으로 발길을 돌린다.

"오 나의 사랑스런 루이즈, 오늘 크리스마스야. 여기 봐봐! 드디어 내가 생쥐 한 마리를 잡았어."

뤼도비크가 손으로 꼬리를 잡고 작은 동물 한 마리를 내밀어 보인다. 놈의 잘린 목에서는 아직도 핏방울이 뚝뚝 떨어지고 있다. 뤼도비크가 각기 다른 모양의 올가미와 쥐덫을 만드는 데 몰두한 지는 벌써 며칠이 됐다. 그러는 동안 루이즈가 뭐라고 하든 전혀 개의치 않았다. 생쥐를 먹는다니. 당장이라도 치워버리라고 하고 싶다. 하지만 벌써 입안에는 군침이 가득 고여 있다. 입천장에 쫀득쫀득한 육질을 느껴보고 싶고, 어금니로 그 작은 뼈마디를 와작와작 깨물어 먹고 싶다는 식욕이 그녀를 덮친다.

지금 몇 시나 됐는지 정확히 아는 것은 불가능하다. 아마 자정 가까이 된 것 같다. 적막감이 두텁다. 루이즈는 다시 잠을 청하는 대신 신경을 곤두세우고 아주 나지막하게라도 주위에서 뭔가 삐거덕거리거나 스쳐 지나가는 소리가 들리는지 귀 기울여본다. 그런 소리라도 들어야 자기가 아직 살아 움직이는 생명체들의 세상에 머물러 있다는 게 실감 날 것만 같다. 하지만 이 두터운 적막감 속에서는 최소한의 기척조차 느껴지지 않는다. 마치 자기들이 어떤 생명도 존재하지 않는 세상에 살고 있는 기분이 들 정도다. 모든 게 사라진 악몽 같다.

평온한 정적과는 거리가 먼 이런 적막감에 위협을 느낀 듯

자다 깨는 일이 최근 들어 부쩍 잦다. 그러면 보통은 뤼도비크에게 바싹 몸을 밀착시키고 웅크린다. 그녀는 옆에서 자고 있고 그의 품으로 파고들며 손을 가슴 위에 대본다. 느리게 심장박동이 느껴진다. 그의 호흡에도 주의를 모아본다. 가늘게 코고는 소리가 난다. 이 순간만큼은 뤼도비크와 화목하게 잘 지내는 듯한 기분이 든다. 한때는 건장하던 거구의 청년이었는데 이런 몰골로 바뀌다니, 마음이 다시 애틋해진다. 이것은 연인으로서의 사랑이라기보다 모성에 가까운 감정이다. 그녀는 뤼도비크의 얼굴에서 누구라도 어쩔 수 없게 하는 그 미소가 다시 만개하는 모습을 보고 싶다. 그러자면 미래를 기약하기 위해서라도 뤼도비크에 대한 마음가짐부터 가다듬을 필요가 있다. 되도록 덜 퉁명스럽게, 최대한 관대하게. 하지만 그녀 자신도 그런 다짐이 그리 오래가지 못하리라는 것을 잘 알고 있다.

그날 밤 뤼도비크를 감싸 안고 있는 동안 어떤 충동이 섬광처럼 번쩍하고 그녀를 가로지른다. 여기서 달아나자! 한 번 그런 충동이 스치고 지나가자 그럴 수밖에 없고 그래야만 한다는 쪽으로 생각이 굳어진다. 마치 아주 오랫동안 그녀의 뇌수 일부에서 이 생각이 느리게 무르익고 있다가 뤼도비크가 도저히 감당하지 못할 정도로 쇠약해진 틈을 타서 돌연 쏟아져 나온 것만 같다. 그녀의 머릿속에서 이런저런 생각들이 꼬리에 꼬리를 물고 이어진다. 순간적인 감정이 아니라 논리적으로. 하나의 생각이 또 다른 생각을 불러낸다. 이대로 가면 두 사람을 기다리는 건 죽음밖에 없다. 겨울은 이제 겨우 첫 걸음밖에 떼지 않았는데 벌써 먹을 게 거의 떨어졌다. 뤼도비크는 육체적으로도 병든 게 확실하지만 그보다 더 심각한 것은 정신이 망가졌다는 점이다. 그가 병들기 시작한 것은 크루즈 선 사건 이후부터다. 산산조각이 나고 만 쾌속정의 꿈은 뤼도비크를 이 지경으로 주저앉힌 치명타였다. 더 이상은 버텨낼 힘이 없어진 것이다. '뤼도비크는 이제 금치산자나 마찬가지다.' 루이즈는 차마 그의 상태를 이렇게까지 규정할 수는 없다. 하지만 그런 생각은 이미 그녀 안에서 확고해졌다. 루이즈로서는 이곳에서 벗어나 어딘가에 분명히 있을 탐험 기지를 찾아내는 수밖에 별다른 도리가 없다. 그곳에는 필경 비상식량이 비축되어 있을 게 틀림없다. 그뿐 아니라 어쩌면 통신수단 같은 게 있을지도 모른다. 두 사람은 너무 심약해서 그쪽으로 가볼 생각조차 하지 못했다. 지금 그 길을 함께 떠나기에는 뤼도비크의 병이 너무 깊어졌다. 무슨 일이 벌어지든 그는 살아남지 못할 가능성이 높다. 그럴 거라는 게 훤히 내다보인다. 자기라도 살아야 한다. 그러니 떠나자. 그게 다다.

얼마 지나지 않아 한도 끝도 없는 부끄러움이 몰려온다. 뤼도비크를 여기 놔두고 혼자 떠나? 그렇다면 그를 죽음으로 내모는 거나 마찬가지 아닌가? 그가 이토록 병들어 있는데. 설령 자기들 사이에 사랑이 식었다 해도 실오라기 같은 최소한의 연민조차 남아 있지 않다는 말인가? 자기가 그 정도로 무시무시한 에고이즘의 괴물이었다는 말인가?

루이즈는 어린 시절의 공상을 다시 떠올려본다. 여주인공 역할을 맡은 그 시절의 공상대로라면 자기는 어떠한 경우에도 결코 외로운 과부나 고아를 그냥 내버려두지 않았을 것이다. 그와 반대로 그런 사람들이 불행해지거나 위험에 처하지 않도록 가까이 두고 보살피려 안간힘을 썼을 것이다. 그런데 지금 자기는 목숨이 위태로울지도 모르는 한 인간을 무책임하게 방기하려는 죄에 다가가기 일보 직전이다. 게다가 상대는 자기와 상관없는 사람이 아니라 삶의 반려자가 될지도 모를 남자다. 이 가엾은 존재, 심신 쇠약에 빠진 이 사내는 자기들의 안락함과 여유에 상처를 낸 죄밖에 없다. 두려움이 자기의 눈을 멀게 했다. 또한 자기로 하여금 가장 중요한 것을 외면하도록 했다. 그것은 아픔에 공감할 줄 아는 감정과 인간성이다. 생존에 대한 강박관념이 벌거벗은 자기의 실상을 드러낸 셈이다. 그것은 자기가 이곳에서 일상적으로 마주쳐온 짐승들이나 다를 바 없는 모습이다.

루이즈의 얼굴 위로 눈물이 주룩주룩 흘러내린다. 뤼도비크는 그것을 알아차리고 있을지도 모른다. 그가 돌아누워 자기를 감싸 안은 후 귓가에 대고 딱 한마디만 속닥거려주면 좋겠다. 애무도 필요 없다. 그저 딱 한마디만. 내가 여기 엄연히 버티고 있지 않느냐고, 나는 아무것도 포기하지 않을 거라고, 투덜거리는 어투라도 좋으니 제발 그런 의미를 담아 딱 한마디만. 다른 사람들도 이따금 그렇듯이 그녀는 한 가지 생각에 집중해본다. 자신의 의지만이 숙명에 영향을 끼칠 수 있다는 생각.

하지만 아무 일도 일어나지 않는다. 뤼도비크는 조금도 움직이지 않는다. 그는 그대로 죽을 수도 있을 것이다. 그런데 여기서 죽는다면 뤼도비크야말로 자기를 버리고 떠나는 셈 아닌가? 그럼 자기는 어떻게 될까? 지금보다 훨씬 쇠약해진 몸으로 이 움막에만 틀어박혀 있겠지. 그러다 결국 난롯불이 꺼지게 될 테고 동그랗게 무리 지은 쥐 떼가 시시각각 자기에게로 다가오겠지.

루이즈는 마음을 가라앉히고자 천천히 호흡을 가다듬는다. 그래 천천히, 여유를 가지고 천천히 천천히……. 지금은 그냥 나쁜 시간이 지나가고 있을 뿐이다. 밤이 이슥해지고 그에 따라 하늘과 영혼이 검게 물들고 모든 게 이지러지고 마는 그런 시간일 뿐…… 루이즈는 그렇다는 것을 잘 안다. 지금까지 자주 그런 순간과 마주해왔으니까. 어렸을 때부터 얼마나 자주 그렇게 잠에서 깨어났던가. 배운 것을 이해하지 못할까 봐, 엄마가 자기 생일을 깜빡할까 봐, 산에 눈이 너무 많이 내릴까 봐, 뤼도비크에게 다시 전화가 오지 않을까 봐……. 그러다 보니 이건 다 뇌의 측두엽에서 조작해낸 망상에 불과하다고, 폐쇄적인 여자들이란 원래 한밤중에 불이 꺼지는 것만 봐도 이튿날 해가 안 떠오르고 계속 캄캄할까 봐 불안에 떠는 법이라고 애써 스스로를 달랠 수밖에 없다.

다시 잠을 청해보자. 어렸을 때 엄마가 잠자리에서 토닥거려준 추억을 떠올리다 보면 슬슬 잠이 쏟아질 거다. 자장자장…… 좋은 꿈꾸고…… 우리 예쁜이…….

루이즈는 다시 돌아누워 뤼도비크에게 바싹 달라붙는다. 돌연 속에서 욕지기가 올라온다. 그의 몸에서 역겨운 냄새가 난다. 그에게서 부랑자의 냄새가, 쓰레기통에서나 풍길 법한 악취가, 땀 냄새와 독한 지린내가, 오랫동안 씻지 않은 몸과 한 번도 갈아입지 않은 옷에서 썩은 냄새가 진동한다. 그 냄새에 숨이 막힐 지경이다. 그런데도 지금까지 전혀 알아채지 못하고 지냈다는 게 더 놀랍다. 최소한 자기 몸에서는 그만큼 심한 냄새가 나지는 않을 텐데. 그래도 매일 저녁마다 세수만큼은 거르지 않으려고 했으니까. 아무리 환경이 열악하다지만 뤼도비크도 그 정도는 할 수 있었을 텐데. 최소한 상대에 대한 예의로라도. 그러자 넋두리를 늘어놓듯 묵은 반감이 되살아난다. 모든 건 자기에게만 맡겨두고 뤼도비크는 실제로 아무런 노력도 하지 않고 있다. 이제는 자기도 더 이상 두 사람 역할을 떠안을 여력이 없다. 보잘것없는 식사를 나눠 먹는 것도 지쳤다. 더 이상 이런 몰락의 체취를 감당할 자신도 없다. 냄새는 거짓말을 안 하는 법이다. 가장 본능적인 감각이기 때문이다. 몸짓이나 말로는 상대를 속일 수 있다. 시선으로도 거짓을 늘어놓기 쉽다. 하지만 냄새로는 상대를 속일 수 없다. 동물들은 알고 있다. 그렇다 보니 공포나 욕망을 표출하기 위해 냄새를 피우는 일이 자주 있다. 인간이 향수로 체취를 감추려는 것은 오로지 그 반대의 이유에서가 아닐까? 냄새는 거짓말을 하지 않는다. 오늘 밤 맡은 이 냄새는 자기에게 어서 달아나라고, 뤼도비크를 곧장 떨쳐내라고 하는 암시나 다름없다.

루이즈는 계속 생각을 이어간다. 결정적인 순간일수록 인간은 혼자다. 삶과 죽음 앞에서, 지엄한 결단 앞에서 타인은 더 이상 고려의 대상이 될 수 없다. 자기는 뤼도비크를 잊어야 한다. 오로지 살아남아야 한다. 이거야말로 가장 절대적인 그녀의 권리다. 그리고 스스로에 대한 의무다.

밤은 여전히 짙은 야음에 휩싸여 평온하다. 꺼지지 않은 난로의 불씨만이 충혈된 눈자위처럼 붉게 이글거리고 있을 뿐이다. 이제는 그가 어떤지 살필 차례다. 뤼도비크는 깊이 잠들어 있는 것 같다. 그녀는 슬그머니 침대에서 일어나 여기저기 공간을 뒤지고 돌아다닌다. 옷과 구두를 꺼낸다. 가장 예리하게 갈아둔 칼도 찾아낸다. 라이터를 집어 들기 전에 잠시 멈칫거리기도 하지만 이내 주머니에 넣는다. 그러고는 더듬더듬 수첩과 필기구, 먹물, 난롯불을 되살리기 전에 그녀가 켜두곤 하는 양초도 한 자루 챙긴다.

루이즈는 급히 메모를 남긴다.

'구조받을 수 있을 만한 곳을 찾아 떠나는 거야. 늦어도 일주일 안에 돌아올게.'

이 말이 진심인지 아닌지는 그녀도 모른다. 그렇다고 믿고 싶다. 최소한 그러는 척이라도 하고 싶다.

루이즈는 잠시 망설이다 이렇게 덧붙인다.

'몸조심하고 있어. 사랑해.'

적어도 지금 이 순간만큼은 거짓이다. 그녀는 그를 사랑하지 않는다. 심지어 하찮아 보이기까지 한다. 하지만 그가 가엾게 여겨지는 건 사실이다. 자기가 떠났다는 사실을 아는 순간 뤼도비크는 엄청난 충격에 빠져 허우적거리겠지. 사랑한다는 말은 그를 떠나면서 마지막으로 베푼 온정의 표현에 지나지 않는다.

이제 그녀에게 뤼도비크는 더 이상 안중에도 없다. 단지 이런 문제에만 골몰할 뿐이다. 술병 하나를 들고 가서 수통으로 쓰면 될 테고 배낭에는 피켈하고 아이젠도 챙겨 넣어야 해…… 아래층으로 내려가서 펭귄 네 마리를 떼어내려다 다섯 마리로 마음이 바뀐다. 이제 남은 것은 열다섯 마리가량 된다. 사람들은 그 무엇에 대해서도 자기를 비난할 수 없을 것이다. 도대체 누가 자기를 비난할 수 있단 말인가? 뭐에 대해서?

바깥으로 나서자마자 혹독한 추위가 그녀를 맞는다. 아무 생각도 나지 않는다. 코가 얼어붙을 것만 같다. 한순간 그대로 돌아서서 다시 뤼도비크 옆에 붙어 있고 싶다는 생각이 그녀를 유혹한다. 에이, 이제 그만 좀 머뭇거리자! 돌아가고 싶은 유혹에 꿋꿋이 대응하기 위해서는 등반할 때 허름한 대피소에서 나와 이제부터 아름다운 산길에 나설 기대감으로 마음이 벅차오르던 때를 떠올리는 것만으로 충분하다.

뭉게구름 몇 조각이 파란 반달 앞으로 가로질러 지나간다. 이 정도면 걷기에 충분하다. 바람도 불지 않는다. 영화 세트장처럼 생긴 기지 건물 안에서는 아무 소리도 들려오지 않는다. 베르나르 뷔페의 어느 그림처럼 음산해 보인다. 루이즈는 그 그림을 싫어했다. 그녀는 돌아서서 장딴지까지 차오르는 눈밭으로 걸음을 내딛기 시작한다. 이제부터 가야 할 길 말고는 아무 생각도 하지 않기로 한다. 계곡을 거슬러 올라가서 왼쪽으로 비스듬히 돌아간다. 그러고는 첫 번째 빙하를 가로질러 지나갈 만한 건널목이 어디쯤에 있는지 찾아본다. 그 유명한 메말라버린 호수의 발원지가 바로 이 첫 번째 빙하다. 그러고 나서는 어디로 가야 할지 잘 모르겠다. 그녀가 기억하기로 지도에는 또 다른 빙하들에 의해 갈린 일련의 내포들이 나와 있다. 목적지는 아마도 그 내포들 중 하나에 있을 텐데, 그게 어느 쪽? 폭신한 눈밭을 가로지르며 그녀의 다리 아래서 슈 하는 소리가 나더니 곧이어 살얼음판이 가볍게 갈라지는 소리에 귀 기울인다. 최면을 거는 듯한 소리에 생각을 골똘히 모을 수도 없고 그렇다고 아무렇게나 충동적으로 움직일 수도 없다. 그녀는 일단 나무토막을 그러모아 불을 피우기로 한다. 그녀가 높은 쪽으로 올라가면 적설량을 측정해볼 수 있도록 긴 막대도 하나 따로 챙겨둔다.

몸이 따뜻하게 풀린다. 기름칠 된 기계장치처럼 관절의 움직임도 한결 나아지는 것 같다. 낯선 곳으로 이제 한 걸음 내디뎠을 뿐인데도 루이즈는 친숙한 감각을 되찾는다. 생기 넘치는 활력이 그녀의 몸을 휘감고 지나간다. 그것은 자기가 영원토록 살아 있으리라는 느낌이다. 조심스럽게 그녀는 다시 계곡으로 향한다. 발을 헛딛지 않도록 주의한다. 여기서는 한 발만 헛디뎌도 끝장이다. 이제 그녀는 혼자, 그것도 완벽하게 혼자니까. 왜 그런지는 모르겠지만 그런 생각이 들자 외롭기는커녕 오히려 마음이 단단해진다. 완벽한 외로움이 모험에 나선 그녀의 감흥을 고조시킨다.

루이즈가 처음으로 멈칫거리게 된 것은 서서히 먼동이 터올 무렵이다. 빙하에 도착하기 전까지는 별다른 난관에 부딪치지 않고 그런대로 무난하게 진군을 이어갈 수 있었다. 앞에 맞닥뜨리게 된 빙하는 길을 나선 이후 처음으로 마주친 장벽이 될 게 틀림없다. 계속 잔잔하게 머물러 있는 내포는 적갈색을 띠고 있다. 아스라이 눈 덮인 기지 건물이 내려다보인다. 뤼도비크에 대해서는 떠올리고 싶지 않다. 그래, 떠올려서는 안 된다. 아마도 싸늘해진 실내 공기를 견디지 못하고 지금쯤 잠에서 깨어났을지도 모른다. 난롯불이 꺼졌을 테니까. 어쩐지 허전한 것 같아 옆자리부터 더듬거려보았을지도 모른다. 그러고는 아무것도 손에 닿지 않고 그 자리가 싸늘하게 비어 있어 깜짝 놀랐겠지. 맨발로 뛰쳐나와 자기 이름을 부르고 또 부르겠지, 순간적으로 엄습해온 불안감에 사로잡혀. 루이즈는 그런 상상이 떠오르는 것을 막을 길이 없다. 뤼도비크는 여전히 혼수상태에 빠져 있다. 루이즈는 그가 우선 난롯불부터 다시 지폈으면 싶다. 아직은 난로에 불씨가 남아 있을 테고 그걸로 충분히 잉걸불을 지필 수 있을 거다. 그러고는 루이즈를 찾는다. 자기한테 알리지도 않고 왜 이렇게 일찍 바깥으로 나갔는지 의아해진다. 창밖을 기웃거려본다. 모래톱에도 없다. 그렇다는 건 그녀가 조개를 주으러 나간 게 아니라는 말이다. 뤼도비크는 나가려다 그녀가 남겨둔 메모를 발견한다. 부리나케 바깥으로 달려 나가서 다시 그녀의 이름을 부른다. 루이즈는 막연히 짐작해본다. 그만하면 뤼도비크에게 위안이 될 만한 말을 남긴 셈일 거라고. 그는 다시 집으로 돌아오게 될 거다. 물론 한동안 생각에 잠기겠지. 자기로서는 도무지 해줄 수 없는 답을 그녀가 요구하지 않은 데 안도하면서. 그녀가 빠른 시일 안에 돌아오리라 확신하면서. 그러고는 프라이팬을 꺼내 들고 오늘 하루치 튀겨 먹을 펭귄 살 조각을 담겠지.

지금은 멍하니 그런 상념에나 잠겨 있을 시간이 없다. 낮은 짧다. 그리고 자기는 최대한 해가 떠 있는 반나절을 활용해야 한다. 어수선한 상념에서 벗어나려는 듯 머리를 뒤흔들면서 그녀는 아이젠을 착용한 후 가파른 눈길로 달려든다.

얼마나 여러 번 자신의 죽음을 생각했던가? 얼마나 자주 말라붙은 자기 변사체를 상상해보았던가? 절벽에서 떨어져 괴이한 자세로 바닥에 늘어져 있는 모습. 갈가리 찢겨져 나간 옷 사이로 바닷제비 따위가 날아들어 파먹은 듯 흉측하게 벌어져 있는 살집도 보이고. 더는 모르겠다. 하지만 아무려나 상관없다. 지금 가장 중요한 것은 움직이기도 힘에 부친 이 몸을 일으켜 세워 낯선 곳으로 한발 한발 다가가는 일이다. 끊임없이 계속. 그 밖에 다른 것은 염두에 둘 여유도 없다.

벌써 며칠이 지났는지 알 수 없다. 닷새, 엿새, 어쩌면 이레일 수도. 마지막 남은 펭귄 조각까지 바닥나고 나서 얼마나 오랫동안 아무것도 먹지 못했을까? 그것도 모르겠다. 배가 허기로 바싹바싹 말라붙는 것만 같았다. 머리는 모루만큼이나 무거웠다. 그러다 어느 순간부터 몸이 가벼워진 것처럼 느껴졌다. 모래톱에서 이리저리 튀어 다니는 조개만큼이나 홀가분해진 것 같기도 했다. 아마도 굶주림을 초월한 모양이었다.

생각은 잘 떠오르지도 않지만 제대로 이어지지도 않는다. 정신이 아무렇게나 표류한다. 기억도 들쭉날쭉하게 이리저리 옮겨 다니기 일쑤다. 사춘기 시절과 조난 당시와 뤼도비크와 처음 만났을 때가 뒤죽박죽으로 뒤섞인다. 잠이 부족한 탓일지도 모른다. 길을 나선 이후 첫날밤부터 줄곧 모든 것을 꽁꽁 얼려버릴 듯한 추위에 시달려왔다. 섬의 고지대에는 눈밭에 몸을 파묻고 웅크리는 것 말고는 추위를 피할 만한 대책도 따로 없다. 그렇게 거기서 웅크리고 있는 동안 서서히 곱아가는 자기의 손발을 무기력하게 지켜본다. 이러다간 몸에서 동상이 도지지 않는 부위라고는 배에서 움푹한 쪽 말고는 아무데도 남지 않을 것 같다. 한밤중에도 바람이 심하게 불든 비가 내리든 다시 몸을 일으켜 억지로라도 걸어야 한다. 죽지 않으려면 그러는 수밖에 없다. 폭풍우가 몰아친 이틀 밤 동안에는 한숨도 자지 못했다. 자칫하면 절벽에서 떨어질 뻔하기도 했다. 가까스로 그 위기를 버텨냈다. 그 근처에서 발을 헛딛지 않도록 서성거리며 날이 밝기를 기다리는 수밖에 없었다. 무슈 세갱의 산양*처럼 새벽이 오기 전 여기서 발을 헛딛고 떨어져 죽겠구나 싶었다. 다행히 그런 일은 벌어지지 않았다. 그녀는 죽지 않고 살아남았다. 이제 그녀는 가파른 눈길을 천천히 내려간다. 아래 내려가 보니 시야를 가로막을 만큼 짙은 안개 너머로 바닷가에 두 개의 붉은 건물 지붕이 드러난다.

떠나오면서 그녀가 무작정 구상해본 시나리오에 따라서는 물론 아무 일도 일어나지 않았다. 길에 나서고 나서 첫날을 맞이하자마자 악명 높은 빙하의 위험성이 과연 사실이라는 게 실감 났다. 신경이 잔뜩 곤두서 있는 얼음은 툭하면 산산조각으로 부서져 잔뜩 쌓아둔 잡동사니 더미처럼 앞길을 가로막기 일쑤다. 그러다 보니 어쩔 수 없이 위쪽으로 해서 빙하를 피해 가야겠다고 결정했다. 그 과정에서도 숱한 고초가 뒤따랐다. 어쩔 때는 베르크슈룬트**를 따라 걸으며 마음이 조마조마해졌고 어쩔 때는 두 번에 한 번꼴로 크레바스의 막장에 갇혀 헤매기도 했다. 더러는 단층으로 비집고 들어가서 빙하의 심장부까지 이끌려 들어간 적도 있다. 거기서 그녀는 차갑고 투명한 빙벽 사이로 비좁고 어두운 샛길을 따라 걸어야 했다. 그런 길로 접어들지 않도록 하자면 한발 한발 극도로 조심스

* 알퐁스 도데의 동화를 원작으로 한 프랑스 애니메이션 〈무슈 세갱의 산양, La Chèvre de monsieur Seguin〉을 말한다.

** 광대한 면적의 얼음 또는 만년설인 빙원과 다른 빙원 사이에 생긴 거대한 균열

럽게 내딛는 수밖에 없다. 첫날 저녁에는 암석 위에 모닥불을 피우는 데 성공했다. 주위를 둘러싸고 있는 얼음에 모닥불의 너울거리는 불길이 붉거나 누르스름한 빛으로 반사된다. 그로 인해 꼭 얼음이 살아 움직이는 것처럼 보이기도 한다. 비록 그 모닥불에 펭귄을 익혀 먹는 데는 실패하고 말았지만 얼어붙은 살갗이 따뜻하게 데워지는 것만으로도 생기가 되살아나는 기분이었다. 하지만 그녀가 불을 피울 수 있었던 것은 그때가 처음이자 마지막이었다.

다음 날에는 바람이 거세지면서 비가 내렸다. 이제는 이판사판이었다. 그녀는 빙하를 거슬러 올라가는 일로 하루를 다 보냈다. 하루의 빛살이 서서히 사라져가는 동안 그녀 앞에 널찍한 평지가 나타났다. 걸음을 더 내딛기에는 빛이 충분치 않아 그녀가 눈 속에 파묻혀 있는 방식으로 밤을 지새우기 시작한 것도 바로 그 지점이다. 얼음과 눈, 물로만 뒤덮여 있는 이 세계에서는 불을 지피려고 해봐야 뾰족한 수가 없다. 도무지 익힐 방도가 없으니 날고기라도 뜯어 먹는 수밖에. 가지고 온 펭귄 고기가 몇 주 전부터 이미 부패하기 시작해서 구토를 유발할지 모른다는 사실도 알아채지 못하고서.

며칠 동안 루이즈는 안개에 휩싸인 평지를 계속 헤매고 다닌다. 나침반 없이는 올바른 방향으로 따라가기가 불가능해 보이는데도 무턱대고. 그러다 신기루 같은 햇살이 짙은 안개의 장막을 가르고 어느 한 지점으로 비쳐들자 그녀는 그쪽에 멈춰 서서 잠시라도 그 빛을 쬐려고 한다. 그러면서 돌아보니 여긴 이미 지나온 길이다. 황당하다. 하지만 묘하게 마음이 푸근해지기도 한다. 순백의 설원이 너무나도 아름다워 기분 좋은 현기증을 자아내기 때문이다. 여기는 인간 존재가 발을 디뎌본 적이 없는 처녀지나 마찬가지다. 등반할 때였다면 크나큰 희열을 안겨다줬을지도 모를 이 느낌이 지금 순간에는 그녀를 까닭 모를 두려움의 심연으로 몰아넣는다. 그녀가 그토록 절박하게 찾아 헤매고 있는 인간들은 도대체 어디 있는 거지? 인간들은 어디론가 감쪽같이 소멸해버린 것처럼 보일 지경이다. 그녀는 이 세상에 혼자다. 나중에 이 순간을 스스로 돌아보게 된다면 어떻게 자기가 이토록 절망적인 극한상황에서 얼어 죽지도, 굶어 죽지도, 벼랑 끝에서 떨어져 죽지도 않았는지 설명하기가 불가능할 것이다. 루이즈는 다시 로봇처럼 앞을 향해 걷는다. 걸음을 내딛는 매순간이 전쟁이나 다름없다. 다리 근육이 불로 지진 듯 쑤시고 아프다. 눈 속에 너무 깊이 처박혀 있지 않으려면 어떻게 해서든 한쪽 발을 눈에서 빼내가며 조심조심 앞으로 몸을 움직인 후 나머지 한쪽 발을 그쪽으로 넘겨 오는 수밖에 없다. 그러고는 그런 식으로 걸음을 다시 내딛기 시작해야 한다. 멈추지 말고 끊임없이 계속 다시. 만약 루이즈에게 오랜 경험이 없었다면, 그리고 무엇보다

도 어떻게 해서라도 계속 가야 한다는 자기 최면 상태의 의지가 부족했다면 그녀는 진작 눈밭에 파묻혀 거기서 영영 헤어나지 못했을지도 모른다. 몸이 너무 고되다 보니 이제는 열다섯 걸음 옮길 때마다 한 번씩 멈춰 서서 잠시 숨을 고른 후 다시 열다섯 걸음을 세어가며 옮기는 식으로 이동하는 수밖에 없다. 그 와중에도 어린 시절의 추억에서 문득 솟아오른 노랫가락 하나를 콧노래로 흥얼거린다. 어느 순간, 밝은 햇살이 사방에 다시 비쳐들더니 시야가 확 트였다. 마침내 절벽의 가장자리에 다다랐다. 그리고 저 멀리 아래쪽으로 기적이 일어난 듯 건물 지붕들이 눈에 들어왔다. 도무지 아무것도 실감이 나지 않았다. 피안에 와 있는 것처럼 정신만큼이나 몸도 텅 비어버린 기분이다. 그저 어떻게 해서든 저곳에 가지 않으면 안 된다는 사실만 기억날 뿐이다.

문은 큼지막한 바윗돌과 두 개의 걸쇠 사이에 걸려 있는 나무 빗장으로 막혀 있다. 잘 열리지 않는 문을 겨우 연다. 문은 심하게 삐걱거린다. 곧바로 기압 조절실이다. 입구에는 층층이 나뉜 목제 선반이 있다. 그 밑으로 군화 한 켤레가 굴러다니는 것을 보니 외관상 신발장 같다. 그 맞은편에는 옷걸이도 있다. 옷걸이에는 낡은 방수복들이 여러 벌 걸려 있다. 다른 문 하나는 꽤 널찍한 공간으로 통한다. 그 공간에는 널판자가 둘러쳐져 있다. 안에 있는 집기들로 볼 때 부엌 겸 식당 같다. 일반 가정집과 비슷하다. 가스레인지, 냉장고, 수도꼭지, 긴 식탁, 걸상, 그리고 잡지들로 덮여 있는 궤짝 앞쪽으로 소파 둘. 물건에는 먼지가 앉아 있다. 청결 상태가 의심스럽다. 그래도 있을 건 다 있다. 이 공간의 거주자들은 아이처럼 희한한 발상으로 깃털, 조개 또는 자갈 등을 가재도구나 된다는 듯이 여기저기 배치해놓았다. 벽면에는 습기 자국으로 얼룩진 사진들이 잔뜩 걸려 있다. 젊어 보이는 얼굴들이 많다. 좋은 음식 앞에서 미소 짓고 있는 모습. 상처 입은 새나 정체불명의 과학 장비를 안고 있는 모습 등. 루이즈는 아직 빛가림 창을 올리지 않았다. 가느다란 빛줄기가 살짝 벌어져 있는 방풍창의 틈새로 새어 들어오면서 춤추듯 허공 위에 떠도는 먼지를 비춰 보인다. 깊은 적막감만이 이 공간을 에워싸고 있다. 루이즈는 앞으로 나가려다 말고 바닥에 쭈그려 앉는다. 갑자기 속이 메슥거리더니 토하고 싶어진다. 하지만 오래전부터 그녀의 위에는 게워낼 만한 게 아무것도 없다. 그러니 아무런 기운이 없는 게 당연하다. 일어나 있을 기력조차 고갈된 것 같다. 팔다리도 부들부들 떨린다. 그래도 결국은 해냈다. 이제 악몽은 끝이다.

젖 먹던 힘까지 모아 그녀는 벽장을 열어본다. 공교롭게도 찬장이다. 설탕, 익히지 않은 파스타, 시리얼 바 등이 보인다. 닥치는 대로 입에 처넣는다. 그러고는 소파로 가서 까라진다. 반은 혼절한 상태로, 반은 졸음이 쏟아진 상태로. 얼마나 잤는지 모른다. 눈을 떠보니 밤이다. 다시 잠든다. 그러는 게 여러 번 반복된다. 마침내 그 상태에서 헤어난다. 날이 밝았다.

여전히 배가 많이 고프지만 이번에는 그래도 여유 있게 찬장에 있는 것들을 차분히 꺼내본다. 식기류에서 느껴지는 감촉이 차갑고 매끄럽다. 바닥이 두꺼운 스튜 냄비도 꽤 묵직하다. 스파게티 상자를 들고 흔들어보니 안에 내용물이 좀 남았는지 소리가 난다. 루이즈는 우선 파스타를 삶고 토마토소스를 데운다. 그러면서 식탁 위에 접시를 차린다. 군침이 입안 가득 고이는 게 느껴진다. 게걸스럽게 음식을 먹어치운 후 다시 침대로 돌아가서 눕는다. 거기 있는 것은 진짜 침대다. 큰 공간 옆에 딸려 있는 작은 방 둘에는 간이침대가 열두 개나 포개져 있고 그 위에는 캐시밀론 이불이 반듯하게 개켜져 있다. 두텁게 몰려오는 졸음에 그녀는 곧바로 잠이 든다. 지난 몇 달 동안 밀린 잠을 보충하려는 듯.

처음 이틀 동안은 몸이 너무 안 좋아서 도저히 뤼도비크가 있는 곳으로 돌아갈 엄두조차 낼 수 없었다. 이 근처에 물이 어디 있는지 찾느라 돌아다니기도 싫었다. 그녀가 나가 있는 동안 겨우 찾아낸 이 안식처가 마치 마술 막대가 빚어낸 신기루처럼 별안간 사라지면 어쩌나 걱정스럽다는 듯. 루이즈는 실컷 잔다. 나머지 시간에는 비축 물자들의 목록도 오랫동안 작성해본다. 입이 쩍 벌어질 만큼 경이롭다. 어린 시절 크리스마스에 선물을 잔뜩 받았을 때보다 더 경이롭게 느껴진다. 통조림, 말린 과일, 파스타, 쌀, 냉동 건조시킨 채소 등 모든 게 다 있다. 복숭아 통조림의 과육을 통째로 삼켜버린 후 남은 주스 시럽이 목구멍으로 흘러 내려가는 순간에는 이러다 기뻐서 죽을지도 모르겠다는 생각이 들 정도다. 루이즈는 설탕절임 콩이 든 포장용기의 뚜껑까지도 혀로 날름날름 핥아 먹는다.

루이즈의 의식 한 귀퉁이에는 여전히 저쪽에 혼자 남아 있는 뤼도비크가 자리하고 있다. 그녀도 그 사실을 똑똑히 의식하고 있다. 하지만 지금 당장은 떨어져 있는 거리가 만만치 않아 도무지 손을 쓸 수가 없다. 뤼도비크에 대해 확실히 떠올린 것은 그녀가 어느 정도 몸 상태를 회복한 후 이곳을 슬슬 탐색하고 다니기 시작할 때부터다. 그러는 사이 욕실로 쓸 만한 곳도 찾아낸다. 욕조와 세면대가 딸려 있는 구석 공간이다. 물은 양동이로 채워 넣으면 될 일이다.

파리똥으로 뒤덮여 있는 세면대 위에 거울이 하나 달려 있다. 그 거울에 자기 모습을 비쳐보자마자 루이즈는 소스라치게 놀라 얼른 뒤로 물러난다. 이게 정말 나야, 이 모습이? 새둥지를 튼 것처럼 덕지덕지 엉겨 붙어 있는 머리 모양새의 몰골이? 자줏빛 안구 속으로 초점을 잃고 푹 꺼져버린 이 눈동자가? 잔뜩 버짐이 피어 있는 데다 동상 자국과 땟국이 뒤섞여 거무스름한 부스럼들로 잔뜩 뒤덮여 있는 이 피부가? 이것은 차라리 시체의 얼굴이다. 그렇다. 자기 모습을 보자마자 그녀의 입에서 흘러나온 것은 바로 그 말이다. 하긴 몇 번이나 벼랑 끝까지 내몰려 낙담과 절망 속에서 죽을 고비를 넘기고 살아남았으니 그럴 만도 하다. 그러니 다른 누군가를 구하려고 들기 이전에 우선 스스로의 몸부터 추스르는 게 시급한 일이다. 일단은 살고 봐야 한다. 다른 문제는 나중에 따질 일이다. 이런 생각은 그녀로 하여금 비행기 이륙 전 승무원들이 안내하는 안전관리지침을 떠올리도록 해준다. 승무원들의 설명에 따르면 사고 발생 시 자녀들에게 산소마스크를 씌우기 전에 우선 자기부터 착용해야 한다는 것이다. 예전에는 그 말이늘 의아했다. 하지만 루이즈는 이제야 그들이 왜 그렇게 말하는지 알 것 같다.

이제 다시 그쪽으로 돌아간다면 결국 자기는 죽게 될 거다. 그건 틀림없는 사실이다. 돌아가는 길을 발견한다손 쳐도 그 오래된 기지 안에는 다음 여름까지 버틸 만한 식량도 충분치 않다. 여기서 거기까지 자기 혼자 식량을 나를 수도 없을 테고 여기까지 병든 뤼도비크를 끌고 오기도 여의치 않을 게 뻔하다. 그렇게 생각하자 다시금 자기 안에서 원초적이고 동물적인 에고이즘이 도지는 게 느껴진다. 하지만 루이즈는 지금 그것을 합리화하려는 중이다. 어느 한 짐승이 다른 짐승을 위해 희생하는 걸 본 적이 있나? 아니, 없다. 살아 있다는 것의 의미는 다른 생명을 돌보기 이전에 자기 보호와 자기 유지에 있다. 이타주의는 풍족한 사회에서나 가치 있는 이념이다. 빈곤에 처한 세상에서도 이타주의만 앞세우려는 것은 퇴행에 지나지 않는다. 그러니까 이것은 사회적인 여건에 따라 다른 사람을 대하는 윤리의 우선권을 재배치하는 문제일 뿐이다.

사실 루이즈는 두렵다. 또다시 그 험준한 산길을 가로질러 그 낡은 기지 건물, 죽음과 몰락의 징조로밖에 여겨지지 않는 '40'과 마주해야 한다는 것은 생각만 해도 너무 끔찍하다. 그에 관해 떠올리기만 해도 위장이 꼬여오면서 숨이 막힐 지경이다. 그 무엇도 자기가 겪은 시련을 대신해서 갚아줄 수는 없다. 그게 설령 한때는 자기에게 가장 소중했던 연인의 운명이라 할지라도.

큼지막하면서도 은밀한 외상은 엔도르핀으로 그 고통을 중화시킨다. 그와 마찬가지로 루이즈는 스스로 의식하든 못하든 상관없이, 나날이 뤼도비크와 관련된 기억 언저리에 망각의 장막을 끌어내리려 한다. 의식이 본능적으로 그녀에게서 선택의 고통을 덜어주려는 셈이다. 이제 그녀는 그를 점점 덜 떠올리게 된다. 마치 주위에 둘러싸인 안개가 뤼도비크의 모습까지도 서서히 빨아들이고 있는 것처럼. 혹은 우리가 결국 그 세세한 생김새를 잊게 되는 망자의 얼굴처럼.

며칠이 지나간다. 바깥으로 나가는 일은 드물다. 석탄 난로 가까이 끌어당겨둔 소파는 안락한 여가 생활을 즐기는 자리다. 묵은 잡지들을 읽고 또 읽는데도, 그 안에 있는 십자말풀이 놀이를 하고 또 하는데도 지루하기는커녕 매번 즐겁고 새롭다. 아늑한 공상에 잠겨 양철 지붕 위에서 들려오는 빗소리를 듣기도 하고 잡지의 무미건조한 글줄을 탐욕스럽게 음미하기도 한다.

물을 데우고 욕조에 그득 채우는 일로도 많은 시간을 보낸다. 따뜻한 욕조 속에 잠겨 있다 보면 시간 가는 줄 모른다. 수온이 식고 정신이 몽롱해질 때쯤이 되어서야 욕조에서 나온다. 큰 가위로 머리와 손발톱도 자른다. 입고 있던 누더기를 벗어던지고 거기 있던 옷으로 갈아입는다. 사이즈가 너무 커서 펑퍼짐해 보이긴 하지만 입고 있기에는 편하다. 허기가 몰려오면 언제나 파스타나 쌀을 끓여 해결한다. 이제야 좀 살 것 같다. 루이즈에게 이제 뤼도비크란 존재는 마음 저 밑바닥에 갇혀 있는 추억의 그림자가 되어 점점 더 희미해지고 있다.

며칠 후 루이즈는 이제 어느 정도 원기를 회복한 만큼 또 다른 막사를 둘러보기로 한다. 처음에는 삭막한 실험실로만 여겨져 그다지 가볼 마음이 나지 않았다. 안에는 먹을 만한 것도 전혀 없으니까. 하지만 호기심도 나고 심심하기도 해서 다시 그쪽으로 발을 옮겨본다. 송수신 시설 같은 게 보인다. 이것만 있으면 연결이 될 경우 이쪽의 메시지를 전할 수도 있고 다른 사람들과 의사교환도 할 수 있고 구조 신호를 보낼 수도 있다.

자기가 그토록 아쉬워하던 통신 장비다. 그녀의 몸에 소름이 돋는다. 제이슨 호에 있던 통신 장비는 이런 기종이 아니었다. 아무래도 작은 위성 전화기가 쓰기 더 좋을 것 같았다. 그래도 루이즈는 등반하던 시절 대피소에서 사람들이 위성 전화기보다 훨씬 저렴해 보이는 이런 장비로 통신하는 것을 무심코 본 적이 있다. 시작하려면 전기 동력이 있어야 하고 전기 동력을 끌어오려면 본체에 있는 발전장치를 가동해야 한다.

통신에 성공하기까지 사흘이 걸린다. 그것도 우연히. 에너지가 넉넉지는 않지만 이 정도면 충분하겠지. 낯선 기계장비를 다루는 데 처음으로 성공하고 나니 뭔가 다 잘될 것 같다는 희망이 차오른다. 송신기를 작동하기 위해 특별한 마법이 필요한 건 아닐 거다. 여러 버튼들을 이리저리 돌려보고 어쩌다 하나 걸리라는 식으로 스위치도 막 켜본다. 그러자 기판 위로 숫자가 뜨더니 제멋대로 넘어간다. 마이크에서는 요란하게 삑삑거리더니 왕왕거리는 소리가 난다. 사용법을 몰라 답답하다. 그래도 드문드문 기기에서 낯선 목소리가 날아온다. 다시 희망에 차서 마이크에 대고 소리를 질러본다. 이 인터넷 시대에 어떻게 이 정도로 기기 조작에 서툴고 기본적인 전신 장비조차 다루지 못해 쩔쩔매나 싶어 스스로에게 짜증이 난다. 요즘은 모든 게 너무 빨리 지나간다. 나온 지 20년도 되지 않은 기기가 폐물로 전락하기 일쑤고 시간이 지나 남아 있다 한들 아무도 그 기기의 사용법을 모른다. 이러다 에너지가 다 떨어져서 기기가 더 이상 작동하지 않을지도 모른다는 걱정은 결국 현실이 되고 만다. 루이즈는 울음을 터뜨린다. 크루즈선이 안개 너머로 사라졌을 때와 비슷한 무력감이 밀려온다. 그만 체념하기로 한다. 여기서 몸부림쳐봐야 별수 없다. 이렇게 헛된 희망에만 매달리다 보면 슬슬 정신이 망가질지도 모를 일이다. 그러니 차라리 기다리는 편이 낫겠다. 구조대가 도착하기를, 최상이거나 최악이거나 어느 쪽으로든 상황이 저절로 해소되기를. 이제는 앞으로 벌어질 일이 설령 최악의 경우라 해도 전혀 두렵지 않으니까.

루이즈는 기다린다. 그냥 마음 편히 기다리기로 한다. 창가에 비쳐드는 나날의 빛깔이 재색으로 물든다. 규칙적으로 반복되는 하루 일과가 다시 생겼다. 느지막하게 잠자리에서 일어난다. 아침으로는 분유를 탄 코코아에 잼을 발라서 구운 밀가루 빵 한 조각을 곁들여 먹는다. 이어 따뜻한 물로 오랫동안 목욕을 한다. 이런 식으로 소일하는 아침나절은 소소한 즐거움을 안겨준다. 잡지를 읽다 석탄을 찾으러 다녀온다. 점심은 뭘 먹을까 잠시 궁리한다. 아무튼 뭔가를 조리해서 먹는다. 늘어지게 낮잠을 잔다. 주변을 정리한다. 취향에 따라 찬장 안의 내용물을 분류한다. 그러다 보면 어느새 밤이 다가온다. 다시 새로운 식사거리를 준비할 시간이다. 식사 준비를 하는 동안 바닷가에 드리워지는 음영을 물끄러미 내려다본다. 루이즈는 많이 잔다. 땔감과 식량은 그녀 혼자 겨울을 나기에 충분할 만큼 넉넉하다. 이렇게 지내다 보면 어느새 봄이 올 테고 봄이 오면 이쪽으로 지나가는 해양과학 탐사선 같은 게 나타날지도 모른다. 그러고 나면 이 모든 게 한낱 스쳐 지나간 옛일에 불과해지겠지. 그렇다 해도 이곳에서의 경험은 스스로 짠 고치솜처럼 앞으로도 자기에게 칭칭 감겨 있을 게 빤하다. 아니 차라리 이곳 이전의 삶과 이곳 이후의 삶으로 나뉘게 될 거라고 하는 게 더 정확할지도 모르지. 불현듯 자기가 유충처럼 느껴진다. 그렇다면 나비가 될 때까지 기다리는 수밖에 없다. '40'에서는 어떤 일이 벌어지고 있는지 알고 싶지 않다. 그에 관해 떠올리고 싶지도 않다. 여기서 자기는 아늑하게 보호받고 있다. 그녀만의 요새에서, 이 고독한 요새에서.

여기서 최소한 3주는 보낸 것 같다. 어쩌면 4주일 수도. 섬은 겨울의 협곡에 꽁꽁 갇혀 있다. 해안까지 수 미터나 되는 눈 더미에 파묻혀 있다. 길 잃은 바닷새들의 날갯짓만 빼면 움직이는 거라고는 도무지 아무것도 보이지 않는다. 이곳에는 나무가 없다 보니 바람이 괴롭힐 만한 상대도 전혀 없다. 그저 건물 한 귀퉁이에서 위협적으로 윙윙거리며 유리창에 거센 빗줄기를 흩뿌리는 데 그칠 뿐이다. 세상은 흑백이다. 바다만 그보다 조금 더 푸르스름할 뿐이다. 절벽 기슭에만 그보다 조금 더 진한 갈색이 번져 있을 뿐이다. 영원토록 변치 않을 피안의 세계가 펼쳐져 있는 듯한 정경이다.

오늘 아침은 예외적으로 구름이 흩어지더니 투명한 코발트빛 하늘이 환하게 드러났다. 산책하고 싶다는 기분이 든다. 때마침 좋은 날씨다. 며칠 전부터 잠을 설치고 있다. 꿈속에서 뭔가가, 아니 누군가가 자꾸 자기를 부른다. 운동 부족 때문인가 싶기도 해서 남는 시간에 몸을 좀 더 움직이는 것도 좋겠다는 생각이 든다.

바람막이 같은 내포 안쪽의 암석들 밑으로 바다가 얼어붙었다. 밀물의 파도 자락이 유리 세공품 같은 얼음 조각으로 굳어 맑은 햇살에 반짝거렸다. 새들이 그쪽으로 끊임없이 들락거린다. 순간적으로 저 새들처럼 지내고 싶다는 기분이 엄습한다. 오로지 먹고 자고 아무 생각도 없이 하루하루 소일하면서 겨울을 날 수 있도록. 하지만 루이즈는 저 새들과 달리 아무 생각 없이 본능에 따른 일과에만 스스로를 내맡길 수 없다. 여전히 자기 가슴을 아프게 짓누르는 뭔가가 있다. 그런 게 바로 은밀한 가책일까? 순간적인 기억의 조각들이 하나하나 머릿속에 떠올랐다 사라진다. 오랜 햇빛 노출로 팔뚝에 생겨난 반점들의 얼룩, 신경이 곤두설 때면 늘 초록빛으로 변하는 홍채, 오르가슴에 다다른 직후 괴이하게 목울대에서 새어 나오는 신음 소리 등. 이 화창한 아침에 생동하는 공기가 뿌연 안개 장막을 거둬들이고 있다. 하지만 그 안개 장막은 거기서 물러나 자기의 머릿속을 뒤덮기 시작했다. 그런 기억의 조각들이 의식의 수면 위로 떠오르면 떠오를수록 그녀는 더욱더 걸음을 빨리한다. 뤼도비크가 비록 고통스럽고 절망에 빠져 있다 해도 꼭 자기에게 그의 고통과 절망을 거둬줘야 할 책임이 주어져 있는 것은 아니다. 하지만 그는 자기가 사랑했던 사람이다. 그래서 그를 좇아 이 세상 끝까지 왔다. 유쾌하고 에너지가 넘치는 청년이었다. 거의 잊은 줄 알았는데 쉽게 잊히지 않고 갑자기 기억 저편에서 솟아올라 자기 눈앞에 아른거리는 사람. 문득 그의 품속이 다시 그리워진다. 어째서 이제야? 그사이 자기 몸이 많이 회복됐기 때문일까?

스스로에 대해 회의하는 것을 지나 가슴 저미는 아픔의 시간이 그녀에게 다가온다. 루이즈는 바닷가를 성큼성큼 가로지른다. 바닷가는 유난히 따뜻하게 그녀를 맞아준다. 찢긴 그녀의 옷 사이로 바람이 파고들지 않는다. 두툼한 장화 뒤축이 예리한 자갈 모서리에 베이지 않도록 보호해준다. 자기 혼자 이토록 편히 지내고 있는 게 돌연 부끄러워진다. 한편으로는 그런 부끄러움을 느낀다는 사실이 신경에 거슬린다. 스스로도 왜 그러는지는 모르지만 무턱대고 뛰기 시작한다. 몸이 피곤해져야 한다. 스스로 몸을 피곤하게 해야 이런 생각도 가라앉을 테니. 편히 잠들 수 있도록 하기 위해서라도. 그녀는 뚝 멈춰 선다. 예전에 몽수리 공원 산책로에 들를 때마다 거기서 운동 삼아 속보를 하는 사람들과 자주 마주친 기억이 난다. 당시 그녀는 그런 사람들을 속으로 엄청 비웃곤 했다. 그런데 지금 자기 모습이 그 사람들과 별로 다르지 않아 보인다. 사는 게 여유 있다 해서 공연히 몸을 놀리려고 하다니. 그런 식으로 몸의 에너지를 소진하려 드는 것은 뭔가 마뜩잖다. 옆에서는 지금 사람이 굶어 죽어가고 있는데. 그래, 모든 감각이 되살아난다. 모든 책임이 무겁게 다가온다. 한동안 이곳에서 정신이 혼곤해질 정도로 누려온 휴양의 사치가 별안간 덧없게 느껴진다. 뤼도비크, 그가 미치도록 그리울 뿐이다. 루이즈는 더 이상 자기가 평온히 지낼 수 없으리라는 것을 안다. 난롯가에 붙어 앉아 잡지나 보면서 소일하는 나날은 이것으로 끝이다.

최근 열흘 동안이나 루이즈는 그렇게 자기가 '40'으로 돌아가야만 하는 이유를 찾기 위해 골몰했다. 냄새 나는 그 움막으로 돌아가면 혹시 쥐 떼에게 뜯어 먹힌 시체를 발견하고 자기가 떠나와 있는 동안 얼마나 참혹한 일이 벌어졌는지 그 결과와 마주하게 될 수도 있을 텐데. 도대체 뭐 하러? 여전히 무섭다. 하지만 여기 혼자 남아 쌀 봉지를 뜯거나 커피에 설탕을 타는 일도 혐오스럽기는 마찬가지다. 전쟁에 참전한 사람들은 어떨까? 그 사람들은 자기가 우선이라는 것을 모르고 마냥 달려 나가는 걸까? 소설 같은 데 그득한 영웅주의는 남들보다 몇 사람을 더 죽이는 식으로만 귀결될 뿐이다. 혼자 사느냐 아니면 둘이서 죽느냐?

이런 생각, 저런 생각으로 잠을 설친 열흘 동안 자기가 더는 평온한 생활을 즐길 수 없겠다는 생각이 든다. 즐기기는커녕 이런 생활에 환멸이 짙어진 열흘. 다음 날 아침, 루이즈는 더 이상 선택의 여지가 없다는 생각을 한다.

이곳에서 벗어나려던 그때만큼이나 모든 게 평온하다. 기지 건물은 눈을 잔뜩 뒤집어쓰고 깊이 잠들어 있는 것처럼 보인다. 장소가 친숙하다 보니 루이즈로서는 집으로 되돌아온 느낌도 있지만 그와 동시에 이전에는 눈에 뜨이지 않았던 연료탱크의 균열과 시커멓게 벽면에 번져 있는 그을음 따위가 낯설다는 인상도 준다. 돌아오는 길은 사흘밖에 걸리지 않았다. 온화한 날씨와 몸 상태가 썩 좋아진 덕분이다. 루이즈는 예전에 등반할 때도 일단 어떤 결정을 내리면 에너지를 최대한으로 끌어올리는 데 능했다. 등반 동료들도 매번 감탄할 정도였다. 그녀는 앞으로 걸음을 내딛을수록 더욱더 긴박하다는 감정에 사로잡히곤 했다.

건물에서는 난로 연기가 전혀 새어 나오지 않고 있다. 그뿐 아니라 눈밭에는 그 위로 걸어다닌 발자국도 보이지 않는다. 루이즈는 이대로 달아나고 싶다는 충동에 시달린다. 하지만 그러기에는 너무 늦었다. 바로 코앞이 '40'이다. 나무 문짝을 열고 발소리가 저벅저벅 울리는 콘크리트 계단을 밟아 올라간다. 그러고는 천천히 뤼도비크의 이름을 불러본다. 이어서는 조금 더 크게. 그 소리에 쥐새끼 한 마리가 튀어나오더니 어디론가 황급히 달아난다. 늘 그렇듯이 침실의 문은 심하게 삐걱거리며 열린다. 퀴퀴한 습기와 마른 지린내, 묵은 변 냄새 따위가 뒤섞여 이루 말할 수 없이 지독한 악취가 훅 하고 몰려온다. 숨도 못 쉴 지경이다. 재색으로 침침하게 트인 시야에는 단열재랍시고 발라놓았지만 이젠 무용지물이 되고 만 종잇장들과 모포처럼 침대에 깔려 있지만 너무나도 더러워진 누더기가 들어온다. 그리고 그 누더기 아래 쓰레기 더미처럼 수북하게 솟아오른 형체 하나가 있다.

"뤼도비크?"

루이즈는 대답이 돌아오기를 기대하지 않는다. 하지만 그쪽에서 먼저 모포를 살짝 걷어내며 타원형으로 웅크리고 있는 모습을 그녀에게 드러낸다. 가장 먼저 그녀의 눈에 들어온 것은 크게 부릅뜨고 있는 두 눈과 느리게 여닫히는 눈꺼풀이다. 그건 더 이상 뤼도비크가 아니다. 재색 살갗은 완전히 말라비틀어져 뼈만 앙상하게 불거져 나와 있다. 그 탓인지 콧등이 유난히 앞으로 툭 튀어나와서 맹금류의 부리처럼 보일 지경이다. 덥수룩한 수염과 엉겨 붙은 머리카락에는 흰 털들이 꽤 많이 섞여 있다. 지금 루이즈와 마주하고 있는 사람은 정체 모를 노인이다. 살이 쪽 빠진 얼굴에는 아무 표정도 없다. 미소의 그림자조차 찾아볼 수 없다. 물론 말도 없다. 그저 눈만 끔뻑거릴 뿐이다.

루이즈는 앞으로 다가가며 천천히 이름을 불러본다. 목소리가 자꾸 떨린다.

"뤼도비크? 뤼도, 내 말 들려? 나야, 루이즈."

그제야 시선이 루이즈에게 향한다. 하지만 여전히 아무런 반응도, 아무런 표정도 없다. 마치 재미없는 연극이나 영화를 보고 있는 관객처럼.

침대 앞에 무릎을 꿇고 앉아 루이즈는 이처럼 참혹하게 망가져버린 얼굴을 쓰다듬는다. 그가 아직 뒤집어쓰고 있는 모포 밑으로 날카롭게 뼈대만 남은 몸의 윤곽이 느껴진다. 그녀는 끝내 울음을 터뜨리고 만다. 그러고는 울부짖는 목소리로 뭐라고 말하면서 그를 품에 감싸 안는다. 뤼도비크는 헝겊인형처럼 아무 반응도 보이지 않는다. 차라리 그가 죽어 있었다면 그녀는 그 사실을 더 담담하게 받아들였을지도 모른다. 어쩌면 그럴 수도 있으니 체념하고 받아들이겠다는 게 여기 돌아오기로 결심했을 때부터 그녀가 마음속에 다진 각오였다. 하지만 막상 이 텅 빈 눈길과 마주하니 그녀의 마음이 갈가리 찢어지는 것만 같다. 공허하게 떠도는 이 시선이 감당하기 힘든 슬픔으로 그녀를 허물어뜨린다.

루이즈는 난로에 불을 지핀다. 그러고는 가지고 온 분유로 미음을 끓여 뤼도비크의 입 사이로 흘려 넣는다. 삼키는 게 힘들어 보인다. 목울대가 마지못한 듯 쿨렁거린다. 입에서 미음이 도로 새어 나오기도 한다. 살아 있는 사람에게 음식을 떠먹이는 게 아니라 가죽 부대 같은 무생물을 뭔가로 채우고 있는 듯한 느낌마저 든다.

속에서 올라오려는 구역질을 이겨내고 이번에는 그의 몸을 씻겨보려고 한다. 너무 헐렁한 옷자락처럼 쭈글쭈글해진 살갗 아래 각각의 뼈마디가 고스란히 불거져 나와 있다. 다리는 시퍼런 멍 자국과 이런저런 각질, 오물 찌꺼기투성이다. 그사이 무슨 일이 있었던 걸까? 혹시 산에 올라갔었나? 그러다 다쳐서 다시 이리로 돌아와 자기만 절박하게 기다리고 있었던 걸까?

그를 옮겨 눕힐 다른 매트리스가 없다. 그래서 습기 때문에 생긴 곰팡이 자국과 최대한 떨어져 있을 수 있도록 그와 매트리스 틈새에 헝겊 쪼가리를 끼워 넣는 데 그친다.

그녀가 조심스러운 손길로 매만지고 있는 동안 뤼도비크

의 눈길이 그녀에게 잠시 머문다. 그러고는 나지막하게 한숨을 내쉰다. 루이즈에게는 이것만으로도 적잖은 위안이 된다. 뤼도비크, 자기의 뤼도는 지금 이 상태에서 곧 헤어나게 될 거다. 자기가 잔뜩 짊어지고 온 비상식량을 먹으면 어느 정도 기운이 돌아올 거다. 다시 먼 길을 오가야 하더라도 필요하다면 더 찾아서 가져올 수도 있다. 그러고 나면 뤼도비크는 자기 마음을 이해하겠지. 아니, 이해해야만 한다. 자기 잘못만은 아니다. 그녀는 이 상황을 충분히 견뎌낼 수 있을 만큼 강하지 못했고 무엇보다 너무 지쳐 있었다.

그러는 사이 어느덧 어스름이 진다. 이울어가는 햇살이 구름 밑동을 시뻘겋게 불태운다. 거기서 새어 나온 마지막 빛줄기에 실내도 장밋빛으로 물든다. 두 사람이 그동안 고생고생해서 여기 비축해놓은 것들만 떠올려도 루이즈는 이제 지긋지긋해진다. 다시는 펭귄이나 강치 따위를 먹지 않겠다고 속으로 되뇐다. 두 사람은 짐승처럼 굴다 짐승과 똑같은 꼴로 죽을 뻔했다. 그녀가 산에 오르거나 바닷가에 갈 때마다 자기 삶의 지향점이나 된다는 듯 추구해온 야생 생활이 이제는 혐오스러운 원흉으로 여겨진다. 함부로 이런 데를 오려고 했다니, 정말 미친 짓이었지! 두 사람은 선택의 대가로 그 참혹한 사실을 깨달은 셈이었다. 하지만 모든 게 곧 제자리를 되찾게 될 거다. 뤼도비크는 얼마 지나지 않아 회복될 거다. 사람들도 자기들을 구조하러 올 거다. 그러면 두 사람은 예전의 정상적인 삶으로 돌아가게 될 거다. 오랜만에 모처럼 루이즈는 뤼도비크와의 섹스를 떠올려본다. 그리고 아이를 밴 자기 모습도 그려본다.

그녀는 뤼도비크에게 무슨 말인가 건넬 때마다 언성을 크게 높인다. 코마에 빠져 있는 사람들에게는 그렇게 대해야 그들이 삶의 끈을 놓치 않는다는 말이 떠올랐기 때문이다. 희미한 촛불 아래서 다시 그에게 미음을 떠먹인다. 그러고는 침대 다리에서 빼낸 신문지들을 솜뭉치처럼 둘둘 말아 그의 웃옷 양쪽에 끼워 넣는다. 하지만 그의 품에 파고들 용기는 아직 없다. 지린내가 진동하는 잠자리도 그렇지만 무엇보다 이 야위고 싸늘한 몸을 감당하기가 버겁다.

뤼도비크도 혼자 떨어져 자는 게 더 좋을 거야, 그녀는 그렇게 웅얼거린다.

자는 동안 여러 번 추위에 잠이 깬다. 뤼도비크는 자고 있다. 간혹가다가 거친 한숨을 내쉬기도 한다. 아마 꿈을 꾸나 보다.

새벽에 이르렀는데도 먼동은 터오지 않는다. 이쪽 위도의 기후상 먼동이 트는 시간은 꽤 지연되기도 한다. 구름 뒤로 숨어 해도 떠오르지 않고 세상을 잿빛 아래 남겨둘 뿐이다. 그러더니 마지못해 응낙하듯 푸르스름한 빛살을 퍼뜨리는 데 그친다. 루이즈는 이즈음이 되어서야 겨우 잠이 든다. 다시 거친 한숨이 들려온다. 자기를 잠결에서 끌어낸 게 이 거친 한숨인가? 루이즈는 소스라치게 놀라 몸을 벌떡 일으킨다. 뤼도비크다. 배가 고프겠지. 이런, 아니다. 그는 이제 배고프지 않다. 그리고 앞으로도 영영 배고플 리 없을 거다. 루이즈는 지금까지 살아오면서 죽은 사람과 마주한 적이 단 한 번도 없었다. 할아버지 할머니가 돌아가셨을 때도 떡갈나무 관밖에 보지 못했다. '망자의 얼굴은 아이들이 봐서 좋을 게 없다'는 어른들의 뜻이었다. 그런데도 루이즈는 뤼도비크의 부릅뜬 두 눈이 무엇을 의미하는지 금세 알아차린다. 뤼도비크는 이제 여기 없다. 이제는 더 이상 아무것도 아니다. 단지 그 어떤 힘을 통해서도 복구할 수 없는 세포 다발로만 남게 되었을 뿐. 그 세포 다발마저도 나중에는 분해되고 으스러져 형체도 없이 소멸하고 말겠지. 처음에는 뭔가에 홀린 듯한 기분이었다. 아니 어떻게 이럴 수가 있지? 아무것도 보지 못했고 아무것도 듣지 못했다. 자기는 밤새도록 손을 뻗으면 닿을 만큼 뤼도비크와 가까운 거리에 있었다. 그런데도 이토록 상상할 수 없는 일과 직접적으로 맞닥뜨리지 않고 피해 가다니. 그 상상할 수 없는 일이 차라리 다행스럽게 여겨진다. 뤼도비크가 죽었다. 루이즈는 그 사실을 스스로에게 납득시키려는 것처럼 큰 소리로 혼잣말을 해본다. 그 말소리가 한순간 주위의 정적을 가른다. 하지만 이내 벽과 쌓인 눈, 바다에 빨려 들어가는 것처럼 보이더니 괴괴함만 더해진다.

뤼도비크는 자기가 돌아오기만을 간절히 기다리고 있었을지도 모른다. 자기와 다시 마주할 순간만을 애타게 바라고 있었을지도 모른다. 그러다 결국 자기가 이곳에 돌아온 것을 보고서야 이제 더는 바랄 게 없다는 듯 순순히 죽음에 투항한 것일지도 모른다. 자기를 마지막으로 다시 본 후에야 그동안 힘겹게 막아온 최후의 빗장에서 스스로 물러난 것일지도 모른다. 문득 그녀에게 그런 생각이 스친다. 그렇다면 너무 가혹한 이야기 아닌가! 그래, 그가 도저히 그럴 수는 없는 일이다.

루이즈는 모포 아래 묻혀 있는 그의 어깨에 손을 짚고 가볍게 흔들어본다. 아무 일도 일어나지 않는다. 자기도 느끼지 못한 사이에 얼굴 위로 눈물이 흘러내린다. 걷잡을 수 없이 쏟아지는 눈물이 목을 타고 흘러내려 옷섶까지 적신다.

루이즈는 소리 내어 운다. 넘쳐흐르는 눈물로 앞이 보이지 않는다. 그럴 수만 있다면 이 눈물로 가슴 저미는 비애를 씻어내고 싶다. 이 저주 받은 항해가 어그러지기 시작하면서부터 줄곧 그녀를 따라다닌 무력감까지도. 이제는 어쩔 수 없다는 듯 뤼도비크에게서 손을 떼고 지저분한 포목이 깔려 있는 바닥 위에 털썩 주저앉는다. 싸움은 끝났다. 목숨까지 내놓고 무너졌다. 그리고 불가능에 맞서 해법을 찾아보려고 한 매순간의 노력과 분투는 어떤 식으로든 보상을 받기는커녕 결국 죽음의 덫에 걸려드는 것으로 끝장을 보고야 말았다. 인간이 맞서기에 야생과 자연은 너무나도 무자비하고 강력했다. 하지만 인간이 자연과 야생에 자비를 구하는 게 과연 온당한 일일까? 여기서는 매일같이 짐승들이 태어나고 죽는다.

루이즈는 혼자 남게 된 슬픔에, 더 일찍 돌아오지 못한 가책으로, 이제 어떻게 해야 할지 도무지 막막해서, 끝없이 터져 나오려는 오열을 멈출 수 없다. 꽤 긴 시간이 흐르자 이제는 눈물도 나오지 않는다. 몸에 남은 수분이 모조리 눈물로, 한없는 슬픔의 물줄기가 되어 빠져나가고 만 것 같다. 눈물이 메마른 눈자위는 퉁퉁 부어오르고 머리에는 둔중한 두통이 내려앉는다.

아직 부릅뜨고 있는 뤼도비크의 눈은 벌써 불투명해지고 있다. 아니, 차라리 미세하게 어떤 막이 안구를 뒤덮고 있는 것처럼 보인다. 동공 속에서 뭔가가 응결되면서 육신의 창에서 나오는 마지막 빛을 서서히 거둬들이고 있는 것 같다.

루이즈는 넋을 놓은 채 눈부신 태양이 이 공간의 창가에 떠오르는 것을 오랫동안 지켜본다. 공기가 너무 차갑다 보니 그 햇살에 맞춰 춤추듯 하늘거리는 먼지도 보이지 않는다. 이제 이곳에는 무거운 정적만이 감돈다. 바깥에 쌓인 눈의 정적, 침대 위에 굳어 있는 망자의 정적, 그리고 금세라도 빨아들일 기세로 그녀의 내부에서 소용돌이치고 있는 정적.

이윽고 루이즈는 자리에서 일어나 어제 미처 풀어 헤칠 여유도 없었던 배낭을 챙겨 든다. 그러고는 곧바로 이 공간을 떠난다.

이곳에서

"한 시간쯤 있다 편집 회의 할 텐데 그때 뭐 꺼내놓을 만한 거 있어요?"

붉은 머리카락이 사무실에 놓인 파티션 위로 나풀거린다. 그러고는 이내 그럴 줄 알았다는 듯 깔깔거린다.

"그러고 보니 어째 얼굴이 영 편치 않아 보이네. 어제 늦게까지 한잔 한 거예요?"

피에르 이브는 속으로 투덜거린다. 편집 회의가 코앞인데 친구들을 집에 불러다 축구 경기나 보고 있었던 것은 분명 아무 생각 없는 짓이었다. 더욱이 어제 퇴근하기 전까지 오늘 편집 회의 때 '꺼내놓을 만한 것'을 준비하지 못한 마당에. 여기서 '꺼내놓을 만한 것'이라는 말은 물론 그가 이번 호에 올려야 할 기삿거리를 가리킨다. 그걸 한 시간 이내에 찾자니 너무 촉박하다. 그렇다고 해도 지난주 내내 인터넷에만 매달려 가상 세계에 빠져 있는 젊은이들과 장시간 채팅을 나누느라 보낸 시간이 별로 아깝지는 않다. 상당히 흥미롭고 매혹적인 시간이었으니까. 그는 취재거리가 마음에 들면 기사도 잘 쓰는 편이다. 그 덕에 여러 언론사가 도산하는 와중에도 그럭저럭 굴러가고 있는 한 주간지 잡지사에서 계속 버틸 수 있었던 셈이다.

『악튀 L'Actu』지는 좌도 우도 아닌 중도 성향을 띤 주간지다. 그동안 여타 언론과 차별되는 관점과 기발한 주제 설정으로 상당한 독자층을 확보하는 데 성공했다. 붉은 머리 마리옹은 문화부 담당 여기자다. 기자로서의 후각이 남다르다. 하지만 말리 출신의 작가를 소개한 일로 두고두고 사람들의 입에 오르내릴 만한 해프닝을 일으키게 된다. 시몽과 피에르 이브는 다양한 사건사고를 다루는 사회부 소속으로 근무 조건이 꽤나 여유로운 편이다. 매주 한 페이지 분량의 뉴스 기사를 작성하고 매달 15일에 한 번씩 두툼한 특집란을 꾸미면 그만이다. 어제저녁까지만 해도 피에르 이브는 노숙자로 전락했으면서도 재기를 도모하는 어느 사업가의 초상에 관해 다룰 계획이었다. 하지만 막상 전화 통화를 해보니 자신의 노력과 열정에 관해 거들먹거리며 내세우는 그 작자의 태도가 비위에 몹시 거슬렸다. 기자인 자기가 취재 과정에서 즐겁지 않으면 독자에게도 좋은 읽을거리를 내놓을 수 없는 법이다.

마리옹의 말을 들으니 어제의 과음에서 비롯된 숙취가 깨고도 남는다. 피에르 이브는 자기 자리에 쑤셔 박힌다. 조바심이 난다. 하지만 평소에도 팽팽한 긴장감 속에서 일하기를 즐기는 편이다. 긴장감은 아드레날린을 끌어내 짜릿한 전율을 불러온다. 좋은 아이디어를 끄집어내야 하는데 이제 회의까지 60분 남았다. 이런저런 사람들과 만났을 때마다 다짜고짜 메모해둔 기록들을 15분 동안 읽고 또 읽어본다. 쓸 만한 게 나오지 않는다. 이번에는 앵글로 색슨 쪽의 포털 사이트들을 샅샅이 뒤져본다. 거기에는 실시간 단신들이 속보로 뜨는 일이 잦으니까. 결국 로이터 통신에서 진주를 하나 건진다. 오늘 아침 한 신문의 사회면에 보도된 기사다. 그 기사를 읽자마자 피에르 이브의 눈이 휘둥그레진다. 기사 내용이 많은 사람들의 야릇한 관심과 호기심을 불러 모으고도 남을 것 같아서다.

포클랜드 섬, 스탠리에서

영국의 극지 탐사선 어니스트 셰클턴 호가 스트롬니스에서 임무를 수행하던 중 그 섬에 조난당한 한 여성을 발견하고 구조했다는 소식이다. 이 여성은 프랑스 국적으로 8개월 전 요트 여행 도중 조난 사고를 당한 이후 줄곧 이 섬에 갇혀 있었다는 것이다. 이 여행을 함께한 남성 한 명은 영양실조로 숨진 채 발견되었으며 이 프랑스 여성은 우연히 발견한 과학 기지에 피신해 있기 전까지 펭귄과 강치를 잡아먹으며 생존해온 것으로 알려졌다. 관할 당국은 되도록 조속한 시일 안에 이 여성을 스탠리로 이송하여 그 섬에 들어간 배경과 조난당한 경위 등을 조사할 방침이다.

이 기사가 사실이라면 현대판 여성 로빈슨 크루소의 출현이다. 이 한 토막의 속보에는 짜릿한 기삿거리가 그득하다. 우선 두 개의 드라마. 하나는 조난과 여행 동반자의 죽음. 다른 하나는 혹독한 생활환경에서의 생존. 물론 잘못 다루면 진부한 화젯거리로 전락할 위험이 크지만 주인공이 이 섬에서 겪은 극도의 궁핍과 고독과 사회적 좌표의 상실 등에 관해 탐문해 들어가다 보면 훌륭한 이 시대의 초상 하나를 그려낼 가능성도 얼마든지 있다. 당연한 말이지만, 모든 것은 이 여자가 어떤 이야기를 들려주느냐에 달려 있다. 여하튼 이 이야기를 독점 보도할 수 있도록 서둘러야 한다. 그의 직감으로 볼 때 이건 준비된 특종감이니만큼.

피에르 이브의 심장박동이 빨라진다. 오랜만에 감미로운 기분을 맛본다.

시차가 있어서 스탠리로 전화를 걸기에는 아직 너무 이른

시각이다. 그 전에 우선 위키피디아로 간단히 검색부터 해본다. 스트롬니스 섬은 자연보호구역으로 지정되어 있는 영국령 도서 지역이다. 섬 전체가 산지로 둘러싸여 있으며 출입을 인가받은 조사단조차도 날씨가 온화한 계절에만 드나들 만큼 기후변화가 심하다. 여름에는 영상 5도에서 15도 사이를 유지하며 겨울에는 영하 5도에서 15도까지 내려간다. 이 섬은 특히 파타고니아 황제펭귄 속 조류들이 광활하게 서식하는 펭귄 군집 지역으로 널리 알려져 있기도 하다. 이와 같은 설명 아래 빙산, 발 디딜 틈도 없어 보이는 새 떼 부락, 만년설에 덮여 있는 산봉우리 등 웅장한 절경이 담겨 있는 사진들이 이어져 있다…… 훌륭하다. 실제로 보면 더욱 아름다운 풍광에 압도될 것만 같다.

이런저런 궁리 끝에 우선 프랑스 외무성에 연락해보면 어떨까 하는 생각을 떠올린다. 그쪽 사람들은 이 일에 관해 뭔가 알고 있을 게 틀림없으니까. 게다가 피에르 이브가 시베리아 유전에서 일하는 프랑스인들에 관해 특집 기사로 다뤘을 때 외무성에서 그 기사 내용에 호의를 보인 바도 있고 하니. 외무성 측에서는 그를 재외 실종자 전담 부서와 연결해준다.

"네, 외무성에서 저희한테 그에 관한 정보를 넘겨준 적이 있습니다. 여자 이름은 루이즈 플랑바르, 남자 이름은 뤼도비크 들라트레유입니다. 양쪽 부모님들이 우수아이아와 케이프

타운 근해에서 두 사람의 연락이 끊겼다며 실종 신고를 해왔어요. 해상에서 마지막으로 연락을 주고받은 시점은 약 8개월 전이라고 하더군요. 구조 선박의 함장이 올린 보고 내용을 토대로 영국 쪽에서 보내온 전문에 따르면, 현재 그녀의 상태는 정신적으로 많이 쇠약해져 있긴 하지만 육체적으로는 비교적 건강하답니다. 스탠리의 관할 당국에서 조사차 잠시 붙잡아 두고 싶어 하는 모양인데 가능한 한 빠른 시일 내에 외무성이 경비를 들여 프랑스로 송환해올 예정입니다."

담당 직원은 한숨을 내쉬며 이렇게 덧붙인다.

"적어도 아직까지는 이 문제에 관해 우리 쪽에 문의해온 사람이 없었어요. 하지만 얼마 지나지 않아 상황이 꽤 달라질 것 같네요."

어니스트 섀클턴 호의 전화번호를 알아내자면 약간의 협상이 필요하다. 다행히 전화를 받은 담당 직원은 『악튀』지를 즐겨 읽는 독자 가운데 한 명이다.

시간이 꽤 지났다. 피에르 이브는 급히 메모를 한 후 편집회의실로 달려 들어간다.

"안녕하십니까, 루이즈 씨, 거기서 잘 지내고 계시죠?"

피에르 이브는 최대한 사근사근하게 대해야 한다는 것을 잘 알고 있다. 루이즈와의 통화 전 어니스트 셰클턴 호의 함장도 그에게 그 점을 강조했다.

"루이즈 씨는 잘 있습니다. 하지만 아직까지는 많이 쇠약한 상태예요. 말도 거의 안 하고 혼자서 자주 울거든요."

피에르 이브는 이렇게 전화 연결이 가능하도록 도와준 프랑스 외무성의 역할을 필요 이상으로 강조하는 수밖에 없었다. 그렇지 않고서는 루이즈와의 통화가 여의치 않을 것 같아서였다.

"누구시죠?"

꽤 주저하는 어조다. 목소리는 잔뜩 쉬어 있다. 차라리 침중하게까지 들릴 정도다. 굳이 표현하자면 너무 많이 운 여자 목소리와 블루스 여가수가 내는 허스키 보이스 사이의 중간 정도. 그렇다고 해서 아무 기력도 없는 것처럼 들리지는 않는데 깊이 가라앉아 있다. 그러면서도 단호한 면이 느껴진다. 루이즈의 페이스북 계정에서 피에르 이브는 사진 몇 장을 찾아냈다. 산행을 마치고 돌아오는 모습, 동료들과 즐겁게 식사하는 모습 등. 그 사진들을 컴퓨터 화면에 띄워놓고 루이즈의 얼굴만 확대해본다. 목소리의 주인공을 이 사진 속 얼굴에 일치시켜보려 하지만 잘되지 않는다. 예리한 턱선과 조그마한 세모꼴 얼굴형으로 봐서는 오히려 카랑카랑하게 재잘대는 어조가 더 어울려 보이는데.

"저는 피에르 이브 타스두르입니다. 루이즈 씨 얘기를 전해 들었어요. 한마디로 경이롭더군요. 보통 의지력이 아니고서야 그런 데서 그렇게나 오랫동안 버틴다는 게 가능할지 상상도 못할 일이죠. 아, 저는 『악튀』지 기자입니다. 루이즈 씨와 잠깐이라도 이야기를 나눠보고 싶어서 이렇게 전화 드렸습니다. 어니스트 섀클턴 호에는 얼마나 계셨죠? 벌써 꽤 된 건가요?"

"사흘이요."

"그 배가 도착했을 때 상황이 어땠는지 저한테 얘기해주실

수 없을까요?"

그는 자기 직업의 생리를 잘 안다. 지금은 치고 올라가야 할 시점이다. 모든 사람은 사실 자기 자신에 대해 털어놓는 것을 좋아한다. 취재 대상에게 이것저것 고민할 시간을 너무 많이 주지 말아야 한다. 그러지 않으면 인위적인 대답이 돌아오기 십상이다. 독자들이 이런 취재 기사에서 무엇보다 좋아하는 것은 자연스러운 솔직함이다.

"어느 날 아침 창가로 배가 오는 게 보였어요. 그때 저는 커피를 마시고 있었고요. 배가 내포 안으로 들어와서 정박했어요."

"커피를 마시고 있었다고요?"

그녀가 커피를 마시고 있었다니. 그렇게 말하는 목소리에서는 아무런 어조 변화도 드러나지 않았다.

"그럼 밖으로 달려 나와서 그쪽에 대고 사람들을 막 부르셨겠군요?"

"아니요. 조금 지나니까 사람들이 구명정을 타고 기지에 도착했어요."

한순간 피에르 이브는 머릿속이 복잡해진다. 정녕 상대방이 몇 달씩이나 조난의 공포에 맞서 싸우다 가까스로 구조된 사람이 맞나 싶어서다. 과연 그런 사람이 강 건너 불 구경하듯 섬에 들어오는 배를 창가로 내려다보면서 느긋하게 커피나 마시고 있을 수 있을까! 혹시 지금 자기를 놀리고 있는 건 아닌가? 혹시 그녀에게 쏠릴지도 모를 세상의 관심이 진작 떨어져 나가도록, 그리하여 혼자 조용히 지내고 싶어서 미리 숙달된 답변을 준비해두기라도 한 건가? 그것도 아니라면 그사이에 정신 상태가 조금 이상해진 건가?

"초조하지는 않으셨나요? 그 사람들이 루이즈 씨를 구조해 줄 수도 있겠다 싶었을 텐데요."

"몰라요. 저는 그냥 거기 가만히 있었어요. 어쨌건 그 사람들이 저를 발견하게 될 거라 여기면서요."

그날 '40'의 문을 닫고 나와 과학 기지로 돌아간 이후부터 루이즈는 침통한 허탈감에 짓눌려 지냈다. 이제는 시간이 흐르든, 날이 바뀌고 밤이 오든 통 무감각해졌다. 파스타를 끓이는 물 앞에서 멍하니 정신이 팔려 있는 일도 잦다. 마음속의 멍울이 점점 크게 부풀어 오르다 울음으로 터지기도 한다. 자주 비가 내린다. 유리창을 따라 연이어 흘러내리다 창틀 사이로 스며들곤 하는 빗줄기에 넋을 놓는다. 봄이 오자 짝짓기를 위한 알바트로스 떼의 윤무에 홀린 것처럼 빠져든다. 지금 시간에 아랑곳하지 않고 바깥으로 나가서 축축한 풀밭에 앉아 그 새들이 무거운 몸짓으로 이리저리 걸어다니는 모습을 물끄러미 바라본다. 서로 마주 보고 서서 날개를 반쯤만 펼친 후 녀석들은 사랑의 밀어 같은 자기들만의 무용에 열중한다. 발레 동작처럼 발끝으로 종종걸음을 치기도 하고 조심스럽게 날개를 펄럭이기도 하고 살짝 목을 꼬기도 하고 서로 부리를 맞대기도 한다. 이런 춤사위에는 늘 발성 연습처럼 들리는 구애의 호소와 목울대의 울림이 따라다닌다. 이 모든 몸짓과 울음소리에는 상대를 유혹하기 위한 애교가 배어 있다. 루이즈는 아주 오래전에 사람들 사이에서도 그런 유혹과 구애의 춤을 느낀 적이 있다. 각각의 커플은 저마다 자기들만의 윤무로 서로에 대해 확인하면서 도타운 시간을 쌓아간다. 이런 정경을 보고 있으니 즐거운지, 마음이 편해지는지, 최소한 흥미롭기라도 한지 어떤지는 잘 모르겠다. 무엇을 봐도 더 이상 아무 감정도 느껴지지 않는다. '40'에 두 사람이 있다. 차갑고 더러운 방에. 루이즈는 거기 무엇이 남아 있는지 다시 떠올릴 수도 없고, 구태여 떠올리고 싶지도 않다. 그녀의 정신은 동상 입은 손발처럼 곱아버렸고 굳어버렸고 얼어붙고 말았다. 꼭 눈으로 뒤덮인 이 섬 같다. 오직 육신만이 깨어나 움직이며 생존에 필요한 최소한의 활동을 유지하고 있을 뿐이다. 하루에 한 번 이상 찬장을 뒤져 먹을거리를 찾아낸다. 날이 어두워지기 전까지는 잠시라도 눈을 붙이지 않는다. 그러다 밤이 오면 기계적으로 눈을 감고 꿈도 없는 잠에 빠져든다.

배가 나타났을 때 루이즈가 느낀 것은 안도감도 불안도 아니었다. 언젠가는 그런 배가 여기 도착할 줄 알았고 그날이 오늘이구나 싶었을 뿐이다.

처음에 그녀는 어니스트 섀클턴 호의 장교들에게 들려준 것과 똑같은 이야기를 전화 통화상에서 반복한다. 아무 생각 없이 한마디 한마디 말이 이끄는 대로. 살아남기 위해 발버둥 치는 동안 그녀 안에 생겨난 무관심의 각질층은 하루아침에 벗겨질 수 있는 게 아니다. 루이즈로서는 그저 섬에서 보낸 여덟 달을 지워버리고 싶을 뿐이다. 이 아늑한 무감각 상태에 빠져 있도록 사람들이 자기를 좀 내버려뒀으면 하고 바랄 뿐이다. 구조되었다 한들 냄비에서 춤추듯 끓어오르는 거품을 보고 있는 거나 모래톱에서 새들의 윤무에 홀려 있는 거나 뭐가 다른지도 모르겠다. 하지만 물어오는 말에는 되도록 성실히 응답한다. 그러지 않으면 더 귀찮게 굴지도 모르니까.

"저랑 같이 있던 사람이요? 네, 고래잡이 캠프에 남아 있었어요. 거기서 죽었죠. 어쩌다 그렇게 되었는지는 저도 잘 모르겠어요. 어느 날 아침 일어나보니 숨이 끊어져 있었어요."

물론 자기에게 진통제가 투약되었다는 사실은 까맣게 모르고 있다. 악몽 같은 기억을 떠올리더라도 그녀가 지나치게 괴로워하지 않도록 하기 위한 조치였다. 덕분에 루이즈는 그 함선 중대장의 야상에 왜 토한 자국이 남았는지도 알지 못했다.

물론 그 중대장이 '40'에서 들끓는 쥐 떼에 뜯어 먹히고 남겨진 사체 한 구를 발견했다는 사실도.

피에르 이브와의 통화가 생각보다 길어지면서 진정제에 흐릿해져 있던 정신이 서서히 맑아지기 시작한다. 기자라는 이작자 좀 피곤하다.

"하지만 뭐가 그렇게 궁금하신 거죠? 그 일이 도대체 무슨 상관인가요?"

"이미 말씀드렸잖아요, 제가 기자라고요."

뇌파기록장치가 경련하듯 불신의 파동이 출렁거리며 루이즈를 뒤흔든다.

"하지만 저는 사람들이 저에 대해 이러쿵저러쿵 하는 거 별로 내키지 않아요. 그러니 제발 저를 가만 내버려두세요."

그런 반응에 피에르 이브는 잠시 생각에 잠긴다. 처음에는 상대방의 입에서 나오는 말들을 일일이 손으로 적어두었다. 자기가 보기에는 녹음보다 메모가 더 믿을 만하니까. 이제는 화면에 떠 있는 그녀의 사진을 보면서 세세한 생김새의 얼개를 쓱쓱 그려볼 뿐이다. 그러는 동안 유난히 눈이 예쁘다는 게 눈에 띄었다. 당시만 해도 생글거리는 눈빛이었나 보다. 그러자 그녀를 향한 연민에 마음이 뭉클해졌다. 이건 차라리 좋은 징조다. 취재대상에게 감정이입이 되면 기사 쓸 때 더 좋은 말들을 찾아내곤 하니까. 그런데 사실 이것은 단순한 감정이입이 아니라 어떤 매혹에 더 가까운 느낌이다. 까닭 모를 매혹이 자기 안에서 뾰족하게 솟아나고 있다. 이토록 침중하고 차분한 그녀의 목소리는 그 무엇도 대수롭지 않다는 투로 그 섬에서의 공포와 굶주림, 그리고 죽음에 대한 이야기를 들려준다. 한순간 피에르 이브는 자기가 지금 그녀 입장이라면 무엇을 느끼고 있을지 자문해본다. 하지만 보다시피 그녀에게는 별로 비집고 들어갈 틈이 없어 보인다.

"루이즈 씨, 저기 있잖아요, 지금 사람들 사이에서는 이 이야기가 화제를 불러 모으고 있어요. 그것도 아주 상당한 화제를요."

사실 이 말은 앞으로 그렇게 되리라는 짐작에 따라 내질러 본 거짓이다. 하지만 피에르 이브는 실제로 그렇게 되리라는 것을 확신하고 있다.

"그러니까 루이즈 씨는 앞으로 이런 인터뷰 공세에 지겹도록 시달리게 될 수도 있단 말씀이에요, 제 얘기인즉슨. 모든 언론매체에서 인터뷰를 하겠다고 달려들 테니까요. 루이즈 씨 입장에서야 좀 번거로워질지도 모르죠. 물론 저는 지금 루이즈 씨한테 충분한 휴식이 필요하다는 점하고 우선 가족부터 만나봐야 하리라는 것을 이해해요. 그러니 더는 이것저것 캐물어서 성가시게 하고 싶지 않습니다. 만약 다른 기자들이 연락해오면 저한테 물어보라고 말씀하세요. 제가 『악튀』지의 피에르 이브 타스두르 기자라는 거, 기억하시죠?"

일반적으로 이런 식의 제안은 상대방에게 긍정적인 대답을 이끌어내기가 쉽지 않다. 하지만 루이즈는 그러겠다고 답한다. 지금으로서는 그냥 귀찮으니까 아무렇게나 그러겠다고 답한 데 불과할 테지만. 다른 사람이 연락해와서 아무리 사근사근하게 나온다 해도 그녀는 피곤해할 게 빤하다.

"그럼 저는 이만 물러가겠습니다. 나중에 프랑스에 도착하시면 공항으로 마중 나가든가 그렇게 할게요. 몸조리 잘 하세요. 아무쪼록 루이즈 씨한테 제 진심이 전해졌으면 싶습니다."

전화 통화를 마치기 전 왜 그런 말을 마지막에 덧붙였을까? 우스꽝스런 노릇이다.

이제는 잡지사 디옹 주필에게 달려가서 부동산 비리에 대해 다루기로 예정되어 있는 표지 특집을 통째로 빼달라고 요청할 차례다. 그러고는 그르노블 행 열차에 올라 자신의 주인공, 루이즈의 부모를 만나러 가봐야 한다.

피에르 이브는 그르노블 몽탕베르 거리가 나와 있는 사진을 스물세 장 정도 다운로드했다. 별다른 양식 없이 철사에 따라 가지런히 쟁여져 있는 측백나무 울타리 너머로 부유해 보이는 저택을 보고 있으니 약간 어색한 티가 나긴 해도 여하튼 세련된 부르주아 가정일 거라는 생각이 들었다. 실제는 짐작과 딴판이다. 머리가 반쯤 벗겨지고 배가 잔뜩 나온 데다 눈시울이 두툼하게 불거져 있는 그녀의 부친은 상당히 무뚝뚝한 아저씨다. 보일 듯 말 듯 희미한 미소를 짓고 있는 모친은 블라우스에 주름 하나 보이지 않을 정도로 매무새가 단정하고 깔끔하다. 그리고 얼굴과 체형이 루이즈와 판박이처럼 닮아 보인다. 피에르 이브는 가구마다 반질반질 광택이 나는 응접실에서 정갈한 식탁보와 작은 조각상 등으로 꾸며진 테이블에 그들 부부와 마주 앉는다. 정성스럽게 끓인 밀크티를 내오는 등 그를 맞아주는 부부의 태도가 극진하다. 맥주 한잔 할 수 없겠느냐는 말은 차마 꺼내지 못했지만 여하튼 그 정도로 살갑고 친근한 접대였다.

당연히 부모로서는 딸을 되찾게 되어 한없이 기쁠 수밖에 없을 것이다. 하지만 이런 식으로 감정을 강하게 노출하는 태도는 이들 가족의 고유한 특성이 아니다. 한결같이 무덤덤한 루이즈의 어투도 어쩌면 집안 내력이 아닐까? 처음부터 끝까지 손은 팔걸이에 그대로 머물러 있고 시선은 창가와 탁자 사이에서만 일정하게 오가며 어조는 깍듯하다. 이것은 자기들이 감히 배웅하지도 못할 방문객을 맞았을 때나 보일 법한 태도다.

피에르 이브는 루이즈의 부모에 대해 다시 생각해본다. 자신의 개인적인 용무로 다른 사람에게 누가 되는 것을 극도로 거북해하는 게 그 부모 세대의 속성이긴 했다. 그 세대에게는 조금 더 '당당해지는' 쪽으로 변화를 줄 필요가 있었다. 그렇다 해도 그 부모 커플 사이에는 감정적인 표현을 억제하고 사는 게 오히려 더 편했을지도 모른다.

그러다 피에르 이브는 그토록 감정 표현에 신중해 보이는 부친에게도 예민해지는 지점이 있다는 것을 잡아낸다.

"지금이니까 하는 말이지만, 그 아이한테는 좋은 직장이 있었어요. 그런데 다 그만두고 꼭 그렇게 배를 타고 떠나야 했느냐 이 말이에요. 지금이니까 하는 말이지만, 뤼도비크란 친구, 실은 그다지 탐탁지 않았어요. 성실하게 열심히 사는 젊은이 같아 보이지 않았으니까요. 아, 물론 사람이야 좋긴 했지요. 그런데 사람만 좋으면 뭐합니까? 사람이 좀 경솔해가지고…… 우리 기자 선생님도 제 말이 무슨 뜻인지 아마 다 아실 겁니다."

피에르 이브가 짐작하기로는 그다음 어떤 이야기로 넘어갈지 빤해 보인다. 그들 부부에게는 딸내미를 잘 키웠다는 자부심이 있다. 그러니 앞으로는 부모 뜻도 좀 헤아려 산 같은 데 빠져서 돌아다니는 짓은 그만두길 바라고 있는 것이다. 부모가 보기에는 벌써 삼십 대를 훌쩍 넘겼으니 빨리 아이도 낳고 키워야 할 나이다. 하지만 루이즈는 그러는 대신 떠나는 쪽을 택한 셈이었다. 딸에게서 연락이 끊겼을 때 그들 부부는 너무나도 두려웠다. 실종 신고를 할 생각도 못하고 있었다. 뤼도비크의 부모가 대신 나서서 모든 것을 도맡아 처리했다.

"에구, 가엾은 양반들 같으니라구."

뤼도비크의 부모를 떠올리자니 모친의 목이 조금 메어오는 모양이다.

부모가 루이즈와 통화하는 시늉을 하는 사진 촬영은 접기로 한다. 그런 사진을 찍기에는 두 사람 다 연기력이 너무 형편없을 것 같아서다. 대신 피에르 이브는 만약에 대비해서 루이즈가 어렸을 때 찍은 사진에 더해 뤼도비크와 함께 찍은 사진 몇 장을 얻어낸다.

돌아오는 테제베 안에서 피에르 이브는 루이즈가 뤼도비크와 함께한 사진들을 오랫동안 들여다본다. 그에게는 어떤 게 특종감일지 알아보는 사냥개의 본능이 있다. 그렇다면 시간이 촉박하다. 이 사건은 프랑스 전역에서 엄청난 반향을 불러일으킬 게 틀림없다. 여기에는 그럴 만한 요인들이 골고루 다 있다. 그가 꾸미는 집중 취재란은 일반적으로 보름에서 3주 정도의 시간이 할당된다. 다음 호 표지 특집으로는 이 이야기가 나가도록 예정되어 있다. 편집은 예정대로 진행될 테고 이제 그 지면을 멋지게 꾸미는 것은 온전히 그의 몫이다. 다시 전화를 걸어봐야 루이즈는 그 이상 더 입을 열지도 않을 테고 지금은 또 통화할 계제도 아니다. 그녀는 아직도 그동안 쇠약해진 마음을 회복하지 못하고 있다. 그 정도로 버티고 있는 것만 해도 실은 대견한 노릇이다. 사람들은 그보다 훨씬 더 작은 일로도 우울증에 빠지곤 하니까. 그녀의 부모에 대해서는 다소 실망스러웠다. 뤼도비크의 부모를 취재하는 수순으로 넘어가자니 그들이 너무 비탄에 젖은 모습만 보일까 걱정스럽다. 정말 그가 원하는 것은 이 사진에서처럼 활짝 웃고 있는 뤼도비크와 루이즈, 두 사람이 어쩌다 그런 지옥에 떨어지게 되었는지를 알아내는 일이다. 자기 말고 다른 기자들이 나서면 양심에 거리낌 없이 한 편의 사연을 허구로 지어낼지도 모를 일이다. 하지만 피에르 이브는 그러고 싶지 않다. 지금도 그가 집착하고 있는 것은 사실과 밀착된 신뢰성이다. 언론인이라면 모름지기 총체적인 진실을 밝힐 수 있어야 한다는 게 기자로서 그가 간직해온 소신이다. 설령 그게 개개의 사건에 한해서는 진실이 아니라 하더라도 양심적인 기자만이 드러낼 수 있는 총체적 진실.

피에르 이브는 사진 속에 나타나 있는 얼굴과 몸가짐을 유심히 살펴본다.

'뤼도비크는 꽤 건장해 보이는군. 단순히 건장하기만 한 게 아니라 아주 잘생긴 청년이었는걸. 턱에 패는 보조개와 양감 있는 아랫입술하며 눈도 서글서글하니 파랗고. 스스로에 대한 자신감이 넘쳐나는 사람이었을 거야. 전형적으로 성공 가

도를 달리는 사내 모습이로구먼.'

'옷차림도 그렇고 아무렇게나 쓸어 올린 머릿결도 그렇고. 이런 건 사회적으로 통용되는 코드를 깨고 말겠다는 자신감의 표현인가?'

'널찍하게 벌어져 있는 어깨와 활짝 편 손바닥. 그러고 있지 않으면 얼싸안고 있거나 바짝 붙어 있거나 쓰다듬고 있거나. 이런 걸 봐서는 아마도 한시도 몸을 가만두지 못하는 타입 같아 보이네. 과도할 정도로 활동적인 성격? 다 자랐어도 누군가에게 어리광 부리고 싶어 하는 곰인형 같기도 하고. 어쨌든 이 친구는 스스로와 자기 삶에 대한 자신감으로 넘쳐나는 사람이었던 게 틀림없어. 확실히 집에서 사랑을 많이 받고 자랐을 거야.'

'절제된 미소와 윤기 나는 얼굴로 보아 하니 지금까지 별다른 고생을 겪어본 적이 없었던 것 같아.'

'루이즈는 그보다 한결 굳은 표정이다. 자신의 신체 조건에 대해 그다지 만족스러워 하는 것처럼 보이지 않는다. 여러 장의 사진에서 두 손으로는 턱을 괴고 양팔로는 무릎을 감싸 안은 채 다리를 접고 앉아 있는 모습이 자주 눈에 뜨인다. 자기 방어적인 자세다. 뤼도비크의 팔에 안겨 있을 때는 약간 몸이 경직된 듯 두 팔을 대롱거리고 있는데 그런 자세로 안기는 게 불편하다는 몸짓처럼 보이기도 한다.'

'얼굴은 뤼도비크만큼이나 순수하고 푸릇푸릇해 보인다. 커다란 에메랄드빛 눈이 해맑다 보니 마음속에서 뭔가 어두운 그림자가 드리워지면 고스란히 그 눈에 다 일렁거릴 것만 같다. 입술을 자주 뾰로통하게 내밀고 있는 것으로 보아 어떤 욕구불만 같은 것을 떨쳐내지 못한 것 같기도 한데? 혹시 아폴론처럼 생긴 연인이 언젠가 자기 곁에서 떠날까 두려워한 건가?'

'평균보다 조금 더 작은 키다. 말랐나? 그런 것 같지는 않아 보이는데.'

피에르 이브는 계속 사진에 집중한다. 아니다! 루이즈는 마르기는커녕 근육질처럼 탄탄하게 다져진 체형이다. 다른 부위보다 손목과 발목, 목선, 잘빠진 허리를 보라. 그녀는 동시에 강인하면서 허약한 체질인가보다.

모든 사진 속에서 뤼도비크와 루이즈는 서로를 마주보고 있다. 피에르 이브조차도 주저 없이 단언할 수 있다. 두 사람은 사랑하는 사이다. 그는 실제로 사랑하는 사이인지 아닌지를 눈빛만 보고도 금세 가려낼 수 있다고 자신한다. 그런데 사진 속 두 사람의 눈빛은 마치 서로가 서로를 끊임없이 새롭게 발견하고 있다는 듯이 내내 격정의 광채와 상대에 대한 경이로움으로 번뜩이고 있다. 짐작하건대 아마 두 사람은 속궁합도 꽤 잘 맞았으리라.

파리로 돌아오자마자 피에르 이브는 동분서주하기 시작한다. 우선은 시몽에게 지원을 요청한다. 두 사람은 팀을 이뤄 취재에 뛰어든다. 그들이 발로 뛰어다니며 취재하고 다닌 대상들은 대충 이렇다. 파리 15구 세무서나 포이드 앤 파트너스의 길목을 지키고 있다 붙잡은 직장 동료들, 루이즈의 등반 동료인 필과 샘, 지금으로서는 썩 내키지 않지만 그래도 빠뜨릴 수 없는 뤼도비크의 부모, 섬의 이모저모를 알아보기 위해서는 불가불 접촉할 수밖에 없는 남극 관련 과학연구자, 생존 문제에 정통한 군의관, 식품영양학자, 심리학자, 극한상황 전문가, 그들의 페이스북 계정에서 찾아낸 학창 시절의 친구 셋 등등.

피에르 이브에게는 나름대로 설정해둔 이야기 흐름의 맥락이 있다. 심리적인 측면에 관해서라면 별로 빠지는 게 없는 것 같았다. 하지만 뭔가 좀 더 본질적인 게 아쉬워 보인다. 사태의 정확한 추이와 가지고 있던 것들의 손상, 생존, 뤼도비크의 죽음 등과 관련하여. 어니스트 셰클턴 호에 다시 전화도 걸어보았지만 함장은 그를 매몰차게 돌려세웠다.

결국 몇 가지 정보가 영국 언론에 등장했다. 그러고는 이튿날이 되자마자 영불해협을 건너 프랑스로 전해졌다. 이제부터 본격적인 취재 경쟁의 막이 오른 셈이다. 그래도 아직까지는 피에르 이브가 한발 앞서 있다. 그는 자기가 점심을 사겠다며 외무성 관계자를 불러냈다. 세계 도처에서 역경에 처해 있는 재외 자국민의 실태에 관해 알아보고 싶다는 명목으로. 약속 장소는 브런치 바. 술도 좋고 분위기도 좋다…… 빙고. 루이즈는 그와 전화 통화를 하고 나서 다음 날 포클랜드를 떠나 런던으로 향했다는 정보 입수. 루이즈는 일단 영사관에서 하룻밤 묵은 후 내일 이후 파리행 비행기로 돌아오게 되려나 보다. 비밀은 한동안 새어나가지 않을 거다. 서서히 언론이 이 문제에 관심을 보이기 시작한 만큼, 외무성 차관 정도가 그녀를 배웅하러 오를리 공항에 나갈 거라고도 한다. 언론 보도자료도 곧 배포되겠지. 여기까지 온 이상 피에르 이브로서는 판을 크게 벌여야 할 상황이다.

혹시 보도자료에 그녀가 런던을 경유해서 돌아올 거라는 말도 포함될까요? 직접 영사관까지 달려가서 루이즈를 만나고 올 수는 없을까요? 하지만 상대방은 그런 일에 선뜻 나서고 싶지 않다는 표정을 지어 보인다. 그런 일은 좀…… 그래도 만약 이 사실이 누설되기라도 하는 날에는…… 테이블에 놓인 이탈리아식 망고 카르파치오와 커피에는 입도 대지 않고 피에르 이브는 상대방을 설득하는 데만 매달린다. 절대로 비밀이 새어나가면 안 된다. 자기들이 터뜨리기 전까지는 아무도 몰라야 한다. 그는 되는대로 이야기를 늘어놓는다. 자기는 이미 루이즈와 통화를 한 적이 있다. 우연히 전화 연결이 된 담당 직원이 도와준 덕분이었다. 그러더니 불쑥 이런 말도 내뱉는다.

“게다가 저는 이 이야기에 몹시 끌립니다. 그래서 단순히 잡지 기사 한 꼭지를 꾸미는 것 이상까지 염두에 두고 있어요. 나중에는 루이즈와 함께 아예 책 한 권을 쓸 작정이에요. 그러니 저한테는 사람들에 둘러싸이기 전에 그녀를 만나는 일이 정말 중요한 사안일 수밖에요. 저로서는 그녀가 실제로 겪은 경험의 진실성이 필요합니다. 그러니 보도자료에서 그녀의 런던 경유에 관해 입만 다물어주면…….”

책을 쓰겠다는 이야기는 다급해진 피에르 이브가 방금 꾸며낸 말에 불과하다. 하지만 막상 그렇게 말해놓고 보니 과히 나쁜 아이디어가 아니라는 생각도 든다.

결국 그가 매달린 대로 영사관에 전화가 간다. 메일은 안 됩니다. 흔적이 남으면 곤란하니까요.

달리는 유로스타 안에서 피에르 이브는 벌써 자기 책이 꽂히게 될 책방 서가를 머릿속에 그려본다.

켄터키 펍의 문을 열고 들어오면서 루이즈는 확실히 영국 사람들이 몰취미하다고 여긴다. 축구 트로피로 빼곡한 카운트만 요란해 보이고 나머지는 썰렁하다. 칸막이 자리의 조명은 볼품없고 밤꽃 무늬 벽지에는 아마 실내에서 흡연이 가능하던 시절에 생겼을 담뱃불 자국이 여기저기에 아직도 남아 있다. 탁자는 나무 문양을 씌운 베니어합판이고 의자는 흉터가 잔뜩 나 있는 인조가죽이다. 그런데도 어쩐지 너저분하나마 은밀하고 친숙한 인상을 자아낸다. 술집을 멀거니 둘러보다 보니 루이즈의 마음속에서 저절로 미소가 떠오른다. 그래, 됐다! 이토록 자잘한 데 눈길이 가는 것을 보면 다시 정상적인 궤도로 돌아오고 있는 거야!

구조되고 나서 포클랜드에 도착하기까지 루이즈는 사실 정신적인 마비 상태에서 헤어나지 못하고 있었다. 셰클턴 호의 승무원들이 보살펴주긴 했지만 그런 탑승객과 함께해본 적이 없는 그들로서는 당혹스런 기색을 감추지 못했다. 이게 어찌된 영문인지 다그치다 이 여자가 정말 '확 돌아버리기라도' 하면 어쩌지?

그런 걱정에서 사람들은 그녀를 혼자 가만히 내버려두기로 했다. 식사도 그녀 혼자 있는 선실로 직접 가져다주었다. 어쩌다 통로에서 마주칠 때는 미소 지은 얼굴로 날씨 좋다는 인사를 건네는 데 그쳤다. 그러면서 속으로는 어서 이 여자를 그 방면의 전문가 손에 넘기고 싶어 했다. 그러면 그 사람들이 알아서 조치할 테니까.

스탠리와 포클랜드에서 하선하고 땅에 발을 디딘 순간 루이즈는 구조된 이후 처음으로 정신적인 동요를 겪었다. 정갈한 주택, 층층이 부채꽃이 한 아름 흐드러진 정원, 순백의 커튼이 드리워져 있는 내리닫이창, 이런 땅끝에도 영국식 생활양식이 퍼져 있다니 모든 게 안락하고 정제되어 있는 것처럼 보였다. 얼마나 절실하게 이런 세상으로 다시 돌아오기를 열망했는지 모르건만 정작 지금은 별다른 감흥이 와닿지 않는다. 이제는 그저 옹색한 겉치레로만 여겨질 뿐이다. 더는 이런 것들에서 사회적 코드에 따라 정형화된 인상을 받을 수 없게 된 것일지도 모른다. 서둘러 호텔로 피신했다. 그러고는 한 시간 가까이 샤워를 했다. 그러자 호텔 관리인이 이 객실에서 혹시 누수 현상이 발생한 거나 아닌지 알아보기 위해 찾아왔다. 수도꼭지를 틀면 바로 쏟아지는 온수로 샤워를 하다니! 물론 셰클턴 호에서도 온수 샤워가 가능하긴 했다. 하지만 거기서는 규정상 이렇게 실컷 따뜻한 물을 틀어놓고 쓸 수 없었다. 하지만 여기서는 마음 놓고 물을 틀어놓을 수가 있다. 따뜻한 물이 닿는 부위마다 근육이 살아서 꿈틀거리는 게 느껴진다. 몸만큼이나 마음도 깨끗이 씻어내고 있다는 느낌마저 든다. 이 따뜻한 물로 지금 자기를 짓누르고 있는 심신의 마비와 나쁜 꿈 그리고 절망을 모조리 헹궈내고 있는 것만 같다. 문득 자기 손을 들어 올려 쳐다본다. 피부가 말랑말랑하고 뽀얘진다. 그러면서 티눈과 관절에 박혀 있던 못이 물컹물컹하게 부풀어 오른다. 그런 게 거기 있는지도 몰랐다. 어느새 자기 영혼이 부드러워지고 있다는 기분도 든다. 어떻게 해서라도 생존해야 한다는 몸부림에서 생겨난 무감각의 방어 장벽도 동시에 낮아지고 있다. 호텔 관리인의 요청에 따라 결국은 샤워 부스에서 나와 욕실에 에워싸인 수증기 속에서 목욕 타월로 온몸을 감싼다. 그러자 불현듯 자기가 곧 마주하게 될 현실이 의식되기 시작한다. 다시 정상적인 생활이 시작되겠지. 직장에 복귀한 후 어쩌면 다시 친구들에 둘러싸여 지낼지도 모르고. 그리고 '40'으로도 돌아가야 하고! 이번에는 진짜 파리 15구의 40번지 아파트로. 그게 가능할까? 자기한테 그걸 감당할 힘이 남아 있을까?

그 순간 다시 뤼도비크가 떠오른다. 온몸에 스산한 공포가 밀려온다. 그의 시신을 도맡아 수습했다는 함장의 말이 기억난다. 그에 관해서는 더 이상 아무 말도 묻지 못했다. 모든 게 다시 기억에 되살아난다. 푸르스름한 아침 햇살, 누더기로 변한 모포, 그리고 두 눈…… 특히 그 눈이! 부릅뜬 채 굳어 있는 눈가를 서서히 덮어오던 장막. 아무런 생기도 전해지지 않던 망막. 자기가 이 남자를 버렸다. 몸을 추스르고 나서 처음으로 루이즈는 무거운 죄의식 속에서 이 참혹한 현실과 마주한다. 결코 그를 떠나지 말았어야 했다. 그를 보러 더 빨리 되돌아왔어야 했다. 뤼도비크와 자기의 삶은 한데 포개져 있던 거나 마찬가지였으니까.

루이즈는 소름이 돋은 몸을 아주 오랫동안 닦아낸다. 정상적인 삶으로 돌아와서 가장 기쁜 것은 역시 따뜻한 물로 온몸을 씻어낼 수 있다는 점이다. 그 밖의 다른 현실에 관해서라면 글쎄, 그다지 쾌적한 것 같지 않다.

머저리 같은 이 동네 수사관들이 들이닥치면서 한동안 지겨운 조사가 이어졌다. 경찰서에서는 몸에 꼭 끼는 정복을 입은 두 명의 경관이 공술을 받는답시고 자꾸 짜증나게 굴었다. 위법행위라고는 과음 상태에서의 난동 정도가 고작인 청정지대다 보니 아마도 이 지역에서는 경관의 위세가 꽤 높은 모양이다. 오랜만에 용의자를 맞아 거들먹거리는 꼴이 아주 가관이다. 경관은 30분가량에 걸친 훈계를 시작으로 취조에 착수한다. 루이즈와 뤼도비크는 섬에 들어가는 짓으로 위법행위를 저질렀다. 그들은 조서를 작성해서 검찰에 송치할 수도 있다. 조난당한 입장에서 펭귄이나 강치 같은 보호 동물들을 해친 것은 생존 때문에 불가피했다손 쳐도 고래잡이 캠프에서 저지른 훼손 행위에 대해서만큼은 묵과할 수 없으니 소상히 진술해달라고 요청했다.

"아가씨도 아시다시피 그건 역사적인 기념물이니까요."

루이즈는 속으로 이들이 정말 머저리 같다고 여긴다.

그러더니 한순간에 그들은 뤼도비크의 죽음으로 넘어온다. 되도록 간단히 끝내는 게 여러모로 속 편하겠다는 생각이 든다. 두 사람은 춥고 배고팠다. 갈수록 심신이 쇠약해지던 뤼도비크는 크루즈 선을 놓친 후부터 병을 앓기 시작했다. 자기로서는 아무것도 할 수가 없었다. 끝.

이 정도면 충분해 보인다. 그들로서는 그 프랑스 청년이 구체적으로 어쩌다 그 지경이 되었는가에 대해서는 아무 관심도 없으니까.

루이즈는 차라리 마음이 홀가분해지는 것을 느낀다. 진실을 솔직하게 다 털어놓는다고 해서 꼭 좋은 것만도 아니다. 그날 그런 생각이 그녀의 머릿속에 박힌다. 아무것도 뤼도비크를 되돌려놓지 못한다. 뒤죽박죽으로 뒤엉켜 있는 데다 정신건강에 해롭기까지 한 기억은 피할 수 있으면 피하는 게 낫다. 게다가 무슨 이야기를 꺼내놓는다 한들 누가 두 사람을 이해할 수 있을까? 여러 달 동안 펭귄까지 도륙해가며 목숨을 부지해본 사람만이 그런 환경 속에서 살아남는다는 게 무슨 뜻인지 헤아릴 수 있을 뿐이다.

밀크티를 시켜놓고 그다지 오래 지나지 않아 한 사내가 펍으로 들어오는 게 보인다. 검은 바지, 바둑판무늬 상의, 동그란 얼굴, 가볍게 미소 지은 표정, 네모난 푸른색 안경테 너머에 도사리고 있는 눈매, 틀림없이 그 사람이다. 이런 옷차림이라면 파리에서 온 기자가 확실하다. 그는 주저하지 않고 루이즈가 앉아 있는 쪽으로 달려온다.

"루이즈 씨, 만나 뵙게 되어 정말 반갑습니다! 어떻게 잘 지내고 계십니까?"

그러고는 앞으로 툭 튀어나온 뱃살을 테이블 모서리에 걸치더니 유창한 영어 발음으로 맥주 한 잔을 주문한다.

그녀의 모습은 과연 상상한 대로다. 사람들이 포클랜드에서 입으라고 줬을 연보라색 스웨터가 헐렁헐렁해 보일 정도로 몸이 말랐다. 뼈마디가 우툴두툴하게 불거져 나와 있는 손이 눈길을 끈다. 그리고 역시나 에메랄드빛 눈이 곱다. 그 고운 눈매가 그녀의 다른 외관을 흡수한 것처럼 느껴질 정도다. 그게 아니라면 뺨까지 드리워진 다크서클의 효과일 수도. 사진에서처럼 앳되고 순수한 얼굴은 더 이상 엿보이지 않는다. 그것만으로도 피에르 이브로서는 마음이 뭉클해진다. 그녀의 눈빛이 기시감을 준다. 그것은 구조선에서 내린 난민의 눈빛이다. 피에르 이브는 탈출에 성공한 난민들과 종종 인터뷰를 한 적이 있어서 그런 눈빛에 익숙하다. 어딘가 공허하고 동공 가득 비극적인 과거가 담겨 있는 눈빛. 물론 그녀를 기다리는 것은 난민 수용소가 아니다. 하지만 지금 그녀는 난민이나 마찬가지다. 두 세계 사이에서 존재가 요동치다 보니 몹시 과민하고 쇠약해져 있다.

의욕이 끓어오른다. 루이즈는 누구의 관심도 끌지 못할 불우 이웃이 아니라 어엿한 백인 유럽 여성이다. 어쩌면 전 세계의 독자들이 자기 자신을 투영해볼 수 있는 '만인의 프랑스 여성'이 될지도 모른다. 말하기 조금 조심스러운 대목이지만 불법체류자의 사연을 아무리 다뤄봐야 무관심의 벽에만 부딪칠 뿐이다. 바로 이 점에서 루이즈는 독보적이다. 자기 인사에 답하는 그녀의 목소리가 너무 가냘파서 겨우 들릴까 말까 할 정도다.

"네, 감사합니다. 잘 지내고 있어요. 시간이 지나면 조금 더 나아지겠죠. 하지만 모든 게 너무 급작스럽게 흘러가다 보니…… 조금 얼떨떨한 기분이에요."

루이즈는 두려워하고 있다. 어떻게 해서라도 이제 정신을 가다듬고 정상 생활로 복귀해야 할 시점과 시시각각 가까워지고 있으니 그럴 수밖에. 내일이 되면 어떤 쪽으로든 결정이 내려질 것이다. 포클랜드에 있을 때부터 그녀는 부모와 장시간 통화를 했다. 하지만 프랑스로 돌아오면 고향에 내려와 함께 살자는 부모의 제안은 사양했다. 파리 15구의 '40'에서 살면 된다. 문제는 그들이 떠나면서 아파트를 친구들에게 임대해줬다는 점이다. 그녀는 아직 그 친구들에게 전화하지 못했다. 게다가 뤼도비크가 없이 '40'에서 다시 산다는 것은 떠올리기만 해도 마음이 스산해지는 일이다. 그러니 심적으로 안정될 때까지만 호텔 신세를 지는 것도 나쁘지 않겠다는 생각이 든다. 비록 호텔이 개인적인 공간일 수 없다는 게 영 꺼림칙하긴 하지만.

"이해합니다. 이해하고 말고요."

피에르 이브가 다시 말문을 연다. "일단 제 말씀 좀 들어보세요. 저는 루이즈 씨한테 물어보고 싶은 게 아주 많아요. 물론 그러는 동안 루이즈 씨가 피곤해지지 않도록 유의할 거고요. 하지만 그전에 루이즈 씨한테 도움이 될지도 모를 두세 가지를 먼저 꺼내놓는 게 좋겠다 싶어요."

지금은 일단 진중한 태도를 보여야 한다. 피에르 이브는 그녀를 모성에 가까운 마음으로 대하고 싶다. 나중에 이 사실이 알려지면 냉소적인 기자 동료들 사이에서는 그가 길 잃은 고양이 앞에서 가소롭게 자애로운 척하는 중년 부인처럼 굴었다는 조롱이 나돌지도 모를 일이다. 하지만 그건 오해다. 이 여리디 여린 아가씨는 진정으로 자신의 마음을 뒤흔들어놓고 있다. 자기는 그녀를 도울 것이다. 필요하다면 그녀의 멘토가 되어 무슨 부탁에라도 응해줄 생각이다.

피에르 이브는 모든 것을 다 털어놓기로 한다. 내일 공항에 도착하면 기자들이 기다리고 있다 사냥개 무리처럼 몰려들 거다. 그 자리에는 아마 외무성 차관도 와서 기다리고 있을 거다. 그 이후에는 각종 인터뷰와 토크쇼 출연에 응해달라는 연락이 쇄도할 거다. 나중에는 거리의 행인들까지도 그녀를 알아보게 될 테고 여러 출판사의 편집자와 감독들이 줄을 설 수도 있다…… 사람들은 한시도 쉴 틈을 주지 않고 그녀에게로 몰려들 거다. 그런데 자기는 지금 그녀에게 가장 필요한 것이 안정이라는 것을 이해하고 있는 사람이다. 적어도 얼마간은 그런 난리법석에서 몸을 빼내기가 쉽지 않을 거다. 자기가 누구를 선별해서 만나는 게 좋을지 그녀로 하여금 관리할 수 있도록 돕겠다. 필요하다면 언론과 대신 접촉할 매니저를 한 명 소개해줄 수도 있다. 그와 관련하여 알리스라는 오십 대 여성을 염두에 두고 있다. 알리스는 오랜 지인이다. 돌발 행동으로 악명 높은 스포츠 스타들을 관리해온 이력도 있다. 그만큼 재간 있는 여성이다. 그녀라면 어떤 위기가 닥치더라도 능숙하게 수습해낼 거라는 믿음이 있다.

그런 말에 루이즈는 그저 아연할 뿐이다. 자기는 아무것도 원하는 게 없고 아무것도 요구한 적이 없다. 토크쇼도, 언론 담당 매니저도. 그냥 자기를 가만히 내버려두기만 바랄 뿐이다. 그렇게만 해준다면 예전처럼 혼자서 산이 있는 곳으로 떠날 거다. 가서 암벽을 기어오르며 밤에 잠이 잘 오도록 몸을 혹사시킬 거다. 자기는 갈고리를 끼워 넣을 암벽의 틈새나 암석을 가로지르는 수맥 따위에나 집중하고 싶을 뿐이다. 손끝에 묻어나는 산화마그네슘 냄새를 맡고 싶을 뿐이다. 그러면 마음이 안정될 것 같기도 하다. 피에르 이브는 자기에게 무엇보다 안정이 필요하다는 것을 이해한다면서도 정작 말하고 있는 내용은 자기를 세상의 소음과 열광 속으로 밀어 넣겠다는 것 아닌가.

"하지만 루이즈 씨, 이제 루이즈 씨는 어찌 됐든 본인이 사라지고 싶다고 해서 사라질 수 있는 입장이 아니에요. 모든 사람이 루이즈 씨만 기다리고 있다니까요. 이 이야기에 그만큼 세간의 관심이 집중되고 있다는 뜻이에요. 어쨌든 너무나도 놀랍고 특이하니까요. 움막에서 살던 구석기 시대처럼 아무것도 없이 그 오랜 시간을 버텨냈다니 하고 다들 눈이 휘둥그레져 있다니까요! 그러니 누가 가만히 놔두겠어요? 조금이라도 더 루이즈 씨의 체험을 공유하고 싶어 아마 난리가 날 거예요. 매일같이 한바탕 전쟁을 치를지도 몰라요. 프랑스 전역이 다 들썩들썩할 테니까요."

이와 같은 피에르 이브의 전망에 자기는 그런 관심을 감당할 자신이 없다는 불안이 몰려온다. 벌써 위가 뒤틀리는 것 같다. 그럼 아직도 악몽이 끝나지 않은 거야? 그녀는 손으로 머리를 짚으며 사냥꾼에 쫓기는 짐승처럼 몸을 떤다. 이것저것 캐묻고 싶어 하는 사람들의 관심이 싫다. 여차하면 이대로 런던에 머무는 편이 낫겠다는 생각도 든다.

피에르 이브는 금세라도 역정이 날 것만 같다. 비어 있는 맥주잔을 톡톡 건드리는 손짓이 살짝 짜증스러워진 그의 속마음을 드러내고 있다. 그래도 지금은 성깔을 드러낼 때가 아니다. 꾹 참고 계속 그녀를 자분자분하게 설득해야 한다. 루이즈가 저런 반응을 보이는 것도 무리는 아니다. 아직 정신적인 충격에서 헤어나지 못한 상태니까. 지금 상태야 어떻든 그녀와 접촉하고자 하는 요청은 끊임없이 쇄도할 수밖에 없을 거다. 금도를 넘어선 세간의 호기심이 그녀를 압박해오면서 선

정적인 본색을 드러내겠지. 하지만 그렇다고 여기서 빠져나갈 길이 있나? 루이즈의 삶은 이미 대중이 공유해야 하는 관심거리가 되고 말았다. 섬에서의 체험을 대중과 나누는 것은 이제 그녀의 의무로 부과된 셈이다. 그녀가 괴로워하는 모습을 보니 앞으로 거둬들일 경제적 수익에 대해서는 피에르 이브로서도 차마 말을 꺼내기 어렵다. 여주인공이 되면 엄청난 부를 거머쥘 수도 있을 텐데. 자기가 원하는 대로 산에나 다니며 편히 지낼 수 있을 만큼은. 그러자면 도박을 해야 한다. 그것도 아주 신중하게.

"뭐, 아무튼 다 좋습니다. 가시죠. 제가 저녁 대접할게요. 여긴 너무 별론 거 같네요."

제이미스 키친은 켄터키 펍과 비교할 수도 없다. 그만큼 쾌적한 레스토랑이다. 사방이 윤기 나는 파스텔 톤의 목재로 둘러싸여 있어 분위기도 아늑하다. 피에르 이브는 런던에 출장할 때마다 이곳에 들르곤 한다. 주문을 받으러 온 여종업원은 머리를 파란색으로 물들인 아가씨다. 언제까지라도 미소만 띠고 있을 것처럼 살짝 벌어져 있는 입술 사이로 하얗게 반짝거리는 치아가 돋보인다. 한 귀퉁이에는 푸릇푸릇한 화분들도 풍성하다. 그 화분들이 놓여 있는 구석 자리에 앉으면 실내의 소음에 방해받지 않고 대화를 나눌 수 있을 듯하다. 피에르 이브도 그런 생각에 그쪽 자리를 골랐다. 그의 판단이 옳았다. 처음으로 루이즈의 표정이 환해진다. 그녀도 이 레스토랑의 쾌적한 분위기를 음미한다. 그녀가 누리고 싶은 게 바로 이런 거다. 분위기가 따뜻한 곳에서 좋은 음식을 즐기며 다른 사람들에게 친밀감을 느끼고 자유로운 몸짓 속에서 담소를 나누다 흥에 겨우면 자리에서 일어나 노래도 한 곡조 뽑고 그사이 문을 열고 새로 들어온 얼굴과 시선을 교환하고…….

피에르 이브가 신중하게 다시 말문을 연다. 하지만 이번에는 곧장 용건으로 들어가지 않고 그녀가 모르고 있을 세간의 화젯거리들을 먼저 꺼낸다. 어느 스타의 떠들썩한 결혼식, 최근의 블록버스터, 얼마 전 폐막된 올림픽에서의 소동 등등. 그러고는 유유히 본론으로 넘어온다.

"아무 걱정 마세요. 제가 함께하겠습니다. 필요한 게 있으면 말씀만 하세요. 제가 다 책임질 테니까요. 루이즈 씨는 원하시는 대로 고르시기만 하면 됩니다. 자, 그럼 이제 슬슬 인터뷰를 시작해볼까요? 미리 말씀드리지만, 아무래도 인터뷰이다 보니 루이즈 씨한테 이것저것 묻게 될 텐데 질문조가 다소 거슬리더라도 양해 부탁드립니다."

루이즈는 방금 전보다 한결 마음이 평온해져 피에르 이브와의 인터뷰를 받아들이기로 한다. 바로 이 순간 만약 루이즈로 하여금 지금까지 섬에서 있었던 이야기를 편히 늘어놓도록 놔뒀더라면 아마 그녀는 모든 것을 있는 그대로 털어놓았을지도 모른다. 지금까지 정말 섬에서 무슨 일이 있었는지. 하지만 피에르 이브는 조급했다. 앞으로 쓸 기사의 얼개는 이미 그의 머릿속에 짜여 있다. 함께 저녁 식사를 하는 동안 루이즈에게서 자기 질문에 맞춰진 대답을 얻어내는 게 우선이다. 그 대답들로 자기에게 할당된 여덟 페이지짜리 지면을 탄탄히 메울 수 있도록. 그러니까 그가 원하는 것은 이미 짜여 있는 뼈대에 살을 붙이는 일이다. 그가 겨냥하는 것은 기사를 풍요롭게 할 수 있는 디테일의 확보다. 그래야 많은 독자의 이목을 끌 수 있다. 평소 그는 많이 듣는 편이다. 하지만 지금은 시간이 촉박하다. 게다가 루이즈가 중도에 인터뷰를 그만 하자고 할까 봐 겁도 난다.

피에르 이브는 묻고 루이즈는 그 질문에 순순히 답변을 한다.

"비어 있는 내포를 처음 발견했을 때 기분이 어땠습니까? '40'은 어떻게 꾸몄나요? 펭귄 고기의 맛이 어떠하던가요? 어떤 방법으로 강치를 사냥한 거죠? 뤼도비크가 병세를 보이기 시작한 건 언제부터였죠? 루이즈 씨 생각에 그는 무엇 때문에 죽었다고 보시는지? 과학 기지는 어떻게 해서 찾아낸 거죠? 앞으로 하고 싶은 일이나 계획이 있다면 구체적으로 어떤……."

루이즈는 답변을 늘어놓기 시작한다. 질문들이 좀 우스워 보이긴 하지만 어떻게 해야 요리조리 답변을 피해 갈 수 있는지 모르니 어쩔 수 없다. 그녀의 답변은 송아지고기 카레와 야채 크럼블을 맛보느라 자주 끊긴다. 인터뷰 같은 거 하지 말고 그냥 밥만 먹으면 좋겠다는 생각이 든다. 입천장을 건드리며 넘어가는 육질의 식감이 기막히다. 크럼블 알갱이와 겨자 향신료의 맛도 별미다. 새콤달콤한 게 아주 일품이다.

그녀는 점점 말이 많아진다. 자유롭게 이야기를 늘어놓는다. 지난 기억을 떠올리다 보면 당시의 악몽이 되살아날까 두려웠던 게 사실이다. 그러나 막상 입을 열고 보니 결과는 정반대다. 그녀가 이만큼이나 재잘거리게 된 것은 쾌적한 런던의 한 레스토랑에서 자기 이야기를 사려 깊게 들어주는 상대와 함께 있기 때문이다. 그러면서 살아 있음을 체감할 수 있기 때문이다. 마침내 자기가 이겨내고야 만 것이다.

뤼도비크의 이름이 거론될 때마다 마음의 심연에서 전율이 일렁거리지만 않았다면 모든 게 완벽했을지도 모른다. 자기는 이렇게 맛있는 송아지고기와 크럼블을 즐기고 있는데 그는 여기 없다. 그에 관한 이야기가 나올 때면 목소리가 낮아진다. 마치 그에 관한 이야기가 밖으로 새어나가는 게 꺼림칙하다는 듯이. 그녀는 말을 돌린다. 피에르 이브는 그런 그녀에게 계속하라는 눈짓 따위로 굳이 압박하지 않는다.

그래서 그녀가 과학 기지로 향하게 된 경위에 관해서는 질문을 생략했다. 루이즈 또한 거기까지 두 번이나 먼 길을 오갔다면서도 자세한 배경이나 경위에 대해서는 밝히려 하지 않았다. 그녀의 행적에 쳐진 괄호는 이 인터뷰를 진행하는 동안 한순간도 벗겨지지 않았다. 괴이하고 부끄러운 괄호. 언뜻 보면 자투리 같기도 한 이 대목에 관해 루이즈로서는 어떤 식으로든 그럴싸하게 꾸며내서 상대에게 전할 말을 찾아낼 수 없다. 그냥 그 말만큼은 사람들의 귀에 닿을 수 없도록 그대로 섬에 묻어두는 게 낫겠다는 생각만 든다.

루이즈는 지금 자기가 대부호의 침실에 와 있는 게 아닌가 고개를 갸웃거린다. 침대는 다섯 명이 자고도 남을 너비다. 맞은편에 있는 텔레비전의 화면 크기는 폭이 1미터도 넘는다. 그 옆에 있는 사무용 책상은 여덟 명가량이 모여 앉아 회의를 해도 문제없어 보인다. 게다가 그런 방이 하나 더 있다. 그 방에도 책상과 텔레비전이 하나씩 더 있다. 가죽 소파 앞에는 온통 검정색으로 코팅되어 있는 탁자가 딸려 있다. 하나같이 어마어마한 사이즈다. 지나쳐 보일 만큼 풍성한 꽃다발 한 아름이 역시나 지나치게 풍성한 과일 바구니 옆에 놓여 있다. A4 용지 크기의 메모지에는 이곳 힐튼 콩코드 호텔 지배인 피에르 메네지에르가 남긴 인사말이 적혀 있다.

'여기 오신 걸 환영합니다. 아무쪼록 조속한 쾌유를 기원합니다.'

몇 주만에 처음으로 입에서 낄낄거리는 웃음소리가 새어 나온다. 이렇게 어마어마한 호텔 객실에 혼자 남아 이토록 과분한 친절과 마주하니 자기도 모르게 기분이 경박해지는 것 같다. 호텔 로비에 도착하면서도 루이즈는 이런 친절에 얼굴이 근질거릴 지경이었다. 급사가 다가오더니 지나치게 깍듯한 태도로 자기 짐을 옮겨줘도 괜찮겠느냐고 묻는 게 아닌가. 그래서 공항에서 받은 꽃다발들과 포클랜드에서 구입한 여행 가방을 맡겼다. 급사는 마치 성물이라도 다루는 듯한 몸가짐으로 아주 조심스럽게 옮겨온 짐들을 서랍장 위에 올려놓고 물러났다. 살그머니 문 닫히는 소리가 나더니 먹먹한 정적이 이어졌다. 그때도 웃음이 났다.

샴페인 통에서 술병 하나를 집어 든다. 일반적으로 혼자서는 술 마실 생각을 잘 하지 않는 편이다. 하지만 지금은 강박적으로 이런 데 매달린다. 마개 따는 소리도 듣고 싶고 유리잔을 술로 그득 채워보고도 싶고 내키는 대로 그 술을 개수대에 흘려 버려보고도 싶다. 이런 식으로 낭비 좀 하면 어때! 더 이상 계산하지 말고 뭐가 혹시라도 부족할까 봐 관리하려 들지도 말고 내일을 걱정하며 불안해하지도 말고 그저 여기 잔뜩 쌓여 있는 것들을 실컷 누려보자.

욕실도 침실만 한 크기다. 루이즈는 세면대 주위에 장난감 병정처럼 도열해 있는 용기 안의 세제 용액을 욕조에 쏟아붓는다. 그러고는 강한 바닐라 향의 거품을 50센티미터 이상 내서 그 안에 몸을 파묻는다. 수온이 너무 뜨거워서 피부가 새빨갛게 달아오른다. 아무런 생각도 떠올리지 않고 양수에 잠긴 아기처럼 욕조에 편히 몸을 내맡겨두고 나른한 선잠에 빠져든다.

이러면서 헝클어지기 쉬운 머릿속을, 자기의 삶을 다시 제대로 추스를 수 있어야 한다. 하지만 무념무상에 잠기기는 쉽지 않다. 최근 지나간 일들이 스냅 사진처럼 기억 위로 자꾸 출몰하니까. 정장을 갖춰 입은 한 사내가 자기를 부드럽게 포옹하더니 꽃다발을 건네는 장면이 떠오른다. 피에르 이브의 귀띔에 따르면 그 사내는 외무성 차관이다. 사진사가 자기에게 활짝 미소 지어 달라고 주문한다. 그래도 입은 벌리지 않는다. 그러면 사진에서 예쁘지 않다는 것을 아니까. 어떤 부인은 백지와 펜을 내민다. 루이즈는 이것으로 뭘 하라는 건지 몰라 어리둥절해한다. 그러자 이번에도 피에르 이브가 끼어든다. 자필 사인……. 방송 인터뷰가 시작되기 전 모니터 화면에는 개 사료 광고가 뜬다. 자기가 몇 주 전에 게걸스럽게 먹어치우던 것들보다 훨씬 먹음직스러워 보인다. 마이크 앞으로 나선다. 온갖 질문들이 쏟아진다. 다시 마이크 앞으로. 다시 쏟아지는 질문 공세. 무엇보다 그녀를 깜짝 놀라게 한 것은 자기가 오를리 공항 귀빈실에 들어서자마자 끊임없이 터져 나온 박수갈채다.

이런 환대를 받으니 자기로서는 도무지 관습을 이해할 수 없는 어느 원주민 집단의 내부로 잘못 굴러든 게 아닌가 싶을 정도다. 설마 그럴 리가. 여기는 자기가 얼마 전에 떠나온 그 세계가 맞다. 그리고 그때와 똑같은 사람들이다.

사람들이 마련해준 가족과의 점심 식사는 여러모로 개운치 않은 자리였다. 루이즈의 부모와 두 오빠, 그리고 올케 등은 『악튀』지 측에서 식대 전액을 부담해줄 수 있는 레스토랑에서의 만남만 고집했다. 그러다 보니 잡지사 근처에 있는 대형 음식점으로 약속 장소가 잡혔다. 루이즈의 바람과는 달리 시끌벅적하고 번잡한 곳이다. 종업원들은 정신없이 들락거리고 주변에서는 요란하게 떠들어대고 이 와중에 무슨 관계 회복을 도모한답시고 진지한 이야기에 집중하려니 잘 될 턱이 있나. 물론 공항 귀빈실에서야 카메라를 의식해서 애틋한 표정으로 루이즈에게 달려들기는 했지만 말이다. 플랑바르 가족들 사이에서는 양쪽으로 의견이 갈렸다. 부모 쪽은 이 소란이 잠잠히 지나가기를 더 원했다. 이웃들의 이목이 자기네로 집중되는 게 불편해서다. 정육점이나 빵집에 들를 때마다 거기서 마주치는 동네 주민들이 이것저것 캐묻는 것도 부담스럽기 짝이 없는 노릇이다. 루이즈의 오빠들 쪽은 이보다 훨씬 개방적인 편이다. 그들은 막내 여동생, 집안의 '꼬맹이'를 되찾아 마음이 가벼워진 데다 그녀에게 급작스레 몰린 세간의 관심과 인기에 흐뭇해하고 있다. 그 관심과 인기의 일부가 이제는 자기 가족들에게까지 미칠 조짐을 보이는 게 마냥 즐겁기까지 하다.

루이즈는 이런 재회의 자리가 단출하기를 원했다. 오래 헤어져 있다 만나는 자리니만큼 가족들끼리만 모여 밀린 이야기나 나누면 그만이다. 그런 자리에서 가장 중요한 것은 가족들 사이에서만 형성될 수 있는 교감과 애정을 확인하는 일이다. 하지만 언젠가부터 그들 사이에는 대화가 뜸해졌고 교감도 무척 약해졌다. 루이즈는 지금 이 자리에서도 가족들이 무슨 생각을 하는지 알 것 같다. 그들은 사람들이 다 보는 앞에서 자기를 여전히 '꼬맹이'로 대할 셈이다. 그렇게 함으로써 가족들은 그녀에 대한 자기들의 태도를 정당화하고 루이즈로 하여금 가족들의 말을 듣지 않으면 어떤 곤경에 처하는지 반성토록 할 수 있다고 믿는 모양이다.

가족들이 묻는 말의 대부분은 조난과 생존, 그리고 극적인 구조 등에 관한 내용이다. 루이즈에게는 그들이 그렇게 나오는 것도 자신의 선택과 결정을 평가절하하려는 속셈으로만 여겨질 뿐이다. 그녀는 꼭 그런 것 말고 여러 달 동안 떠돌아다니며 얻은 여행의 행복과 자유로움에 대해서도 이야기하고 싶다. 올케 중 하나는 최악의 순간들만 자꾸 물고 늘어진다. 미용실 같은 데 가서 공연히 으스대고 싶어 하는 그녀의 모습이 눈에 선하다.

"글쎄 그렇다니까. 우리 시누이가 맨손으로 펭귄의 목을 비틀어 죽이고는 그 생살을 뜯어먹었다지 뭐야…… 우리 같으면 어디 상상이나 할 수 있는 일이야?"

올케는 자기가 그런 말을 퍼뜨리고 다님으로써 사람들이 루이즈를 웃음거리로 삼든 아니면 험담하든 별 관심이 없을 게 빤하다. 오로지 관심은 자기 시누이가 그런 사람이라는 것을 남들에게 과시하는 데만 쏠려 있을 테니까. 이제 그들 관계에는 '꼬맹이'의 잘못에 대한 질책이나 유명인의 가족으로 남아 세간의 주목을 계속 독차지하고 싶다는 욕심밖에 남아 있지 않은 걸까? 루이즈로서는 무엇보다 가족들이 여행 중 뤼도비크와 자기가 겪은 온갖 시련에 너무나도 무심하다는 게 서운하다. 그들은 그에 관해서라면 아무것도 묻지 않았다. 자기가 모험하는 동안 느낀 즐거움에 대해 말을 꺼내려고만 하면 하나같이 냉담한 표정으로 묵살하기 일쑤였다. 가족들은 자기가 실종된 게 확실해졌을 때 몹시 애태웠다는 말만 반복했다. 그냥 단도직입적으로 가족들은 자기에 관해 아무것도 이해하지 못할 거라고 치받아버리면 어떨까?

그 순간 부친이 먼저 선수를 치고 나온다.

"내가 전에도 너한테 여러 번 말했지, 어쨌거나 그렇게 떠나는 건 별로 좋은 생각이 아니라고 말이다."

그 말에 발끈해서 당장이라도 소리 치고 싶다. 그렇지 않아요! 어쩌다 보니 끝이 안 좋았을 수는 있겠죠. 하지만 저는 지금까지 살아오면서 이만큼 풍요롭고 또 이만큼 치열하게 세상과 맞부딪쳐본 적도 없었는걸요. 이번에 여행하는 동안 제 삶을 새롭게 누리는 기분이었어요. 제 생각에는 아마 그래서 가족들이 저를 자꾸 질책하려 드는 것 같아요. 이번 만남에서 다시 한 번 서로 전혀 말이 통하지 않는다는 게 느껴지네요. 하긴 저는 늘 다른 식구들과 달랐죠. 그래서 이해받기도 어려웠고요. 그때나 지금이나 달라진 게 아무것도 없어요. 하지만 오늘날의 루이즈는 더 이상 옛날의 '꼬맹이'가 아니에요. 그동안 숱한 체험과 시련을 거치며 성장했으니까요. 가족들은 그런 자기를 아직도 알아보지 못하고 있다. 하지만 그렇다는 것을 어떻게 입증해 보여야 할지는 도무지 요령부득이다. 그러니 수긍하는 척할 수밖에. 루이즈는 어린 소녀처럼 자기 접시에 코를 박고 아무 말도 하지 않는다.

요즘 어떻게 지내는지, 곧바로 직장에 복직은 할 수 있는

지, 친구들에게 임대했다는 아파트에는 다시 들어가서 살 생각인지 모친이 묻는다. 루이즈는 자기가 할 수 있는 한 가장 예의 바르게 대답한다. 하지만 지금으로서는 아무것도 모르겠고 아무 관심도 없다.

최소한 한 가지만큼은 분명해졌다. 가족이 자기 삶에 끼어드는 것을 이제 더 이상은 묵인하고 싶지 않다는 것.

다행히도 오후 시간은 평온하다. 말로만 듣던 알리스가 드디어 활동을 개시했다. 오십 대치고는 젊고 생기 있어 보이는 여성이다. 금발로 염색한 머리가 잘 어울린다. 옷차림에는 별로 신경 쓰지 않는 듯하면서도 맵시가 근사하다. 머리를 둥그렇게 틀어 올려 더욱 에너지가 넘치고 외향적으로 보인다. 웃음이 많은 편인데 옆 사람에게로 그 웃음을 퍼뜨리는 매력이 있다. 그녀는 루이즈를 오랜 친구처럼 대한다. 이제부터 펼쳐질 상황은 자기들이 그 실타래를 풀어가게 될 게임일 뿐이라는 말로 루이즈의 부담을 덜어주려 애쓰기도 한다. 그녀는 벌써 힐튼 콩코드 호텔 측과도 협상을 마쳤다. 그 결과 루이즈는 이번 주까지 돈 한 푼 안 들이고 그 객실에 투숙할 수 있다.

"봐보렴. 참 대단하지 않니? 그만큼 사회적으로 네 가치를 인정받고 있다는 의미야, 이건. 쿨카이하고 자라에서도 의상 협찬을 해주기로 약속했어. 이런 브랜드가 네 스타일에 잘 맞을 것 같더구나. 아마 장신구도 좀 필요할 거야. 내일 어디에서 머리를 다듬는 게 좋을지도 알아봐둘게. 그리고 마사지 받는 거, 괜찮겠지? 아니면 터키식 증기탕은? 몸이 아주 편안하게 풀릴 거야."

루이즈는 그녀가 하는 대로 놔둔다. 자기에게는 아무것도 요구하지 않지만 모든 것을 제공해준다. 말할 때는 늘 조곤조곤하게 속닥거리고 좋은 말로 사기를 북돋아주려 한다. 여러 벌의 옷을 입어보기 위해 탈의실에 들락거리는 동안 전화로 잡지사나 방송국 등과 뭔가에 관해 교섭하고 있는 알리스의 목소리가 들려온다. 슬며시 걱정이 밀려온다. 이따금은 긴급한 사안처럼 들리기도 한다.

"아무 걱정 하지 마. 내가 다 알아서 조정할 거야. 그 사람들이 널 함부로 대하지 못하도록 어디든 내가 따라다닐 테니까. 프티 볼레로를 입어봐. 그게 너한테 더 잘 어울려. 푸른색 스웨터는 입지 마. 그거 입으면 안색이 너무 핼쑥해 보이거든."

알리스는 웃음 지은 얼굴로 이리저리 팔랑팔랑 날아다닌다. 그러면 모든 일이 간단히 풀린다.

루이즈는 욕조에서 나와 두꺼운 목욕 가운을 걸친다. 그러고는 침대 위에 이중으로 놓인 쿠션에 몸을 파묻는다. 이토록 호화스러운 생활은 그녀가 알고 있는 상식선을 훨씬 뛰어넘는다. 고래잡이 캠프의 움막 같은 숙소에서는 도대체 어떻게 버텼는지 벌써 까마득하다. 사치스러운 환경에 파묻혀 있으니 진통 효과가 생겨나는 것 같기도 하다.

한 시간 후쯤에는 저녁 식사를 겸한 전략 회의가 잡혀 있다. 참석자는 루이즈, 알리스, 그리고 피에르 이브, 이렇게 셋이다. 식사는 룸서비스를 통해 올려 보내도록 이미 주문해놓았다. 식사하는 동안 루이즈는 은제 식기의 무게가 제법 나간다는 것을 처음 깨닫는다.

의류 쇼핑을 시작으로 해서 알리스는 이미지 계약 건을 성사시켰다. 루이즈는 그녀가 내미는 계약서에 서명만 하면 된다. 알리스는 투철한 사업가 기질로 무장한 여자다.

"이제 곧 성과가 하나하나씩 나타나기 시작할 거야. 내가 벌써 관계자들을 다 구워삶아놨거든. 오늘 저녁에는 텔레비전 출연 스케줄이 잡혀 있고 내일은 신문 인터뷰가 예정되어 있어. 무엇보다 『악튀』지에 실릴 여덟 페이지짜리 특집 기사가 루이즈의 주가를 엄청 폭등시키게 될 거야."

그러고는 알리스의 사정거리 안에 들어와 있는 언론사들을 어떻게 요리할지에 관하여 세세한 브리핑이 이어진다. 그녀는 자기가 계획하고 있는 이면공작이라는 게 어떤 건지 열성을 다해 설명한다. 어떤 인터뷰는 돈을 받지 않고 응해주지만 또 어떤 인터뷰에는 돈을 받기로 할지, 돈을 받는다면 금액은 얼마로 할지 등등. 우선은 업계의 관례를 기준 삼기로 한다. 해당 기자나 언론사의 사회적 지위, 게재될 지면의 분량, 그 지면에 사진이 실리느냐 아니냐, 생방이냐 녹화냐 등에 따른 차등 대응의 방침.

그러는 동안 루이즈는 안락의자의 팔걸이를 손으로 계속 문지르고 있다. 피에르 이브가 그것을 알아차린다. 순간 자기가 그르노블로 찾아갔을 때 그녀의 모친도 그랬다는 게 떠오른다. 그렇다면 이것은 가족력에 따른 틱 장애일지도 모른다. 그리고 이 가족의 틱 장애는 내면의 금기가 침해받을 때 당혹스러워진 기분이 이런 행동의 반복으로 튀어나오는 것일 수도 있다.

"루이즈, 넌 이제 공인이 된 거나 마찬가지야. 어쩌면 본의와는 상관 없는 일일지도 모르지. 하지만 기왕 이렇게 된 이상 긍정적으로 받아들이고 거기서도 챙길 만한 이점이 없을까 생각하는 게 차라리 낫지 않을까 싶어. 벌써 나도 기자 생활만 15년째로 접어들었지만 네가 겪은 일들은 정말 흔치 않거든."

루이즈는 전혀 그렇지 않다는 뜻으로 가볍게 팔을 들어 올린다.

"다시 한 번 이 말을 반복하는 수밖에. 이제는 너도 어쩔 수 없다는 말. 네가 겪은 모험의 위력은 그게 바로 세상 사람들이 저마다 거기에 자기 자신을 투영할 수도 있다는 데 있어. 우리는 누구나 다 두려워. 가진 것을 다 잃고 밑바닥으로 추락하지나 않을까, 실직의 고통에서 헤어나지 못하면 어쩌나, 마른하늘에 날벼락같이 길 가다 폭행을 당할 수도 있고 폭탄 테러의 위협에도 시달리고 있고. 아무튼 이런 두려움에 에워싸여 근근이 살아가고 있단 말이야. 그런데 너는 돌발적인 재난을 당하고도 결국 그것을 극복해내고 살아남았단 말이야. 그러니 얼마나 사람들이 그런 이야기에 목말라하겠니? 어렸을 때 네가 존경할 만하고 머릿속에서 너를 성장시켜주고 미래를 향해 힘차게 뻗어 나아가도록 북돋아준 사람이 없다고 했지? 그러니 이제는 네가 그런 역할을 좀 맡아봐. 그 많은 사람들을 실망시키지 말고!"

피에르 이브가 겨냥하고 있는 지점은 정확하다. 처음부터 그의 직관력은 비범했다. 오늘 저녁 그녀의 이성과 애타심에 호소하기로 한 것은 어떤 측면으로든 탁월한 선택이다. 그것은 정곡을 찌르는 말일 수 있다. 거기에 더해 그녀 자신의 이야기를 들먹인 것은 윤리적인 차원에서 그녀 안에 숨어 있는 일종의 영웅 심리를 부추기기 위한 책략이다.

"곧 알게 될 테지만, 그 사람들은 너한테 똑같은 질문을 할 거야. 그러니 어떻게 답하는 게 좋을지 충분히 준비해둘 필요가 있지. 잊지 말아야 할 것은 게임을 이끌어내는 주체가 루이즈, 너일 수밖에 없다는 점이야. 알리스는 도우미 역할에만 충실할 뿐 결코 너를 제치고 제멋대로 하지 못해. 나중에 우리가 책을 쓰기 위해 함께 작업하게 되면 지금보다 조금 더 심층적인 방향으로 다가가게 될 거야. 솔직히 말하면 나는 네가 겪은 일들, 너한테 일어난 일들에 개인적으로 너무나 끌리거든."

알리스는 부드럽게 피에르 이브의 팔을 잡는다. 그러고는 가볍게 웃음 지으며 이런 말을 덧붙인다.

"나는 피에르 이브 같은 부류까지 포함해서 기자란 사람들이 어떤지 속속들이 아는데, 단언코 모든 일이 다 잘 풀릴 거야."

루이즈는 순간적으로 이렇게 자기를 아껴주는 사람들에 둘러싸여 있으니 참 마음이 편하다고 느낀다. 하지만 피에르 이브가 "살아남았단 말이야." 하고 말했을 때부터 까닭 모를 부담감으로 머리가 무거워진다. 자기에게는 빚이 있다. 마음속에 몽우리져 있던 생각이 조금만 건드려도 금세 터져버릴 듯 확 부풀어 오르는 느낌이다. 문득 고등학교 때 사진 동아리에서 접한 인화 과정이 떠오른다. 처음에는 시커멓고 흐릿한 얼룩밖에 보이지 않더니 이내 윤곽이 잡혔다. 그러고는 그 윤곽의 세부는 물론 표면의 질감과 그림자까지 떠올랐다. 그리고 얼마 지나지 않아 실제만큼이나 생생한 하나의 장면이 인화지 위에 버젓이 나타나는 게 아닌가. 루이즈는 구조 선박이 내포에 나타났을 때부터 자기에게 얹혀 있는 부담의 실체가 무엇인지 이제야 알 것 같다. 뤼도비크의 부모님한테 연락을 드려야 한다.

뤼도비크의 부모님께 인사를 전해야 한다. 같이 여행을 떠났지만 자기만 살아 돌아왔으니까. 하지만 그 두 분께 연락드린다 한들 도대체 자기가 무슨 말을 할 수 있을지 그저 막막하기만 하다.

"아침 식사 룸서비스입니다, 손님!"

루이즈는 어젯밤 샴페인과 샤블리산 백포도주 두 잔을 마신 후 그 취기에 겨워 깊이 잠들어 있었다. 그러다 문을 두드리는 소리에 놀라 엉겁결에 잠결에서 빠져나온다. 한순간 지금 자기가 어디 있는지, 오늘이 며칠인지 자문해본다. 이내 정신이 돌아와서 황급히 목욕 가운을 걸쳐 입고 호텔 종업원에게 문을 열어준다.

어제만큼이나 오늘도 서비스가 지나치리만큼 번드르르하게 격식을 차린 느낌이다. 비엔나 풍의 과자들과 바삭거리는 빵, 달콤한 과일 잼들로 넘쳐나는 바구니를 앞에 두고 일단 물 한 잔으로 텁텁한 입을 헹군다. 여기에서는 아침상에조차 큼지막하게 자수가 들어간 냅킨과 온갖 식기들을 챙겨준다. 루이즈는 이제 막대한 부라는 게 뭔지 이해할 것 같다. 호화롭고 사치스럽게 산다는 것은 바로 크기와 무게, 그리고 수량의 구성비를 제대로 맞추는 일이다. 뭘 하건 간에 일단 크고 묵직하고 다량으로 세팅해야 한다는 말이다.

"손님께 각종 신문과 잡지를 넣어드리라는 주문이 있었어요. 그럼 좋은 하루 보내세요. 저희 호텔에서는 손님 같은 분을 투숙객으로 모시게 되어 대단히 자랑스럽게 생각하고 있습니다."

객실의 원형 탁자에는 종업원이 가져온 온갖 신문과 잡지들이 수북이 쌓인다. 그것들을 펼쳐들자마자 루이즈는 화들짝 놀란다. 대부분의 조간지 일면 톱기사가 그녀의 모습으로 뒤덮여 있다. 신문은 달라도 거기 실린 사진은 다 엇비슷하다. 어제 공항에 도착할 때 찍힌 사진이다. 가엾게도 사이즈가 너무 커서 헐렁한 스웨터를 입고 있는 모습이다. 오른리 공항의 내부 조명 때문에 안색은 더욱 파리하다. 홀쭉하게 팬 뺨의 윤곽이 더 두드러져 보인다. 아무렇게나 잘려 나간 앞머리가 얼굴 위로 드리워져 흉흉한 인상을 자아낸다. 얼굴에는 희미하게나마 미소가 떠올라 있는 것처럼 보이기도 한다. 그 사진보다 정작 루이즈의 마음을 흐트러뜨리는 것은 기사 제목이다. 하나같이 이런 식이다. '마침내 지옥에서 벗어나', '추위와의 사투에서 살아남아', '죽음과 대면하고 온 주인공 루이즈 플랑바르'. 조금씩 다르긴 하지만 나머지도 이런 식의 변주에 지나지 않는다. 이건 정말 너무들 하잖아! 물론 언론 특유의 허풍이 있을 거라 짐작하긴 했지만 설마 이 정도일 줄은 몰랐다. 사실관계에 부합하는 기사 두어 개만 빼면 대부분은 온통 추위와 허기, 뤼도비크의 죽음, 혼자 남은 고독 등에 대해서만 한도 끝도 없이 과장하고 있다. 인용부호가 쳐져 있는 문구들만 대충 훑어봐도 기사의 맥락 구성이 얼마나 극적인 측면을 강조하는 데만 치중하고 있는지 알 수 있다. 언론에서는 아예 작심하고 자기의 체험을 최악의 생활환경으로 굴러떨어진 끝에 무기력하게 생고생만 하다 돌아왔다는 식으로 왜곡하려나 보다. 부아가 나고 씁쓸한 기분이 든다. 인터뷰할 때 두 사람이 그 열악한 생활환경에 적응하기 위해 얼마나 분투하고 발버둥 쳤는지에 대해서도 그렇게나 많은 이야기를 쏟아냈는데 언론이 그 이야기에서 주목한 것은 고작 이게 다란 말인가.

『악튀』지에서 뽑은 기사 제목은 다른 언론과 또 다르다. 하지만 그것은 다른 각도에서 그녀의 심기를 건드린다. '세상의 끝에서 혼자 살아 돌아온 그녀.' 자기에게 무슨 혐의를 씌우고 있는 것처럼 느껴지는 제목이다. 어떻게 보면 거의 비난하는 것 같기까지 하다. 아니 그럼 자기가 살아 돌아온 게 무슨 잘못이라도 된다는 말인가?

한순간 루이즈는 혹시 피에르 이브가 자기의 숨겨진 행적에 관해 무슨 말이라도 들은 게 아닌가 하는 의구심에 사로잡힌다. 하지만 그 일에 관해서라면 아무에게도 털어놓은 기억이 없다.

겉표지를 보니 전율이 올라온다. 눈에 익은 사진이다. 뤼도비크와 자기가 미소 띤 얼굴로 서로를 감싸 안고 있다. 어깨에 둘둘 말린 로프를 매고 있는 루이즈가 뤼도비크에게 자랑스레 주먹을 흔들어 보이는 모습이다. 벌써 5년 전이다. 마치 그 자리에 있는 것처럼 지금도 기억에 선하다. 글리에르의 산봉우리 등정을 마치고 여유 있게 내려오는 길에 찍은 사진이다. 그녀가 그를 데리고 두 번째인가 세 번째로 산행에 나섰을 때다. 당시만 해도 뤼도비크는 등반을 힘들어했지만 잘 견뎌냈다. 얼굴은 시뻘겋게 달아올라 있고 버클은 흘러내린 땀으로 흠뻑 젖어 있다. 티셔츠가 몸에 철썩 달라붙어 근육질로 다져진 상반신의 윤곽이 고스란히 드러났다. 다시 봐도 참 매혹적이다. 그녀는 등정 성공을 축하해주는 척하면서 슬그머니 그의 품속으로 파고들었다. 아마 사진을 찍어준 사람은 언제나 등반에 함께 해온 샘일 거다. 사진에는 서로에게 꼭 달라붙고 싶어 안달 난 듯한 조급함이 가벼운 분위기 속에서 잘 나타나 있다. 당시만 해도 두 사람 사이에는 얼마나 뜨거운 애정과 해맑은 희망이 넘쳐났던가. 그런 그가 이제 자기 곁에 없다니,

지금도 어디선가 사진에서처럼 환히 웃고 있을 것만 같은데 더 이상 만날 수 없다는 아픔이 루이즈의 얼굴을 애잔하게 일그러뜨린다.

뤼도비크를 잃고 나서부터 루이즈에게는 당시 '40'에서 겪은 일이 생생한 기억의 한 장면으로 계속 남아 있다. 그 무렵에는 이 사내가 다시는 그립지 않을 것만 같았다. 그러기에는 너무나도 살아남는 문제가 절박했으니까. 자기 자신의 생존에만 매달릴 수밖에 없었으니까. 생존하는 일은 그녀의 모든 기력을 다 빨아들이는 것만 같았다. 그러다 보니 그게 설령 뤼도비크라 할지라도 다른 누군가에 대한 감정이나 애착을 남겨둘 여유가 없었다. 지금은 안전한 곳에 와 있다. 몸도 마음도 회복 중이다. 이 예전 사진을 오래도록 내려다보고 있으니 무서운 욕망에 몸이 떨려온다. 다시 이것들을 되찾고 싶다는 욕망. 그의 푸른 눈, 두툼한 입술, 자기를 으스러뜨리기라도 할 것처럼 억세게 끌어안던 팔, 그리고 늘 욕정에 굶주려 있는 듯한 그의 성기. 어마어마한 허기가 그녀를 휘감고는 앞가슴에서 출발하여 아랫배를 거쳐 가랑이 사이로 파고들어온다. 이제는 그래 봐야 아무 소용도 없다는 서글픔이 밀려든다. 뤼도비크를 다시 안고 싶다 해도 자기에게 남겨질 것은 그의 풍성한 육신이 아니라 유골에 지나지 않겠지. 그 지독한 쓸쓸함이 속에서 신물이 되어 올라올 지경이다. 삶의 활기가 오래전에 빠져나간 얼굴을 앞에 두고 자기가 마지막으로 뤼도비크를 떠나보내며 목 놓아 운 곳은 그 섬의 '40'이었다. 도무지 아무것도 해줄 수 없어서 철철 넘쳐흐르던 부끄러움의 눈물. 하지만 이제는 그가 곁에 없다는 게 너무나도 절절해서, 그 현실이 스스로 애달파서 눈물을 흘리며 괴로워한다.

윤기를 잃지 않도록 은박 코팅지가 입혀져 있는 찻잔 안에서는 차가 식어간다. 이 널찍한 객실 안에 서럽게 오열하는 소리가 점점 큰 소리로 울려 퍼진다. 마냥 잠들고 싶다. 어디론가 떠나 자취를 감추고 싶다.

한 시간 가까이 흐른 후 알리스가 들어온다. 그때까지도 루이즈는 여전히 목욕가운만 걸치고 있다. 알리스는 루이즈의 얼굴에 깊이 고여 있는 슬픔을 읽어낸다. 탁자 위에 어질러져 있는 신문과 잡지, 거의 입도 대지 않은 아침상도 눈에 들어온다. 알리스는 슬픔에 잠긴 어린아이를 달랠 때처럼 루이즈의 어깨를 따뜻하게 감싸 안아준다.

"힘내, 루이즈. 지금 네 마음이 어떤지 알아. 나도 동생을 잃은 경험이 있어. 스스로 목숨을 끊었거든, 3년 전에."

알리스의 얼굴에서 언제까지라도 그대로 남아 있을 것만 같던 미소가 걷혔다. 손으로 루이즈의 머릿결을 쓰다듬으며 속닥거리는 동안 목이 슬픔으로 메어오듯 말소리가 갈라졌다.

"진정으로 마음을 추스르기는 아마 영영 어려울지도 몰라.

하지만 극복해낼 수 있어. 나를 믿어, 루이즈. 앞으로 남은 삶이 너를 다시 일으켜 세울 거야. 중요한 건 계속 살아가야 한다는 거고 특히 세상과 마주해서 어떤 식으로든 움직여야 한다는 거야."

말하면 말할수록 알리스는 스스로의 감정을 다스린다. 그녀의 목소리도 원래대로 돌아온다.

"너는 네가 얼마나 강해질 수 있는지 이미 보여줬어. 그러니 이런 슬픔도 충분히 이겨낼 수 있을 거야. 자 그럼 빨리 목욕 가운 벗고 옷 챙겨 입어. 오늘은 둘 다 하루 종일 빠듯한 스케줄을 소화해야 하니까…… 모든 게 다 잘될 거야."

모든 게 다 잘될 거야. 알리스는 마법의 주문처럼 그 말을 덧붙였다.

루이즈는 그만 아픈 상념에서 헤어나 정해진 스케줄에 따라 움직여야 한다. 차가운 물로 얼굴을 씻고 뜨거운 물로 샤워를 하고 새 옷으로 갈아입고 그다음에는 밖으로 나가서 택시를 잡아타고…….

"자, 이거 받아. 너한테 주려고 휴대전화를 하나 샀거든. 언론에 번호가 유출되지 않도록 조심해. 그러지 않으면 아무 때나 걸려오는 전화에 들볶일지도 모르니까."

루이즈로서도 사회에 복귀하는 게 이렇게 힘들 줄은 미처 예상하지 못했다. 섬에 갇혀 있는 동안에는 빨리 돌아가고 싶고 잘 먹고 싶고 따뜻하게 지내고 싶고 사람들과 다시 만나고 싶다는 생각에만 사로잡혀 있었다. 살아간다는 게 원래 이만큼 복잡했나, 전에도? 그사이에 자기 머릿속에서 원래 인간들의 세상이란 게 어떤 건지 지워져 있었던 건가? 아니면 자기가 그 세상을 이상화하고 있었나? 외로워지면 과학 기지에 있을 때처럼 모든 활동을 중단하고 다시 긴 잠 속으로 빠져 들려고 할 수도 있겠지. 하지만 이제 곁에는 자기의 일거수일투족을 돌보려고 하는 알리스가 있다. 자기가 한 발짝만 뒷걸음치려 해도 그녀는 아마 가만있지 않을 거다. 하지만 그녀가 싫지 않다. 오히려 방금 전 알리스에게서 자기 못지않은 상처를 엿보고 나니 그녀를 실망시키고 싶지 않다는 마음이 더욱 강해진다. 그러기는커녕 그녀를 기쁘게 해주고 싶을 뿐이다. 루이즈는 이 활달하고 모성이 풍부한 여성의 손길에 계속 자기를 내맡겨두기로 한다. 알리스가 이끄는 대로 따라가고 그녀가 다독이는 대로 마음을 추스르다 보면 어느새 적응할 수 있다는 자신감이 생길 것만 같다.

시간이 쏜살같이 지나간다. 열렬한 박수갈채 속에 오를리 공항에 도착한 지도 벌써 3주나 지났다. 루이즈가 느끼기에는 그 후로도 계속 자기를 향한 박수갈채가 멎지 않는 것 같다. 알리스는 여전히 "아무 걱정하지 마. 아무 걱정하지 않아도 돼."라는 말을 반복하며 곁에 있다.

루이즈와 알리스는 취재와 출연 요청에 응하느라 계속 바쁜 나날을 보낸다. 신문 기자들과 인터뷰할 때만 호텔 로비를 이용하고 나머지 시간 동안에는 텔레비전과 라디오 등 방송사의 스튜디오를 누비고 다닌다. 두 여자는 주네브와 브뤼셀에도 진출했다. 처음에 루이즈는 사람들이 그녀를 놔주지 않는 이상 이리저리 끌려다닐 수밖에 없다는 심정으로 출연 요청에 응하곤 했다. 그런데 이제는 솔직히 말해 이 상황을 은근히 즐기고 있다. 특히 텔레비전에 출연할 때가 즐겁다. 기껏 한 시간 안팎의 결과물을 얻어내겠다고 이렇게 많은 사람들이 매달려 있다니! 하지만 지금은 모든 사람과 친숙해졌다. 자기를 대하는 태도도 호의적이다. 그러다 보니 친근하게 이름으로만 자기를 부른다. 분장사들의 세심한 손길에 얼굴을 내맡기고 있는 시간도 쾌적하다. 파운데이션조차 거의 하고 다니지 않는 그녀로서는 자기 얼굴이 다른 사람의 손길에 따라 화려한 모습으로 다시 꾸며지는 게 마냥 즐겁기만 하다. 분장사 아가씨들은 색조화장에 필요한 각종 튜브와 아이라이너의 꾸러미를 뒤적거려가며 마치 자기 얼굴을 화폭이라 여기는 것처럼 섬세하게 붓질을 하고 매만져준다. 그러면서 늘 루이즈의 의지력에 경탄했다는 말을 하거나 사인을 요청한다. 이제는 누가 사인 요청을 해와도 예전처럼 당황하지 않고 자연스럽게 대한다. 문 앞에 그녀의 이름이 붙어 있는 분장실로 들어간다. 과자와 사탕이 듬뿍 담겨 있는 바구니가 보인다. 루이즈는 아직도 굶주리고 있는 사람처럼 그것들을 허겁지겁 까먹는다. 그러고는 웃으면서 알리스에게 이런 말을 던진다. 연기자가 되면 참 좋겠다고, 자기도 한번 해보고 싶다고. 그러자 이번에는 알리스가 웃음을 터뜨린다. 하지만 늘 그렇듯이 이내 진지한 기색을 되찾는다.

"모든 걸 다 떠나서 그러는 게 너한테 맞는다 싶으면 그것도 좋은 도전이 될 수 있을 거야. 알고 지내는 감독들 두세 명한테 내가 말해볼게. 한번 도전해볼 기회를 달라고 말이야."

알리스는 정말이지 최고다. 말만 하면 안 되는 게 없다.

루이즈는 방송국 스튜디오 뒤쪽의 넓고 어두운 공간이 가장 마음에 든다. 거기서 일하는 사람들도 좋고. 그들은 각자의 마이크에 대고 혼자 열심히 떠드는 사람들 같다. 그녀가 보기에 이것은 정밀하게 짜여 돌아가는 발레나 마찬가지다. 각자가 자기 자리에서 자잘해 보이는 일들에 열심히 매달려 있다 보면 어느새 퍼즐이 완성되는 셈이다. 루이즈는 이런 사람들에 둘러싸여 세트 뒤편에서 대기하고 있는 순간이 참 좋다.

느닷없이 사람들이 그녀를 환한 조명 속으로 밀어낸다.

"이제 루이즈 씨 순서예요."

그녀가 등장하자 또다시 박수갈채가 터져 나온다. 그러고는 예상된 질문들이 이어진다. 그러면 그녀는 대답한다. 질문과 답변이 늘 똑같다. 루이즈는 그사이 몇 가지 일화들을 더 끼워 넣기도 하고 사람들에게 했을 때 효과가 있을 법한 교훈담을 추가하기도 했다. 루이즈가 방송에 나와 한 말이 사람들 사이에서 또 다른 화젯거리로 다시 얘기되는 과정이 반복되더니 그녀의 모험담은 이제 전설이 되기에 이른다. 루이즈는 어린 시절 혼자만의 공상적인 이야기를 열심히 첨삭하던 시절처럼 방송에 나가서 할 이야기의 세부를 고치고 다듬는다. 처음에는 되도록 친절하게 이야기를 풀어갈 요량으로 기억의 영사기를 천천히 되감아보다 필요한 장면이 있다 싶으면 꺼내 쓰자는 선에서 만족했다. 하지만 점점 자기 이야기에서 어떤 게 실제로 있었던 일이고 어떤 게 스스로 지어낸 허구인지 분간하기가 어려워진다. 루이즈의 이야기에서 새빨간 거짓말은 없다. 그저 약간의 미화와 생략이 있을 뿐이다. 알리스의 말이 옳았다. 중요한 것은 이야기가 '예뻐야' 한다는 점이다. 뭐가 맞고 뭐가 틀린지 아무도 그 진위 여부를 검증해낼 수 없다. 그녀가 겪은 일들 중 어떤 상황에는 너무 많은 해명이 필요해질지도 모른다. 가령, 크루즈 선이 왔을 때 뤼도비크와 루이즈가 서로 치고받는 대목을 놓고는 도대체 어떻게 이야기해야 할까? 그 역겨운 펭귄 스튜를 한술 더 떠먹겠다고 상대방에게 이따금 살의까지 품었다는 대목에 대해서는 이런저런 설명이 다 무슨 소용일까? 그녀가 곧 되돌아오겠다며 과학기지로 떠나는 대목에는 누가 흥미를 보일까? 이 거대한 놀음판의 소용돌이 속에서 이런 대목들은 죄다 아무 쓸모도 없다. 쓸모 있는 것은 다소 무의미해 보이더라도 사람들을 안심시킬 수 있는 미담뿐이다.

대중매체에 모습을 나타내기 시작한 첫날 밤 루이즈는 몸이 많이 피곤한데도 잠을 이루지 못한다. 불을 끄자마자 몰려드는 실내의 어둠과 정적이 그녀를 괴롭힌다. 아니, 실은 그렇지 않다. 그녀를 잠 못 이루게 하는 것은 그게 아니다. 알리스가 자기 손에 쥐어준 휴대전화 때문이다. 휴대전화가 주어지면서부터 더 이상은 뤼도비크의 부모에게 연락할 수 없는 핑계가 사라진 셈이다. 루이즈로서는 오를리 공항에서 그들과 마주치지 않은 게 차라리 다행스러웠다. 직접 찾아뵐 수 없다 하더라도 최소한 전화는 드려야 한다. 전화 통화만으로도 충분한 인사가 될 수 있기를 바라면서.

실은 자기도 왜 뤼도비크의 부모에게 이토록 거북스런 감정이 드는지 납득할 수가 없었다. 그분들은 언제나 자기를 따뜻하게 맞아주셨다. 하지만 그 따뜻한 태도의 밑바닥에는 자신들의 아들내미가 훨씬 낫다는 우월감의 여유 같은 게 깔려 있는 것처럼 여겨졌다. 시간이 지날수록 더 따뜻해졌다고는 해도 자기를 뤼도비크의 친구 이상으로는 대하지는 않는 것 같다는 기분이 들기도 했다. 그녀를 만나기 이전에 뤼도비크에게는 샤를로트도 있었고 파니도 있었고 상드린도 있었다. 그 밖에 누가 더 있었는지는 알 수 없다. 자기 이후로도 그 명단에는 또 다른 이름들이 하나씩 추가될 게 빤하다. 그러고 보니 뤼도비크의 부모는 대화 도중 이름이 헷갈리는지 잠시 머뭇거리더니 다른 여자아이의 이름으로 자기를 부르는 일도 잦았다.

솔직히 말해서 루이즈는 질투하고 있었다. 하지만 아무에게도 그렇다는 것을 털어놓을 수 없었다. 그래, 실은 뤼도비크의 부모가 이렇게 교양 넘치고 세련된 사람들이라는 데 심한 질투가 느껴졌다. 양가 부모를 모시고 함께 식사를 한 적이 있다. 그때 루이즈는 속이 많이 쓰렸다. 그날 그녀의 엄마는 1980년대에나 유행했을 법한 원피스를 입고 나왔다. 아빠는 촌스럽게도 넥타이를 맨 정장 차림이었다. 반면, 핑크빛 재킷 밑으로 티셔츠를 받쳐 입은 뤼도비크의 모친 엘렌은 그야말로 시크했다. 검은색 스판 바지도 그 심플한 옷차림에 쿨한 멋을 더해주는 것 같았다. 뤼도비크의 부친 제프는 아무려면 어떠냐는 듯이 '에덴 파크'라는 로고가 새겨진 럭비 유니폼을 입고 나타났다. 팔이 안으로 기우는 본능에 따라 루이즈는 이런 자리에 저런 옷차림을 하고 나타나다니 하고 뤼도비크의 부모를 보고 속으로 혀를 끌끌거렸다. 하지만 본심은 그토록 차이 나는 패션 감각을 그런 식으로 대놓고 과시할 필요가 있느냐는 질시에 가까웠다.

루이즈는 다시 한 번 이 자리에서 집안의 '꼬맹이' 역할에 충실하기로 마음먹었다. 하지만 이번에는 방향이 달랐다. 그것은 뤼도비크의 부친에게 어필하기 위한 수작이었다. 보세요, 아드님의 여자 친구이자 약혼녀라고는 해도 아직 배워야 할 게 너무나 많은 '꼬맹이'에 불과하답니다. 저는 칵테일을 만들 줄도 모르고요 요트도 조종해본 적이 없거든요. 그러니 앞으로 많이 가르쳐주세요. 그런 쪽으로 머리를 굴리고 있는 자신이 스스로 돌아봐도 너무 비굴하게 여겨졌다. 마치 상대가 자기를 그렇게 이끄는 것만 같았다. 하지만 자기 가족을 대하는 그들의 태도에는 아무런 문제도 없었다. 뤼도비크의 부모는 시종일관 예의 바르고 정중하기만 했다. 정작 그들에게는 아들내미의 여자가 루이즈든 아니든 별 상관이 없어 보이기까지 했다.

두 사람이 장기간 배로 떠났다 돌아오겠다는 결심을 전했을 때 뤼도비크의 부모는 잘 생각했다며 박수를 보냈다.

"정말 멋진 계획이다. 아무렴, 그런 여행이라면 한창 젊을 때 해야지 언제 해보겠니. 어쩌면 우리도 여행을 떠날지 모르는데 나중에 남아프리카쯤에서 넷이 다시 보면 더 즐겁겠구나. 거기는 아주 멋진 곳이지. 크루거 국립공원에서 한동안 머물던 추억이 아직도 생생하단다."

뤼도비크만큼이나 그들에게도 삶을 살아간다는 일은 하나의 축제나 다름없어 보였다. 물론 루이즈의 부모는 크루거 같은 곳으로 휴가 여행을 다녀올 사람들이 아니었다.

지난 번 자기 가족들과의 점심 식사 자리를 통해 루이즈는 두 사람의 실종 문제에 대해 발 벗고 나선 쪽도 뤼도비크의 부모였다는 사실을 처음 알았다. 두 사람은 여행을 떠난 후 일주일에 한 번씩 한두 통 이상의 메일을 꼬박꼬박 가족들과 주고받았다. 그런데 뤼도비크의 부모가 두 사람에게서 더 이상 답신이 오지 않는 것을 이상하게 여기고 각계각층에 이 사실을 알렸다. 경찰, 외무성, 해양구조국, 아르헨티나 · 칠레 · 남아프리카 등을 비롯한 영사관, 요트 관련 전문지, 여행 전문 사이트 등등. 그러고는 사람들이 자주 요트 여행지로 택하는 지역에 혹시 두 사람의 배가 지나가지나 않았는지 알아보았다. 그들을 찾아달라는 탄원서도 곳곳에 보냈다. 그러다 연줄을 통하여 난바다의 해류나 기후에 정통하다는 로이터 통신의 기상전문가 한 사람과 연락이 닿았다. 그는 여섯 달 전쯤 우수아이아와 혼 곶 사이로 폭풍우가 밀어닥친 적이 있다는 조사 결과를 알려주었다. 하지만 그 이외에 다른 소득이 없었다. 그들의 외아들은 어디론가 감쪽같이 증발하고 만 것 같았다.

그들 부부는 아들의 실종 문제와 생사 확인에만 매달렸다. 다른 데 신경 쓸 경황이 없었다. 거실의 테이블에는 사교 파티의 각종 칵테일 대신 아들의 실종과 관련된 조사 자료들만 수북이 쌓였다. 작전 회의가 열린 합동참모본부의 탁상을 방불케 할 지경이었다. 루이즈의 모친이 말하기를 뤼도비크의 모친은 이때부터 알코올에 손을 대기 시작한 것 같다고 했다. 아무튼 그녀는 그사이 혹시 무슨 기별이라도 있었나 싶어 며칠에 한 번씩 루이즈의 집에 전화를 걸었다.

루이즈는 이제 이 모든 사정을 알고 있다. 그러면서도 하루 종일 알리스와 붙어 지내면서 되도록 누군가에게 전화할 만한 여유를 없애고자 했다. 차라리 누구와도 통화할 수 없다는 핑곗거리를 찾느라 애썼다고 하는 말이 더 정확할지도 모른다. 너무 시끄러워서, 좀처럼 시간이 나지 않아서, 택시 운전사가 통화 내용을 엿듣는 게 싫어서, 저녁 약속에 맞춰 옷을 갈아입느라 시간이 빠듯해서, 아무튼 그러다 보니 이제는 전화하기가 너무 늦은 것 같아서. 이제는 아예 잠도 못 이루고 피가 바싹바싹 마를 지경이다. 이러다간 안 되겠다. 내일 날이 밝는 대로 전화하는 거야. 이제 더 이상은 미룰 수 없어. 그녀에게는 이 일이 토요일에 학교가 파하자마자 집으로 달려와서 해치우는 게 훨씬 좋았을 숙제처럼 여겨진다. 숙제를 미루다 보면 그 부담감에 즐거워야 할 주말이 피곤해지기 일쑤였지. 그런 부담을 끝장내기 위해서라도 뤼도비크의 부모와 한번은 터놓고 이야기 나눠야 한다.

벨이 울리지마자 전화를 받은 사람은 뤼도비크의 모친이다. 루이즈가 기억하는 목소리보다 훨씬 억세고 메마른 탁성이다.

"저, 루이즈예요."

"오, 우리 루이즈구나. 그래, 무사히 돌아왔다는 거 알고 있었어요."

'우리 루이즈구나'라고 해놓고 바로 존댓말로 물러서다니. 어쩐지 시작이 잘못된 것 같다. 하지만 지금은 그런 걸 문제 삼을 계제가 아니다. 루이즈는 모친의 마음을 애써 헤아려본다. 이 여인은 금쪽같은 외아들을 잃었다. 이런 상황에서는 아무도 평소대로 누군가를 대할 수 없다. 무너져 내린 마음이 언제까지라도 다시 회복될 수 없을 테니까.

"연락이 늦어서 죄송해요, 어머니. 열흘 전쯤부터 모든 게 너무 급작스럽게 변해서 정신이 하나도 없었어요. 하지만 저는 두 분 생각밖에 안 했어요."

그래, 그건 사실이다. 어딜 가든 뤼도비크의 부모에 대한 생각이 자기를 쫓아다닌다. 누구에게도 털어놓지 못한 가책으로 마음이 욱신거린다. 루이즈는 밤새도록 잠자리에서 뒤척이며 고민하고 또 고민했다. 그녀에게 사실대로 털어놓아야 하나, 말아야 하나?

"루이즈, 모든 걸 사실대로 나한테 말해줘. 내 이렇게 부탁할게, 응? 곧 있을 뤼도비크의 장례식 때 서로 얼굴을 보긴 하겠지만 나는 지금 당장 모든 걸 알고 싶어."

장례식이라니! 물론 포클랜드에 있을 때 사람들이 사체 수습이 끝났으며 조만간 본국으로 송환할 예정이라는 말을 자기에게 하긴 했다. 루이즈로서는 그에 관해 아무 생각도 떠올리고 싶지 않았다. 뤼도비크의 사체…… 쥐 떼…… 생각만 해도 새파랗게 질려 속에서 욕지기가 올라왔다. 루이즈가 웅얼거리는 듯 입을 연다.

"곧 송환되려나 보군요?"

"그런가 봐. 하지만 아직 언제일지는 몰라. 절차가 꽤나 복잡한가 봐. 그래도 그렇게 해주겠다네. 그럼 됐지, 뭐."

그녀의 목소리에는 비감한 체념의 그림자가 스며 있다.

루이즈는 있었던 일을 꺼내놓는다. 조난 사고와 이후 살아남기 위한 사투에 대하여. 하지만 많은 대목을 사실대로 털어놓지 않고 건너뛴다. 특히 과학 기지로 넘어가게 된 배경에 관하여. 지금 진실을 밝힌다 한들 그런다고 해서 뤼도비크가 되살아나는 것도 아닐 테니까. 만약 사실대로 털어놓으면 뤼도비크의 모친은 그가 다른 길을 택할 수도 있었다는 아쉬움에 오히려 더 절망할지도 모른다. 루이즈가 떠나기로 결심한 날 밤 뤼도비크는 이미 죽은 거나 마찬가지였다. 망가진 정신은 전혀 가망이 없어 보였다. 그녀는 이 사실을 분명히 알고 있었다. 하지만 그것은 이 가엾은 모친에게 차마 들려줄 수 없는 말이다.

이야기의 갈피마다 서로 울먹이느라 잠깐잠깐씩 말문이 막히긴 하지만 그래도 통화는 45분이나 이어진다. 두 사람은 뤼도비크의 죽음이 너무나도 비통해서, 그가 겪었을 고통이 안쓰러워서, 아무 죄도 없는 한목숨이 덧없이 사라져간 게 참담해서 통화하는 동안 울고 또 운다.

루이즈는 장례 일정이 잡히는 대로 즉시 자기에게 알려 달라고 하고 통화를 마친다.

하지만 세상과 마음은 통화 전이나 그대로다. 그녀는 결국 아무런 짐도 내려놓지 못한 셈이다.

한동안 잃어버린 일상을 복구하는 일에 내내 매달려 지낸다. 예전과 같은 일상생활로 돌아가려면 처리해야 할 일들이 이토록 잡다하다는 것을 이번에야 처음 알았다. 루이즈는 간단한 세면백 말고는 아무것도 없이 포클랜드에서 귀국길에 올랐다. 그러니 우선 신분증부터 갱신해야 한다. 은행계좌도 다시 열어야 한다. 컴퓨터도 새로 장만해야 하고 자기 명의로 된 전화도 하나 개통해야 한다. 또한 보험금 지급을 거부하고 있는 선박 보험사와의 보상 문제도 매듭지어야 한다. 보험사 측에서는 두 사람이 출입금지구역으로 들어가려다 조난당했다는 사실을 트집 잡아 보험금을 내줄 수 없다는 입장이다. 그 문제로 루이즈는 여러 행정관청을 돌아다닌다. 갑자기 생긴 사회적 명성이 공무원과 은행가들의 환심을 사는 데 유리하게 작용한다. 자기 아파트를 임대한 친구들이 당장이라도 집을 비워줄 테니 거기 와서 살라고 제의했다. 하지만 루이즈는 거절했다. 행복했던 한 시절을 보낸 곳으로 돌아가면 애달픈 추억들만 떠올라 괴로울 것 같아서다. 힐튼에서 한 주를 보낸 후 그녀가 옮겨간 곳은 몽루주의 소박한 호텔이다. 다시 아파트를 구해 혼자 자취하던 시절처럼 살아갈지 어떻게 할지는 아직 결정하지 못했다.

파리 15구 세무서에서는 거의 장관급 영접을 받았다. 여성 세무서장은 따뜻한 말로 맞아주었고 동료들도 열렬히 환대하며 그녀에게 '파리 귀환 축하 기념품'이라는 선물 꾸러미를 전달했다. 손가방, 모자, 장갑, 우산 등. 안식년이 끝나고도 오랫동안 직장에 복귀하지 않았으므로 루이즈는 인사 행정상의 규약에 따라 해직 당한 상태다. 하지만 윗선에서 루이즈의 경우에 대해 예외 규정의 적용 여부를 놓고 논의가 진행 중이며 곧 그 결과가 나올 거라고 했다. 루이즈로서는 좋은 쪽으로 결정나기를 바라야 하는지, 그리고 아파트 문제나 마찬가지로 예전 직장으로 자기가 꼭 복직해야만 하는지 아무 확신도 서지 않는다. 저녁에 세무서 건물을 나서는 동안 착잡한 상념의 갈래들이 루이즈를 또 어지럽힌다. 이제 다시는 예전의 그 '40'을 되찾지 못하리라는 생각, 이제는 열쇠로 잠금장치를 여느라 달그락거리며 뤼도비크가 언제쯤 집에 올지 기다리는 기쁨을 누리지 못하리라는 생각, 이제는 핸드백을 챙겨들고 함께 외식 나가는 순간의 즐거움을 누구와도 공유하지 못하리라는 생각 등등. 이런 상념의 갈래들이 그녀의 마음을 또다시 황량한 상실감으로 뒤덮는다. 힐튼에서의 첫날 아침에도 이런 상실감을 견딜 수 없어 울부짖고 말았는데. 앞으로도 이런 상실감은 주기적으로 솟아올라 자기를 뒤흔들어놓을 것만 같다.

이즈음 썩 유쾌하지 못한 에피소드 한 가지는 15구 경찰서에서 소환 조사를 받은 일이었다.

"죄송합니다. 증언을 받아야 할 일이 생겼어요. 아시는지 모르겠지만 이 근방에서 살인 사건이 발생했거든요."

경찰사로 넘어온 사건들 중 태반이 조서를 꾸미거나 증인 심문을 듣는 선에서 마무리되고 만다는 말은 사실이었다. 그만큼 사건 수사가 엉성하고 지리멸렬해 보였다. 수사반장이라는 사람은 자기가 혼자 북 치고 장구 치듯 질문해놓고 뭐라고 답할지를 증인에게 넌지시 일러주는 식으로 아무렇게나 조서를 작성했다. 그러고는 세 마디가 끝날 때마다 커피나 한 잔 하자고 했다. 루이즈는 도대체 자기가 서명한 문건에 무슨 내용이 적혀 있는지도 알 수 없었다. 그러니 공술을 받는다는 게 다 무슨 소용이람. 조사받고 나오면서 그녀는 자기 공술서를 깨끗이 찢어발겼다.

알리스와 방송가를 누비고 다니지 않을 때는 피에르 이브와 함께 시간을 보낸다. 두 사람은 호텔방에 틀어박혀 있다. 커피와 생수도 룸서비스로 객실에서 직접 받아 마신다. 객실의 너비는 물론 힐튼 호텔보다 훨씬 좁다. 루이즈는 침대 위에 놓인 베개에 비스듬히 기대고 앉아 그녀가 가장 즐겨 취하는 자세를 유지한다. 그 자세란 잔뜩 구부린 무릎을 두 팔로 감싸 안은 모습이다. 피에르 이브는 그녀와 마주보도록 객실 내에 단 하나밖에 없는 의자를 돌려놓고 앉아 괘선이 그어진 공책에 뭔가를 열심히 휘갈겨 적는다. 하지만 여기서 진짜 작업 도구는 그가 아주 오래전부터 소지하고 다닌 녹음기다. 출판사 측과는 좋은 조건으로 계약을 마쳤다. 덕분에 녹음 내용을 정리해줄 아르바이트 여학생도 한 명 고용할 수 있는 여유가 생겼다. 피에르 이브는 루이즈가 말하는 동안 떠오르는 아이디어만 옮겨 적는다. 다시 확인해봐야 할 질문거리들, 찾아봐야 할 참고자료나 삽화들, 접촉해야 할 인물들, 그리고 무엇보다 책의 얼개나 주제에 대한 구상 등등. 피에르 이브에게는 이번 작업으로 단순한 모험담 이상의 심도 있는 역저를 내놓겠다는 욕심이 있기 때문이다. 그가 보기에 처음부터 루이즈와 뤼도비크의 이야기는 각각의 독자에게 상당한 반향을 불러올 수 있는 제재로 여겨졌다. 그것은 고도로 정밀해지긴 했지만 여전히 사회구성원 모두가 계층 하락과 빈곤의 위협에 시달리고 있는 우리 사회의 거울로 제시될 수 있는 이야깃거리다. 그뿐 아니라 여전히 찬반양론이 뜨겁긴 하지만 요사이 다시 대두되고 있는 자연 회귀 사상과 맞닿을지도 모른다. 그의 공책 첫 장에는 아래와 같은 아이디어들이 적혀 있다.

—문득, 혼자 있는 것처럼 느껴지다.
—모든 것을 다 갖춘 사회에서 아무것도 없는 무인도로 넘어가다.
—글로벌 커뮤니케이션 시대에 어디선가 고립되다.
—야생의 적대적인 생존 환경과 마주하다.
—문명 이전 시대를 산 인류의 동물적인 직감과 행동을 다시 익히다.

그들의 의도대로 책을 써내고자 할 때 피에르 이브가 보기에는 대충 그런 지점들이 문제가 될 수도 있겠다는 생각이 들었다. 두 사람은 루이즈의 유년기와 형성 과정, 그리고 그녀가 자라는 동안 유지해온 정신적 지향점 등에 상당한 비중을 할애했다. 이어서는 그토록 장기간의 여행을 떠나기로 한 이유와 준비 과정, 전개 방식 등으로 넘어갔다. 이 모든 이야깃거리들이 책에 제대로 반영될지 어떨지는 아직 알 수 없다. 하지만 피에르 이브로서는 루이즈와 뤼도비크에게 흠뻑 빠져들기 위해서라도 이런 순서를 밟아나가는 게 온당하다는 생각이 든다.

오히려 이것만으로는 부족하다. 그는 섬에 버려진 두 사람 사이의 관계에 좀 더 긴밀히 파고들었으면 싶다. 조난에 관한 참고자료들을 재빨리 훑어보고 나니 그런 식의 도박을 결정한다는 게 얼마나 여행을 함께하고 있는 사람들의 마음 자세나 위계질서 또는 결속 여하에 따라 좌우되는지 이해할 수 있을 듯했다. 도대체 어떤 과정 속에서 심적으로 뒤틀린 모험의 주인공들은 일체의 사회적 기준에 아랑곳하지 않고 자기 안의 악마나 천사와 대면하게 되는가? 피에르 이브가 루이즈와 함께 탐구해보고자 하는 것도 이런 제재이다.

궁극적으로 피에르 이브로 하여금 이 작업에 뛰어들도록 한 것은 두 사람이 여러 면에서 공유했을 꿈이다. 다양한 부담과 압박으로 사람을 벼랑 끝까지 내모는 이 사회와 대기오염에 찌든 대도시의 생활환경에서 벗어나 광활한 공간에서 마음껏 자유를 누려보고자, 그리하여 자연의 삶과 참된 인간관계를 회복하고자 한 그 꿈 말이다. 그런데 그런 꿈속에서 찾아간 유토피아가 그들 눈앞에서 악몽 같은 지옥으로 변하고 말았다. 피에르 이브는 알아내고 싶다. 두 사람의 잘못인가? 그들이 뭔가 결정적인 실수를 범한 건가, 아니면 자기들의 벌거벗은 모습을 보아야만 하는 불운에 휘말린 건가? 그들이 살아왔던 풍요로운 사회는 자연에 대한 최소한의 대처 능력조차 두 사람에게서 앗아간 것인가?

한순간 자기도 이들처럼 그저 시험 삼아 외딴섬에서 얼마간 지내보면 어떨까 하는 생각이 들기도 한다. 하지만 그 충격과 외상에서 아직도 헤어나지 못하고 있는 한 여자가 바로 앞에 있다. 그런데도 시험 삼아 외딴섬에 가보겠다니, 그녀는 처연한 표정만으로도 꿈도 꾸지 말아야 할 짓이라며 자기를 만류하는 것 같다.

루이즈가 보기에 자기가 겪은 일들을 차근차근 털어놓는 것은 하나의 정신요법으로 유효할 수도 있겠다는 생각이 든다. 그녀는 태어나서 처음으로 수동적인 주변인이 아니라 게임을 이끌어가는 주체로 우뚝 섰다. 지금까지는 오직 뤼도비크만이 자기에게 진정으로 깊은 관심이 담긴 눈길을 보냈을 뿐이다. 방송 활동과 언론과의 접촉을 거치는 동안 자기에게 긍정적으로 쏠린 눈길이 많아진 것은 사실이지만 그것은 어디까지나 피상적인 관심에 지나지 않는다. 그런데 마치 심리치료를 받듯 이 좁은 호텔방에 엄격하게 갇혀 피에르 이브와 마주하고 있으니 어쩐지 자기가 진정으로 존재하고 있다는 실감이 난다. 지금까지 살아온 시간이 펼쳐진다. 이제부터 펼쳐질 삶도 내다보인다. 거기서 그녀가 찾아내는 것은 그 여행과 시련을 의미하는 것이 아니다. 그저 순차적으로 벌어진 여러 사태들을 조화롭게 갈무리하여 퍼즐 조각이 완성되도록 끼워 맞출 수 있다면 그것으로 족하다.

사소한 기미도 흘려 넘기지 않도록 촉각을 곤두세운 피에르 이브는 어떤 대목으로 넘어갈 때 루이즈의 목소리가 달라지는지에 주의한다. 어니스트 섀클턴 호에 있는 동안 처음 전화 통화를 했을 때도 그녀에게서는 이미 그런 기미가 포착된 적이 있다. 몇 가지 민감해하는 대목들이 있는 것 같긴 하다. 일단은 나중에 되짚어보기로 하고 넘어간다. 그녀를 거칠게 다루고 싶지 않으니까, 그녀의 상처가 덧나지 않기를 바라니까. 루이즈는 다른 것을 다 떠나 연인을 잃은 기억만으로도 견뎌내기가 버거운 사람이다.

어쩔 때는 자조적으로, 이러다 그녀와 사랑에 빠질지도 모르겠다는 생각을 한 적이 있다. 그녀가 침대에 쭈그리고 앉아 있을 때면 그 애처로운 모습에 마음이 뒤흔들리기도 한다. 영롱한 에메랄드빛 눈망울은 그렇게 흔들리는 마음이 달아오르도록 부추기기에 충분할 만큼 곱고 예쁘다. 또한 검은 머리카락과 대비되는 우윳빛 살결은 11월의 햇살 아래서 더욱 매혹적으로 빛난다. 하지만 아니다. 자기가 루이즈를 대하는 감정은 이성으로 끌리는 쪽이라기보다 차라리 큰오빠로서의 애틋함에 가깝다. 루이즈를 품에 감싸 안고 싶다는 충동이 느껴진다면 그것은 애욕 때문이 아니라 뤼도비크가 사라진 상실감에서 헤어날 수 있도록 그녀를 다독이기 위해서이다. 또한 최고의 방송용 화젯거리로 실컷 소비하다 사람들이 시들해할 때쯤 함부로 내칠지도 모를 이 험한 세상에서 그녀를 지켜주고 싶기 때문이다. 화가가 그림을 완성해가는 동안 상대의 모든 것을 미화하다 보면 결국 자기 모델과 사랑에 빠질 수도 있는 일이긴 하다. 하지만 그러기에 자기는 그렇게까지 낭만적인 사람이 아니다. 지금으로서는 그녀를 낱낱이 해부하는 것은 물론, 섬에서 맞이한 여덟 달 동안의 극한상황에 현미경을 들이대는 일이 우선이다. 그리하여 거기서 몇 가지 치명적인 진실을 끄집어내고 싶을 뿐이다.

루이즈의 입장에서 크루즈 선이 내포를 지나갈 때 그와 벌인 몸싸움과 자잘한 갈등이나 대립 등에 대하여 털어놓는 것은 그다지 힘들지 않았다. 공통된 감정과 서로에 대한 의무감, 공모의식 등에 관해서도 균형 있게 늘어놓았다. 두 사람은 어쨌든 일반적인 커플의 관계를 유지한 셈이었다. 상황 때문에 다소 악화된 건 사실이었지만 흔히 커플들이 그러하듯 좋을 때와 나쁠 때를 한 번씩 번갈아 오가며. 그녀가 여전히 암시조차 할 수 없는 단 하나의 대목은 처음으로 과학 기지를 향해 떠났다 돌아온 순간이다. 뤼도비크가 죽고 나서 떠났다는 말을 하는 동안 루이즈는 두 손을 예사롭지 않게 배배 꼬았다. 그 모습을 보면서 피에르 이브는 그 상황의 전후에 뭔가 심상치 않은 우여곡절이 숨어 있으리라는 것을 감지해냈다. 그리하여 연인의 죽음으로 마음의 고통이 극에 달한 그 순간, 자기라면 어떻게 했을지 그 입장에 스스로를 이입해보았다. 정황상 모든 게 수긍할 만하다. 동반자를 여의고도 '40'에 계속 남아 있다는 것은 도무지 있을 법하지 않은 일이다. 그녀는 죽을 수 있다는 각오로 모험에 나선다. 그러다 우연히 과학 기지와 마주친다. 그런데도 어째서 자기는 공책에 이 대목을 재언급할 필요가 있다고 적어놓았을까?

루이즈도 자기가 왜 이 대목에 관해 침묵을 고집하는지 납득할 수 없다. 전적으로 신뢰하고 있는 이 사내에게도 그 이유를 납득시킬 수 없을 거라는 생각이 든다. 그 순간을 떠올리기만 해도 원초적인 부끄러움이 자기를 짓눌러온다. 그러다 보니 뇌 활동이 마비될 지경이다. 실은 자기가 사랑하는 사람을 배신했다고, 어떤 일이 있어도 정의롭게 살겠다는 어렸을 때의 꿈과 인간적인 도리마저도 저버렸다고 사실대로 털어놓는 게 옳겠지. 이 순간을 건너뛰고 자기가 겪은 극한상황에 대해서만 늘어놓으면 늘어놓을수록 그 일은 더욱 밝힐 수 없는 심연으로 굳어져갈 뿐이다. 실은 지금 그 비밀을 밝혔을 때 몰려올 후폭풍이 두렵다. 프랑스에 귀환한 이후부터 자기는 불굴의 의지력으로 극한상황을 이겨냈다는 세간의 평가와 관심 속에서 살고 있다. 그 평가와 관심을 원동력 삼아 새로운 삶의 전선에 뛰어들려는 참이다. 의지의 프랑스인이라는 상징이 자기를 먹여 살리고 있다 해도 과언이 아니다. 대중 사이에 여주인공으로 떠오른 사람에게는 여러 가지 가능성의 문이 열린다. 하지만 여주인공은 잘못을 저지를 수 없는 인간이다. 그런 여자는 완벽할 정도로 정결해야 하고 누구에게라도 지적당할 만한 흠결이 없어야 한다. 그런데 이 괄호 쳐진 상황으로 되돌아오는 일은 짧은 시간 동안 자기가 얻어낸 모든 것을 뒤흔들어놓으며 사람들에게 의혹의 씨앗을 뿌릴 게 빤하다.

이따금 잘려나간 현실의 일부 조각을 추정해서 들이대는 물음에 루이즈는 도리질 치며 당혹감을 감추지 못한다. 실제로는 어떤 일이 벌어졌었나? '40'으로 돌아오기 전 그녀는 왜 그토록 오랫동안 과학 기지에 머물러 있었나? 시간 개념이 없었다손 쳐도 뤼도비크의 시신을 수습할 때 다리밖에 남아 있지 않았다는 초병들의 증언에서도 알 수 있듯이 망자를 그토록 오랫동안 방치한 것은 무책임한 처신이 아니었을까? 과연 이 부분에 그녀의 잘못이 없다고 할 수 있을까?

작업 진도를 상당히 뺐다고 여겨질 때면 두 사람은 맥주라도 한잔 하면서 잠시 숨을 돌리러 나가기도 한다. 커피메이커 돌아가는 소리와 찻잔 놓는 소리가 그윽한 실내 공간, 도시 경관이 흐릿하게 내려다보이는 창가 자리, 축축이 젖은 외투 냄새. 루이즈는 어떤 생활방식이 자기를 즐겁게 하는지 어렴풋이 알 것 같다. 맥주잔을 앞에 두고 마주앉아 있으니 두 사람은 퇴근길에 만나기로 약속한 여느 연인들과 전혀 달라 보이지 않는다.

바로 이런 게 루이즈가 바라는 삶의 모습이다. 다시 예전처럼 평범한 일상으로 돌아가는 것. 하지만 여주인공의 삶이란 결코 평범한 일상일 수 없다.

결국 뤼도비크의 모친에게서 전화가 걸려왔다. 얼마 전 통화 직후 루이즈는 더 이상 그녀에게서 뤼도비크의 장례식과 관련된 연락이 오지 않기를 바라는 심정이었다. 차라리 뤼도비크의 유해가 포클랜드에 남아 양지바른 묘지에 묻혔으면. 하지만 다행인지 불행인지 몰라도 까다로운 행정 절차가 다 해결되었다고 했다.

"장례식은 목요일에 거행될 예정이야. 열 시쯤 집에서 보자. 주소를 확인할 수 있는 범위 안에서 이 장례식에 대해 알려야 할 사람들의 명단을 너한테 보냈으니까 혹시라도 빠진 사람이 있으면 대신 채워 넣으렴. 네 친구들은 내가 다 모르니까. 점점 그 명단이 늘어서 어림잡아 백 명쯤 될 것 같아."

모친의 목소리는 무기력하게 가라앉아 있었다. 하지만 루이즈의 친구들까지 장례식에 초대하고 싶다는 말은 의아하다. 마치 아들을 잃은 비극이 루이즈 때문에 발생했으니 그 친구들까지 이 슬픔에 동참해야 한다는 투의 악의마저 느껴진다. 이것은 그쪽 집안의 아들이자 자기의 연인이었던 뤼도비크의 장례식일 뿐이다. 루이즈의 친구를 떠나보내는 날이 아니다. 어쨌든 이번 통화가 마지막일지도 모르는데 구태여 이 문제를 놓고 가타부타 하고 싶지는 않다.

장례식 당일은 날씨가 화창하다. 초겨울의 투명한 햇살이 묘비의 표면에 맞닿아 눈부신 빛줄기로 퍼져나간다. 루이즈로서는 오랜만에 바깥에 나와 있으니 기분이 쾌적하다. 프랑스에 돌아온 이후로는 되도록 바깥으로 나가 자연 환경과 마주치는 것을 꺼려왔다. 피에르 이브가 몽수리 공원에라도 가서 산책하다 오자고 했을 때도 거절했다. 곁에 알리스든 피에르 이브든 아무도 없을 때는 호텔 방에 처박혀 마냥 텔레비전 앞에서만 빈둥거리기 일쑤였다. 이제 다시는 비바람과 가까이 있고 싶지 않았다. 무엇보다 추위에는 넌더리가 날 지경이었다.

가까이 지내온 사람이든 멀리 떨어져 있던 사람이든 한자리에 다 모인다. 이 자리에서 처음 보는 학창 시절 친구들과도 인사를 나눈다. 뤼도비크와 전에 사귀었던 여자 친구들도 꽤 온 모양이다. 오전에 등반을 마친 샘과 브누아, 필도 제 시간에 도착했다. 그리고 양가 식구들과 피에르 이브, 알리스까지…… 햇살이 화사해서 그런지 사람들이 모여든 분위기는 지금 이게 장례식장인지 아니면 사교 클럽의 회합인지 옛 친구들의 동창 모임인지 헷갈릴 정도다. 장례식장다운 눈물과 격한 포옹도 있지만 다음에 또 보자는 만남을 기약하기도 하고 공통된 추억을 나누던 대화 중에는 간간히 웃음소리도 새어 나온다.

관이 눈에 띄었을 때 루이즈는 하마터면 그 자리에서 혼절할 뻔했다. 오로지 자기만이 저 관 안에 뤼도비크가 어떤 모습으로 담겨 있는지 짐작할 수 있을 것이다. 저 안에 실려 있는 사체는 지금 이 자리에 와 있는 사람들이 기억하는 대로 건장한 체구를 온전히 유지하고 있는 모습이 아니다. 그렇기는커녕 여기저기 뜯겨져 나간 살 조각과 점액질로만 뒤엉켜 있는 잔해의 형체일 게 틀림없다. 이 순간 불현듯 두 사람이 제임스만에 펭귄 사냥을 하러 다녀와서 이튿날 아침 맞닥뜨린 쥐 떼의 기억이 떠오른다. 그 기억만으로도 마치 놈들 중 하나가 점액과 피를 뒤집어쓰고 저 관 바깥으로 튀어나오는 것을 보기라도 한 것처럼 움찔한다. 국제적인 이송 협정에 따라 관은 단단히 봉인되어 이쪽으로 넘겨졌다. 그러다 보니 친부모라 할지라도 관을 열어보자고 요구할 수 없었다.

관이 땅속으로 내려가는 동안 루이즈는 안도감을 느끼며 잠시 이런 생각에 젖는다.

'그가 무덤까지 내 비밀을 품고 가겠구나.'

이로써 모든 게 끝났다. 축성의 표현대로 뤼도비크는 영면에 들게 될 거고 자기도 이제 마음의 평안을 얻을 수 있겠지.

예식은 빠르게 마무리 된다. 교회에 다니지 않는 뤼도비크의 부모는 종교적인 의례를 일체 생략하는 대신 장례식이 끝나자마자 간단한 다과라도 나누자며 조문객들을 자택으로 이끌고 갔다. 몇몇 조문객들은 제각기 추모시와 고인에 대한 일화, 사진, 뤼도비크가 좋아한 노래의 녹음테이프 등을 준비해왔다.

그 순간 루이즈는 아직도 자기에게 평안이 찾아오려면 멀었다는 사실을 깨닫는다. 사람들이 뤼도비크를 떠올리며 추모할 때마다 기분이 참담해진다. 친구들이 추모의 말을 하다 말고 머뭇거릴 만큼 그녀는 큰 소리로 울음을 터뜨린다. 이토록 웅숭깊은 우정과 사랑과 배려가 위안으로 와닿기는커녕 오히려 자기 가슴을 갈기갈기 찢어놓는 것만 같다. 한마디 한마디가 자기를 돌이킬 수 없는 회한의 나락으로 몰아넣고 있다. 이제 자기에게 남아 있는 것은 마음의 평안이 아니라 생각만 해도 두려워지는 강박관념뿐이다. 즉, 자기가 진실을 말하지 않았다는 것, 실은 여기 모인 사람들을 속였다는 것. 차라리 뤼도비크를 자기 손으로 살해했다면 이런 자기혐오에 시달리지는 않았을지도 모른다고 여겨질 정도다.

이 모습을 보다 못한 알리스와 피에르 이브가 다른 사람들에게 양해를 구한 후 루이즈를 이 자리에서 빼내기로 한다.

"부모님과 등반 동료들을 비롯해서 조문객 모두한테는 유감스런 일이지만 루이즈가 여기 계속 있다가는 내일 병원 신세를 지게 될까 걱정스럽네요."

사람들 앞에 나선 알리스가 말한다.

"아무래도 집으로 데려가서 저희끼리 차라도 한잔 해야 할 것 같아요. 지금은 일단 기분을 전환할 필요가 있겠어요."

19구에 있는 알리스의 집은 혼자 살기 딱 좋을 아파트다. 아늑하지만 널찍하거나 풍족해 보이지는 않는다. 프리랜서로 살아간다는 것은 결코 만만한 일이 아니다. 거실에는 낯설고 특이해 보이는 오브제들이 넘쳐난다. 가장 먼저 눈에 들어오는 것은 각각의 크기에 따라 나뉘어 있는 올빼미 인형 컬렉션이다. 그 아래 시렁에는 다양한 민속 의상이 입혀진 각국의 인형들, 그다음으로는 아프리카 가면들, 뒤죽박죽 섞인 압정이나 스카치테이프로 붙인 사진이나 그림 등이 눈에 들어온다. 그런 물건들이 잔뜩 진열되어 있는 시렁 밑으로 벽지의 색상이 보일락 말락 한다. 집 안이 다소 너저분해 보이는 것은 사실이다. 그래도 이런 오브제에서는 주인의 활력과 생기가 유감없이 전해진다. 또한 각각의 오브제에는 저마다 알리스와 얽힌 사연이나 일화가 하나씩 있다. 알리스는 이 오브제들을 하나씩 짚어가며 일일이 다 소개하려 든다. 그러는 동안 끝없는 이야기보따리가 펼쳐질 듯하다. 누군가에게 이 잡동사니들을 자랑하고 싶던 참에 마침 잘 걸렸다는 투다. 피에르 이브는 속으로 걱정한다. 다 소개하려면 한 일주일 걸리겠는데. 하지만 심하게 부어올라 있는 루이즈의 얼굴을 보니 도저히 안 되겠다 싶은지 자기도 이야기 경쟁에 뛰어든다. 신입 기자 시절에 겪은 조직의 쓴맛, 동료들의 나쁜 습관, 문화란 담당 마리옹이 일으킨 필화 사건 따위에 대해 구구절절이 늘어놓는다.

알리스가 내놓은 자스민 차는 완벽하다. 라뒤레 제과점에서 사온 마카롱 맛도 정말 일품이다. 이런 다과상 앞에서 친구들끼리 오붓하게 둘러앉아 보내는 저물녘이 다사로워 보인다. 이런 시간이라도 없다면 초겨울의 저녁나절이 얼마나 스산할까. 하물며 안토니에 있는 장지에서 몸도 가누지 못할 정도로 슬퍼하다 돌아온 길인 바에야.

"저, 실은 거짓말했어요."

잠시 대화가 뜸해진 틈을 타서 루이즈가 낮은 목소리로 그런 말을 툭 내뱉었다. 어안이 벙벙한지 침묵이 이어진다. 알리스와 피에르 이브는 둘 다 아무것도 듣지 못한 척하기로 한 모양이다.

"제가 거짓말한 거라고요. 당신들을 새빨간 거짓말로 속인 거라니까요. 그러니까 제 얘기가 사실과 달랐다고요."

루이즈의 목소리가 앙칼지게 올라간다. 마치 어른들의 귀에 들리도록 앙탈 부리는 아이처럼.

알리스는 찻잔을 입으로 가져오려다 말고 멈칫한다. 그러고는 슬며시 미간을 찌푸린다. 루이즈의 어조를 들으니 뭔가 조짐이 심상치 않다. 피에르 이브가 먼저 냉정을 되찾는다. 직업의 특성이 그렇다. 하마터면 이 와중에도 괘선공책을 꺼내들 뻔했다.

"지금 무슨 말을 하는 거야, 루이즈? 네가 언제 거짓말을 했다고 그래? 도대체 뭐에 관해서?"

루이즈는 고개를 푹 숙인다. 그들과 시선을 마주칠 엄두가 나지 않는다. 이 두 사람은 자기의 친구였다. 하지만 이제는 자기를 미워할 게 틀림없다. 더는 도저히 견딜 수 없었다. 이제는 버틸 힘이 남아 있지 않다. 프랑스에 귀환한 직후부터 자기를 위해 애써준 두 사람과 이 아늑한 아파트에 함께 있으니 그 어느 때보다 보호받고 있다는 기분이 든 것도 사실이다. 장례식과 함께 자기 삶에서 뤼도비크와 관련된 페이지도 방금 넘어간 셈이다. 자기를 괴롭힐 만한 것은 이제 아무것도 남아 있지 않다. 이렇게 모든 어둠이 걷히려는 바로 이 순간, 루이즈는 오히려 그 때문에 무서운 상황과 똑바로 대면하지 않을 수 없다. 혼자 떠안고 살아가기에는 마음의 짐이 너무 무거워서 다시는 수면 위로 떠오를 수 없으리라는 것.

"무덤에 눈이 있어 카인을 지켜보았다."

그녀는 어렸을 때 학교에서 배운 말을 어름어름 되뇌어보았다.

바로 이 눈이 누더기 더미에서 솟아올라 그녀를 따라다닌다. 벌써 몇 달째 루이즈는 수시로 자기 앞에 출몰하는 이 눈을 어쩌지 못해 속수무책이다. 한없이 지쳐 보이는가 하면 자기를 바라보며 때론 놀라는 것 같기도 하고 때론 안도하는 것 같기도 한 그 눈빛이 머릿속에서 떠나지 않는다. 특히 뭐라 형언할 수 없는 슬픔이 가득 고인 눈빛과 마주하고 나면 견디기가 어려워진다. 루이즈로서는 이게 뤼도비크의 죽음에서 야기된 신경쇠약 증세인지 아니면 그를 저버린 배신의 가책인지 단정 지을 수 없다. 하지만 적어도 한 가지만큼은 분명하다. 이제 더 이상은 이 눈길 앞에서 혼자서만 비밀을 떠안고 살아가는 게 불가능하리라는 점이다.

루이즈는 모든 것을 사실대로 쏟아낸다. 구태여 설명 불가능한 것을 설명하려고 애쓰는 대신 말이 흘러나오는 대로 가능한 한 돌발적인 사태의 맥락을 고스란히 전달하고자 노력하면서.

한동안 긴 침묵이 세 사람 사이를 가로지른다. 그러는 동안 알리스와 피에르 이브는 서로에게 어떤 혜안이 없느냐는 눈치를 주기도 하고 창가에 번지는 어스름을 바라보며 각자 깊은 시름에 잠기기도 한다.

세 사람 사이의 낙담 어린 침묵을 먼저 깨고 나온 것은 알리스다. 그녀는 자리에서 벌떡 일어나더니 루이즈의 곁으로 다가가 앉는다. 그러고는 평소에도 자주 그러는 것처럼 그녀의 어깨에 팔을 두른다.

"우리 소중한 아가씨께서 그것 때문에 그렇게 힘들었나 보구나? 하지만 잘한 거야."

상대방이 자기 말을 제대로 알아들었는지 확인하려는 의도에서인지 알리스는 얼마간 잠자코 있다 다시 입을 연다.

"그래, 정말 잘한 일이야. 잘한 일이고 말고. 처음부터 네가 뤼도비크에 대해 한 이야기를 종합해보면 결국 그 방향으로 흘러갈 수밖에 없겠다 싶거든. 어느 순간부터 뤼도비크는 자포자기에 빠져 전의를 상실하고 만 거야. 그날 바로 병에 걸린 거지. 네가 떠났든 안 떠났든 그건 아무 상관이 없어. 중요한 건 그 사람의 운명이 이미 거기서 결정 나고 말았다는 거야. 이런 말하기 좀 그렇지만, 네가 거기 남아 있어봤자 아무 소용도 없었을 거야."

그러더니 크게 한숨을 내쉰 후 계속한다.

"언젠가 내가 한 말이 기억날 거야, 내 남동생 중 한 명이 자살했다는 거. 아주 여러 해 전부터 직장에서 계속 왕따를 당했더라고. 그러니까 살고 싶은 의욕을 그만 잃어버린 거지. 동생 녀석을 어떻게든 살려보겠다고 또 다른 남동생이랑 엄마랑 같이 힘을 합쳐 정말 안 해본 게 없어. 휴가도 같이 가보고 심리 치료를 다니는데도 같이 따라다니고 새 친구들도 소개시켜주고 했거든. 나중에는 아예 동생의 집에 같이 살면서 기분 전환도 시켜주려고 하고 대화도 자꾸 시도하고 마음을 굳게 먹어야 한다며 애원하기도 했어. 그런데 아무 소용이 없더라. 그러니까 너는 그 상황에서 어차피 해야 할 일을 했을 뿐이야. 덕분에 네 목숨은 건질 수 있었잖니."

피에르 이브의 머릿속에는 문득 이런 생각이 스쳐 지나간다. 처음부터 루이즈에게 뭔가 숨기는 구석이 있는 것 같더니 그 실상이 바로 이거로구나. 그러니까 그녀는 모든 사회적 규범과 기본 원칙, 심지어 연인에 대한 감정마저도 저버릴 수밖에 없었을 만큼 원초적인 생존 욕구와 대면해야 했던 셈이다. 살아야 한다는 본능이 그녀로 하여금 모든 것을 뛰어넘도록 강요했던 셈이다. 이런 루이즈의 고백을 잘 살리기만 하면 지금 작업에 백미가 될 수도 있겠다. 그 대목 하나만으로도 이 이야기는 인간의 궁극적인 심연을 들여다보는 차원까지 확대될 수도 있을 테니까.

루이즈는 다시 울음을 터뜨린다. 그러면서 소파에 태아처럼 웅크리고 눕는다. 그녀를 다독이고자 알리스가 한 말이 무슨 뜻인지 알아들었는지, 아니 최소한 귓가에 가 닿기라도 했는지 의심스럽다. 너무나도 비통하게 울부짖는 모습을 보니 나중에는 숨이 멎지 않을까 걱정스러워질 지경이다. 루이즈는 숨도 쉬지 않고 꺽꺽거리며 울음을 쏟아내면서 뭐라고 알아들을 수 없는 말도 계속 내뱉는다. 마치 그녀의 목울대에 멍울져 있는 온갖 두려움과 환멸을 게워내고 싶지만 여의치 않아 답답하다는 듯이. 두 사람은 루이즈가 돌연 격하게 울음을 쏟아내는 데 놀라 당혹스러워한다. 알리스로서도 더 이상은 할 수 있는 게 없다. 그저 다시 루이즈의 어깨에 팔을 두르고 달래듯 혀만 끌끌거릴 뿐이다.

피에르 이브가 알리스에게 소곤거린다.

"할 수 없지. 일단 자도록 놔두는 게 좋겠어요. 오늘밤 루이즈하고 같이 있어줄 수 있어요? 상태를 보니 호텔로 못 돌아갈 것 같아요. 혹시 집에 수면제 있어요? 참 애처롭네요. 애초부터 혼자 감당도 못할 일을 마음에 담아두고 견뎌왔다니 말이죠."

그날 밤 알리스는 소파에서 잤다. 신경안정제의 약효에 의지해서 깊이 잠든 루이즈는 헝겊 인형처럼 축 늘어져 있다. 알리스는 그녀의 옷을 벗겨준 후 이튿날 날이 밝는 대로 발레리에게 도움을 요청해볼 생각이다. 발레리는 전문 심리상담사로 전에도 알리스가 자기와 함께 일한 상대의 심리적 위기를 관리하기 위해 호출한 적이 있다.

루이즈는 퉁퉁 부어오른 얼굴로 거의 10시쯤 잠에서 깨어났다. 아스피린 두 알을 삼킨 후 커피에 곁들여 크루아상을 깨작거린다. 피에르 이브가 손에 꽃을 들고 들어온다. 런던에서 처음 만났을 때처럼 체크무늬 재킷을 입고 있다. 그의 갑작스런 등장에 루이즈가 화들짝 놀라더니 서서히 현실감각을 되찾는다. 알리스와 피에르 이브는 붉은 색상이 그에게 잘 어울린다는 둥 잔뜩 찌푸린 하늘을 보니 하루 종일 날씨가 안 좋겠다는 둥 하며 한동안 잡담을 나눈다. 그러면서도 또다시 뭔가가 감정의 뇌관을 건드릴까 두려워 살살 루이즈의 눈치만 살핀다. 두 사람에게는 이 위기상황에서 빠져나올 묘안이 절실한 시점이다.

이윽고 알리스가 먼저 나선다.

"루이즈, 지금은 기분이 좀 괜찮아졌어? 내 친구 중에 발레리 박사라는 사람이 있는데 방금 전 연락해봤거든. 아주 좋은 사람이야, 심리상담사이기도 하고. 네가 괜찮을 때 자기 사무실에서 너를 한번 보겠대, 자기가 도울 일이 있으면 돕겠다고. 아니면 뤼브롱에 별장이 있는 친구가 거길 써도 좋다는데, 그런 어때?"

루이즈는 한숨을 내쉰다. 알리스는 이 한숨을 그러자는 뜻으로 간주하고 계속한다.

"내가 어제도 말했잖아, 잘한 일이라고. 제정신이 박힌 사람이라면 누구나 너처럼 그럴 수밖에 없었을 거라고……."

이때 피에르 이브가 알리스의 말허리를 자르고 들어온다.

"뤼브롱이라, 거 좋은 생각이네. 가면 나도 따라갈게요. 거기라면 셋이서 오붓하게 편히 지내다 올 수 있을 거야. 책도 원점부터 진득하게 다시 시작할 수 있을 테고."

피에르 이브는 간밤에 혼자 작업을 진행하면서 이런 작업에서 생겨난 기대감과 활력으로 모처럼 기분이 짜릿해졌다. 어제 루이즈가 고백한 내용을 이 이야기의 고빗길이나 클라이맥스로 배치하면 끝내주겠다는 직감이 온다. 지금까지 해온 메모를 모조리 들춰봐도 그 대목은 모든 이야기 흐름의 구심점일 수밖에 없다는 게 드러났다. 그 대목만 잘 다루면 극한 상황에 처해 선택의 여지라곤 전혀 없는 한 여자의 머릿속에서 혼자 살아 남고자 하는 충동과 그래서는 안 된다는 가책이 어떤 방식으로 양립하고 있었는지 생생히 그려질 수 있다. 한쪽에는 사랑과 기본적인 인간애가 있다. 다른 한쪽에는 살아남아야 한다는 또 하나의 본능이 있다.

"그렇지 않아도 힘들어하는 사람을 책 쓰는 일로 더 괴롭히지는 마시지. 루이즈한테 지금 필요한 건 충분한 휴식과 망각이니까."

피에르 이브로서는 이와 관련하여 공연히 옥신각신하고 싶지 않다.

"오케이. 다 내가 알아서 할 테니 너무 마음 쓰지 말아요. 그냥 산책 좀 다니지 뭐. 루르마렝나 고르데 또는 봉니외 같은 데나 슬슬 다닐까 해요. 거긴 아주 근사한 레스토랑들도 많죠. 내가 좀 알거든. 가게 되면 무슨 왕족처럼 편안히 쉬다 올 수 있을 거예요. 그러니 아무 걱정하지 마시라니깐. 병아리만큼이나 연약해진 이 아가씨를 일 때문에 괴롭히지는 않을 거라고요. 그래도 한 달 안에 초고는 뽑아놔야 하거든. 출간이 너무 늦어지면 곤란한데 이제는 처음부터 싹 다 재검토해봐야 할 판이니 일거리가 아주 많아졌다고. 대부분은 나 혼자 처리할 수 있다지만 몇몇 지점들을 자세히 그려내자면 아직은 루이즈의 설명이 더 필요해요. 광고 문제는 어떻게 할지도 셋이서 협의해봐야 하고."

"광고라니, 무슨?"

"아 그게 그러니까, 언제쯤 다시 밝혀진 진실을 알릴까 하는 얘기죠. 내 생각에는 책이 나오기 전에 하는 게 더 나을 것 같은데."

"'다시 밝혀진 진실을 알리는 거'라고?"

알리스는 피에르 이브를 매섭게 흘겨본다.

"이봐요, 기자 양반. 여기가 어디 파리 지방검찰청 같은 데라도 되는 줄 아시나? 왜, 재판에 회부라도 하게? 루이즈가 그동안 겪은 일에 관해 죄다 털어놓은 건 우리를 믿었기 때문이지 외부에 대고 함부로 나불거리라는 의미가 아니거든."

"아마도 그렇겠죠. 하지만 이제는 알다시피 모두가 아무 일도 없었던 척할 수는 없어요. 책에서는 기자로서 모든 걸 다 밝혀야 할 책임이 있다고요."

피에르 이브로서는 너무나 당연한 얘기라 알리스가 이토록 열불을 내며 따지고 드는 게 의아할 뿐이다.

"글쎄 당신 책이야 어찌 되든 지금 중요한 건 그게 아니라니까 자꾸 그러네!"

마치 그에게 당장이라도 달려들 것처럼 알리스는 소파에서 몸을 벌떡 일으켰다. 눈은 분노에 차서 이글거리고 뺨도 벌겋게 달아올라 있다. 늘 여유 있는 표정으로 미소만 짓고 있던 평소와는 확 뒤바뀐 모습이다. 알리스하면 그런 표정만 떠올리곤 하는 루이즈로서는 지금 모습이 너무 낯설어서 두 눈이 휘둥그레진다.

"함부로 입을 놀리겠다는 저의 따위는 내 앞에서 입도 뻥긋하지 말라고. 아니 도대체 무슨 권리로? 그렇게 당신이 책에다 다 까발려놓으면 앞으로 무슨 일이 생길지 어떻게 아냐고! 그런 짓은 루이즈의 등에서 비수를 꽂으려는 거나 매한가지지. 당신도 언론계가 어떤 세상인지 잘 아실 텐데. 당신이나 나나 그 바닥에 속해 있으니까. 거기에는 쓸데없이 비밀이나 폭로하고 괜한 사건이나 들쑤셔서 먹고사는 족속들만 우글거리는데."

"하지만 어차피 다 지나가고 말 일이잖아요."

피에르 이브가 응수한다.

"루이즈는 우리한테 지금 그 얘기를 털어놨어요. 조금 더 나중에 할 수도 있었을 텐데 말이죠. 기왕에 그렇다면 우리 입장에서는 되도록 부드럽게 이 일이 지나갈 수 있도록 여건을 조성해줄 책임이 있죠. 이제 그 문제는 우리 수중으로 넘어온 셈이에요. 우리로서는 그저 그 책임을 다하면 되는 거 아닌가요?"

"'부드럽게'라고? 누굴 바보로 아나! 그래 봐야 가십거리에 굶주린 사냥꾼들이나 불러들일 게 빤하다는 거, 아마 나보다 당신이 더 잘 알 텐데. 그동안 루이즈를 칭송해온 작자들이 오히려 더 잡아먹지 못해 안달 나 할걸. 거짓된 영웅 놀음에 놀아난 것 같다는 자괴감 때문에라도 더 악랄하게 나올 텐데. 그러면 루이즈는 앞으로 한시도 마음 편히 쉴 틈이 없을걸. 어쩌면 뤼도비크의 부모까지 싸움판에 끌어들여서 죽음의 위협에 처한 인명을 유기한 혐의로 고소하라며 부추길지도 모르고. 바로 이런 게 당신이 원하는 거야? 루이즈, 뭐라고 말 좀 해봐!"

루이즈는 그저 잠자코만 있다. 그래도 쿠션 안쪽에 몸을 파묻고 두 사람의 언쟁을 유심히 듣긴 했다. 어제는 모든 것을 다 털어놓아 속이 후련했는데 이제는 또 다른 수렁이 자기 발밑에서 생겨나고 있다. 모두 자기가 치러야 할 죄업이라는 생각만 든다. 알리스의 악다구니를 들을 때는 고개가 저절로 갸웃거려졌다. 설마 사람들이 실제로 자기를 그토록 악착같이 물어뜯으려 들까? 그렇다면 자기를 향한 세상의 호의도 조만간 가뭇없이 사라지겠구나. 빵집 같은 곳만 들러도 칭찬해주고 격려해주던 사람들이 즐비했는데 이제 그런 사람들은 물론, 이 두 사람처럼 자기를 돕겠다며 발 벗고 나선 이들까지도 외면하려 들 테지. 얼마 지나지 않아 나올 신간 잡지의 겉표지에는 최대한 교활해 보일 만한 자기 사진 위로 '배신자', '희대의 사기꾼', '허언증 환자'라는 비난조의 기사 제목들만 떠 있을 게 빤하고. 그러자 한순간 그 여파가 얼마나 클지 제대로 헤아려보지도 않고 덜컥 고백부터 한 게 아닌가 싶기도 하다. 자기가 이토록 상처받기 쉽고 나약하기만 한 게 괴롭다. 이제 자기 운명을 좌우하는 것은 스스로의 몫이 아니다. 그 몫은 한때 친구로 지낸 이 두 사람에게 넘어간 셈이다. 그 문제를 놓고 두 사람은 벌써 한바탕 입씨름까지 벌였다. 그러니 루이즈로서는 말문을 닫고 있는 수밖에 없다. 그저 소파의 팔걸이만 강박적으로 반복해서 쓸어내릴 뿐.

알리스의 눈에는 이 순간 침묵만 지키고 앉아 있는 루이즈가 몹시 측은해 보인다. 그 모습에 조금은 마음이 차분해진다. 알리스도 물론 피에르 이브와 계속 갈등을 빚고 싶지는 않다. 그를 아끼고 존중한다. 자기에게 이런 일자리를 물어다준 사람도 피에르 이브다. 아무래도 전략을 바꾸는 게 좋겠다.

"저기 실은 한 달 전부터 당신 책의 출간과 관련해서 나한테도 나름대로 계획을 세워둔 게 있어요. '텔레라마'에서 '부아씨'에 이르는 잡지사는 물론, 프랑스 문화 채널에서 BFM에 이르는 방송사까지 프랑스어권이든 영어권이든 상당한 연줄을 맺어왔다고 자신하니까. 루이즈는 지금 프랑스 사회의 여주인공이에요. 모든 사람이 그녀를 알고 또 모든 사람이 그녀를 좋아해요. 루이즈의 이름이 다음번 레지옹 도뇌르* 훈장을 받을 후보 명단에 오르내린다 해도 전혀 놀랍지 않을 정도라니까요. 그저 살아남기 위해 몸부림치다 그 과정에서 까무라칠 만한 일을 한 번 겪었을 뿐이에요. 그런데 그 일을 미끼로 해서 당신이나 나나 루이즈를 팔아먹어서는 결코 안 되겠죠? 그런데 예전에 미처 털어놓지 못한 디테일이 있다고 해서, 게다가 그 디테일 때문에 뭐가 크게 달라지는 것도 없는데 당신은 지금 모든 걸 망치려 드는 셈이라고요. 당신도 잘 알 거예

* 정치·경제·문화·종교 등의 분야에서 공로가 인정되는 사람에게 대통령이 직접 수여하는 훈장으로 영예로운 삶을 산 인물에게 수여되는 성격이 강하다.

요, 사람들이 얼마나 야비한지. 대다수는 루이즈가 굶어 죽어 가는 동안 편하게 텔레비전이나 보고 앉아 있었으면서도 사소한 꼬투리 하나 때문에 그녀의 행적을 함부로 씹어댈 수 있다고 믿기 일쑤죠. 그 실상에 대해서는 뭐 하나 제대로 아는 것도 없으면서 자기들 멋대로 이러쿵저러쿵한다는 건 참 가증스런 노릇이에요. 트위터와 페이스북 같은 데는 루이즈에 대해 실망했다는 사람들의 악담과 악플로 넘쳐나겠죠. 아마 모든 사람이 한마디씩 보태려 들걸요. 한때 대중한테 사랑받던 누군가를 단박에 거꾸러뜨리는 데서 오는 희열이 제법 클 테니까!"

알리스는 이제 매니지먼트 종사자답게 가볍고 경쾌한 어조로 되돌아가고자 의식하며 자기 말을 이어간다.

"다음 주에는 미로몽 감독한테 스크린 테스트를 받기로 약속이 잡혀 있어요. 여기서 괜찮은 결과가 나오면 루이즈는 아마 영화에서 처음으로 작은 배역 하나를 따낼지도 몰라요. 내 생각에는 좋은 결과를 얻어낼 수 있을 것 같아요. 그리고 당신만 잘해준다면 적당한 작가를 물색해서 지금 작업 중인 책의 시나리오 각색도 맡길 생각이고요. 이거 어때요, 괜찮죠? 하지만 루이즈가 배신자에다 사기꾼으로 낙인찍히는 날에는 모든 계획이 수포로 돌아갈 거라는 사실만 알아둬요."

하지만 피에르 이브의 생각은 조금 다르다. '배신자'니 '사기꾼'이니 하는 말은 어디까지나 실상과 무관한 비난의 화살에 지나지 않는다. 그의 관심을 잡아 끄는 것은 그렇게 지나가는 말이 아니라 실제 현실과 대면하는 일이다.

그는 짐짓 사려 깊은 척하는 어조로 입을 연다.

"그렇다면 뭐 우리는 서로 다른 곳을 보고 있다는 게 확실하네요. 내 생각은 그 반대거든요. 루이즈가 우리한테 털어놓은 사실은 어마어마한 힘으로 더 많은 사람들의 관심을 불러 모을 게 틀림없어요. 설령 진실이 백일하에 드러난다 해도 사람들이 루이즈한테 돌팔매질을 하리라는 생각은 전혀 안 들어요."

그러고는 단어를 세심하게 고르는 척하느라 잠시 숨을 고른다.

"알리스 씨한테는 언론과 접촉하고 소통하는 게 일이겠지만 나한테는 언론매체에 글을 쓰는 게 일이에요. 직업의 속성상 나로서는 정보가 있으면 그것을 공유해야 해요. 너무 걱정하지 말아요. 나한테도 나름대로 다 생각이 있으니까. 그리고 특히 루이즈한테는 아무런 해도 가지 않도록 유념할 테니까. 너도 그렇다는 걸 알지, 루이즈?"

피에르 이브는 루이즈를 자기 관점의 증인으로 끌어들이려 하지만 정작 그녀에게서는 아무런 대답도 돌아오지 않는다.

"솔직히 말하자면, 처음부터 나는 이 이야기에 뭔가 이상한 구석이 있다고 느껴왔어. 후각이 좀 발달한 편이거든."

그러고는 목소리를 다소곳이 낮춰 이렇게 덧붙인다.

"그러니까 이제는 원점부터 다시 시작하는 거야. 루이즈, 계속 나하고 호흡을 맞춰가자. 하지만 부탁이 있는데 앞으로는 나한테 아무것도 숨기지 말아줘."

"후각? 나름대로 다 생각이 있다고?"

또다시 알리스의 언성이 격해진다.

"당신도 다른 사람들하고 똑같아. 그저 자기밖에 모르지. 그래, 그 잘난 후각으로 당신은 거기에 맞설 힘도 없는 한 아가씨를 궁지에 몰아넣을 셈이로구먼. 참 뻔뻔하네. 역겨울 정도야. 그러고도 모자라서 루이즈가 또 다른 거짓말을 했을 거라는 투로 슬쩍 떠보는 거 아니야, 지금? 기왕 여기까지 왔는데 왜, 루이즈가 뤼도비크를 몰래 살해하고 배도 일부러 침몰시켰다는 선까지 한번 나가보시지?"

"나야 모르죠. 거기까지야 루이즈만 아는 사실이겠지."

"더러운 자식!"

피에르 이브는 돌연 자리를 박차고 일어난다.

"이봐요, 알리스 씨. 그런 식으로 상대방한테 욕은 하지 맙시다. 지금은 서로 마음을 가라앉히는 게 좀 필요할 것 같네요. 루이즈, 내가 내일 전화할게. 차분히 다시 얘기해보자. 마음 푹 놓고 있어도 괜찮아. 너한테 해가 될 일은 전혀 없을 테니까."

그러고는 서둘러 외투를 챙겨 들고 문밖으로 사라진다. 그러는 동안에도 알리스와 루이즈는 움직이지 않고 소파에만 머물러 있다. 둘 다 안색이 별로 좋지 않다. 어떻게 하면 좋을지 몰라 고민하는 표정이다. 알리스가 다시 루이즈를 감싸 안는다.

"에구 우리 가엾은 루이즈, 저딴 말에 휘둘릴 거 없어. 저 머저리 같은 기자 녀석은 아무것도 이해할 수 없어. 방금 전에도 말했잖아, 나도 이와 비슷한 일을 겪은 적이 있다고. 나는 아직도 내 동생의 자살을 막을 수 있었을 텐데 하는 가책으로 가슴이 미어질 것 같아. 하지만 정신과 전문의들이 하는 말을 들어보니, 살고자 하는 본능은 다른 사람한테로 옮겨질 수가 없는 거래. 너나 나나 살고자 하는 본능이 넘쳐나지만 내 동생과 뤼도비크는 아니었던 거야. 몹시 가슴 아픈 일이지만 사실이 그런 걸 어쩌겠니. 내 말 잘 들어. 내일 저 기자 나부랭이한테 얘기해, 실은 네가 잠시 혼동한 거라고. 아니면 장례식 직후 뤼도비크를 구하지 못했다는 자책 때문에 아무 말이나 꾸며내서 지껄여댔을 뿐이라고 말이야. 별짓을 다한다 해도 그 작자로서는 뭐가 사실이고 뭐가 거짓말인지 전혀 가려낼 수 없을 테니까. 게다가 그런 친구들은 원래 어떤 게 아무리 암시적이라 해도 실제가 아니라고 하면 관심을 잃어버리고 말기 십상이거든. 그랬는데도 계속 버티려고 굴면 명예훼손으로 고소해. 그래 봐야 어차피 손해 날 거 없어. 필요하면 내가 증인으로 나서서 네 말이 맞다고 증언해줄게. 그 빌어먹을 책은 이제 그만 집어치우는 게 좋을 것 같아. 계약을 무를 수 있도록 내가 도와줄게."

알리스는 크게 한 번 한숨을 내쉰 후 다시 환한 미소를 지어 보인다.

"다시는 그런 얘기를 누구한테도 털어놓지 않겠다고 나한테 약속해줘. 정신과 전문의나 심리상담사 같은 사람한테야 어쩔 수 없이 꺼내놔야 하겠지만, 그런 사람 말고는 아무한테도. 그래야 너를 도와줄 수 있어. 아까 말한 대로 우리한테는 네가 어떻게 하느냐에 따라 좌우될지도 모를 한 가지 계획이 있다고. 그 경우에는 업무상의 기밀 유지가 아주 중요해질 수도 있을 거야. 그러니, 자 어서 나한테 약속해주렴."

알리스는 손으로 루이즈의 턱을 잡고 가볍게 치켜 올린다. 어린아이에게서 어서 다짐을 받아내려는 어른처럼. 루이즈의 눈빛과 마주하고 있으니 어쩐지 알리스에게 불안이 엄습해온다. 심적인 고통에서 헤어나지 못해 뻥 뚫린 듯 공허하고 막막한 동공.

알리스는 이 눈빛을 알고 있다. 3년 전에 이런 눈빛과 여러 번 마주한 적이 있다. 그것은 자살한 남동생의 눈빛이었다.

하는 일마다 엉망이다. 하는 일마다 불발이고 하는 일마다 낭패다. 루이즈는 그런 자괴감에 사로잡혀 있다. 뤼도비크는 죽었다. 지금 자기한테는 직장도 없고 집도 없다. 그토록 애써준 두 친구는 자기 잘못으로 관계가 틀어지고 말았다. 한순간에 앞길이 불투명해졌다. 이제는 그동안 여주인공이 되어 연기해온 무대와 작별할 일만 남은 셈인가. 머지않아 온 세상이 자기를 향하여 들고 일어나겠지. 심지어는 법적인 책임까지 물어야 한다고 몰아세울지도 몰라. 알리스가 자기에게 해준 말은 참된 해결책이라고 할 수 없다. 자기가 그들에게 털어놓은 것은 모두 사실이니까. 그로 인해 몇 달 전부터 가슴이 아려와서 도저히 견딜 수가 없었으니까. 스스로도 더 이상은 입 다물고 있기 어려웠다는 것을 안다.

정오가 되기도 전에 루이즈는 호텔로 돌아온다. 옷을 갈아입고 수면제 두 알을 삼킨다. 그러고는 한동안 멀거니 약병만 바라본다. 텔레비전을 켜놓고 침대에 눕는다. 아무 생각도 하고 싶지 않을 때 그녀가 자주 택하는 행동이다.

화창한 아침나절이 지나간다. 북쪽에서 불어온 산들바람이 구름을 몰아내기라도 한 것처럼 보이는 날씨였다. 루이즈는 잠에서 깨어나 한동안 창밖만 내다본다. 지금 몇 시쯤이나 되었는지 궁금하지도 않다. 잠시 후 혼곤한 잠결에서 빠져나온다. 하지만 그녀는 여전히 손도 까딱거리지 않고 멍하니 앉아만 있다. 뭔가 기다리는 것 같은데 스스로도 자기가 뭘 기다리고 있는지는 모르겠다. 저 위로 새 두 마리가 날아간다. 아마도 기러기 같다. 파리 하늘에서 기러기와 마주치기는 흔한 일이 아니다. 본능에 따라 어딘가로 이동하는 모양이다. 그 순간 머릿속에서 섬광이 번쩍인다. 저 기러기 떼를 따라해보자. 그냥 떠나는 거야, 아니 떠난다기보다 도망친다고 하는 게 옳겠지. 자기 앞에 잔뜩 뒤엉켜 있는 실타래는 그대로 내팽개쳐두고 어디론가 사라지자, 이번에는 정말로 영원히.

그러자 곧장 실행에 옮기지 않으면 영영 달아날 수 없을지도 모른다는 조바심이 든다. 벌떡 몸을 일으킨다. 샤워할 여유 따위는 없다. 옷가지도 필요 없다. 단지 노트북과 휴대전화만 챙겨 들고 체크아웃하러 프런트로 내려간다.

거리로 나와 지하철역으로 뛰어든다. 몽루주, 몽파르나스, 마치 정해진 행선지로 출발하려는 일반 여행객처럼 루아씨 공항행 에어프랑스 셔틀버스를 탄다. 공항 로비에 도착해서는 이후 네 시간 안에 출발하는 비행기 노선을 샅샅이 살핀다. 루이즈는 늘 이럴 때가 즐거웠다. 꼭 세계가 자기 손아귀에 있는 듯한 기분이 들어서다. 리마? 오래전 그곳으로 휴가를 떠날 뻔한 적이 있다. 친구들 중 몇몇이 비싼 비행기 표값만 문제 삼지 않았어도…… 지금은 못 갈 이유가 없겠지? 오클랜드, 여기도 진짜 세상의 끝이다. 세상의 끝으로 달아나고 싶다! 하지만 양쪽 다 다음번 비행기 두 대의 좌석이 모두 찼다. 밴쿠버하고 타히티는 어떨까. 여기도 표가 없다. 그럼 글래스고로 방향을 틀자. 여기서 거리가 그리 멀진 않지만 지금은 이런 거 저런 거 따질 때가 아니니다. 일단 여기를 뜨고 봐야 한다. 스코틀랜드의 험준한 첨봉 가운데 하나인 벤 네비스로 등반 여행을 떠난 기억이 난다. 그때도 물론 등반 동료들 필, 브누아 그리고 샘 등과 함께였다. 등반할 때면 늘 붙어 다녔으니까. 광활한 황무지가 무척 인상적이었다. 산꼭대기에 오르니 앞바다에서 뒤죽박죽으로 뒤얽혀 있긴 해도 훌륭한 풍광을 자아내는 군도가 내려다보였다. 지금은 계절이 겨울의 문턱이라 개미 한 마리 보이지 않을 정도로 인적이 뜸할 게 확실하다.

비행기가 뜨기 전 마음을 차분히 가다듬고자 부모, 피에르 이브, 알리스 그리고 자기 아파트를 임대해서 살고 있는 친구들에게 전체 문자 메시지로 작별 인사를 대신한다.

'아무래도 휴식이 좀 필요한 것 같아요. 몇 주만 떠났다 올게요. 인터넷 이메일도, 휴대 전화도 아마 안 될 거예요. 너무 걱정들 마세요. 저는 괜찮으니까. 제 진심을 담아 인사드리고 떠나요. 루이즈.'

작별 인사로 이 정도면 충분할 듯싶다. 그래도 알리스가 마음에 걸린다. 그래서 그녀에게만 따로 메시지를 보낸다.

'진짜로 괜찮으니까 아무 걱정 말아요.'

11월의 글래스고는 더할 나위 없이 한적하고 스산하다. 건물 앞에 세워진 소박한 크리스마스 트리만이 길가에 울긋불긋한 불빛을 던져주고 있을 뿐이다. 루이즈는 머뭇거리지 않고 그 지역 마트로 들어가서 가방과 옷가지 따위를 구입한 후 호텔이든 민박이든 일단 숙소부터 알아보려고 여행안내센터로 향한다. 묵을 곳은 호젓하면 호젓할수록 좋다. 그래서 창구 직원에게 거짓말을 늘어놓기로 한다.

"제가 책을 한 권 써야 하거든요. 그러다 보니 혼자 진득하게 집중할 수 있어야 하는데."

"아, 네, 물론 그런 곳이 있지요."

창구 직원이 선선하게 답해준다.

"멀 섬이나 스카이 섬에 가시면 아주 참한 마을이 한 군데 있어요. 매일 운항하는 연락선을 이용하시면 돼요……. 아니면 위스키의 본고장인 아일레이 섬도 좋지요……. 그런 곳이라면 아마 글 쓰시는 데 도움이 되지 않을까 싶습니다만."

그러더니 웃음기 없는 얼굴로 이렇게 묻는다.

"혹시 더 멀리 떨어져 있는 곳을 원하시는 건가요? 더 외지고 한적한 쪽으로?"

창구 직원은 혹시 이 여자가 범죄소설 같은 것을 쓰고 있나, 그러면 그런 작업 환경이 필요할 수도 있겠네 하고 혼자 넘겨짚는다.

"그러시다면 쥐라가 어떨까 싶네요. 주민이 200명밖에 안 되고 호텔도 단 하나밖에 없거든요. 요즘에도 문을 여는지는 제가 확인해봐야 할 것 같네요……. 인터넷 접속은 안 되지만 물론 휴대전화는 사용할 수 있을 거예요……. 대서양과 마주 보고 있는 절벽은 유럽에서 아마 가장 바람이 많이 부는 지대일지도 몰라요. 거기서 출렁거리는 바다를 내려다보면 아주 장관일 겁니다……."

창구 직원은 관광 상품이라도 선전하는 어투로 계속 말을 이어간다.

"여기서 클라칸까지 열차로 한 시간 반 정도 걸려요. 그러고 나면 연락선이 연달아 두 대 올 거예요. 처음에 오는 배는 아일레이행이고요 그다음 배가 페올린이라고 쥐라의 부두로 가요."

바로 이거다! 미행이 붙어도 따돌릴 수 있을 만큼 복잡한 미로의 모험 속으로 뛰어든 기분마저 든다. 역으로 가는 버스를 탄다. 그다음은 열차, 열차에서 내려 연락선으로 갈아탄다. 그쪽으로 향해 가면 갈수록 한적한 주변 경관이 계속된다. 인적도 무척 뜸하다. 연락선의 뱃머리가 대충 쌓아둔 방죽 경사면에 다다르자 벌써 호흡부터가 훨씬 자유로워진 느낌이다.

호텔 주인장이 부두 앞까지 그녀를 마중 나와 있다. 사륜구동 자동차를 몰고 왔다. 이름이 테렌스라고 한다. 얼굴빛이 매우 붉고 키가 작달막한 사내다. 아마 이 지역 고유의 거센 바람에 맞춰 길들여진 외모로 보인다. 가는 길에 비가 억수같이 쏟아진다. 세차게 몰아치는 비바람에 차체가 흔들릴 정도다. 주인장은 운전하는 동안 궂은 바깥 날씨에도 별로 동요하지 않고 도로 사정이 몹시 안 좋은 데다 지금 구불구불한 커브길을 지나가는 중이라 그렇다고 설명해준다. 전조등 불빛이 뚫고 지나가지도 못할 만큼 안개의 장막이 두텁다. 게다가 굵은 빗줄기와 사방을 뒤덮은 어둠에 가려 차창 밖으로는 아무것도 보이지 않는다.

누렇게 떠 있는 벽지와 뜨개질한 침대 커버, 나무 문양 포르미카 책상 등 객실 안에 있는 사물에서는 모두 눅눅한 습기가 느껴진다. 이 지방에서는 어떤 수를 써도 습기 문제를 해결하기가 쉬워 보이지 않는다. 그래도 북방 지역이 흔히 그러하듯이 실내는 따뜻한 편이다. 루이즈는 자기 가방을 연다. 가방이 그렇게 생겨서인지 자기가 항구로 돌아온 선원 같다는 느낌이 든다.

그사이 도착한 메시지가 뭔지 확인하기 위해 마지막으로 휴대 전화에 눈길을 준다. 피에르 이브는 잔뜩 역정이 나 있나 보다. 수 없이 많은 메시지들이 쌓여 있다. 심지어 자기가 어디로 갔는지 알아내려고 그르노블의 부모에게까지 연락을 해본 모양이다. 루이즈는 메시지를 읽지도 않고 그대로 휴대전화를 끈다. 그러고는 노트북과 함께 옛날식 벽장 속에 넣어두고는 침대 시트 속으로 기어 들어간다. 그러리라 기대도 안 했는데 무슨 정신요법이라도 받은 것처럼 잠이 쏟아진다. 하긴 그럴 만도 하다. 이제야 몸에서 묵은 긴장이 빠져나가는 모양이다. 그러고 보면 자기는 오래전 어느 날 뤼도비크와 함께 그 무인도에서 메말라버린 호수를 찾아 헤맨 그 시점부터 지금까지 줄곧 감당하기 버거운 긴장감에 시달려온 셈이었다.

루이즈는 호텔 주인장에게도 자기가 글 쓰는 사람이다 보니 호젓한 작업 환경이 아쉬워 여기까지 오게 되었다는 거짓말을 써먹었다. 오전 9시쯤 일어나 아침 식사를 한다. 아침 메뉴는 귤 잼 바른 토스트, 베이컨과 달걀 프라이 한 접시, 아무 맛도 나지 않는 토마토소스에 버무린 삶은 콩 등이다. 아침 식사를 마치고 나서는 이제 본격적으로 구상에 착수해야 한다며 곧장 객실로 돌아온다. 몸이 자꾸 침대로 이끌린다. 루이즈는 잔뜩 웅크리고 깃털 이불을 턱 밑까지 끌어올려 덮는다. 숨쉴 때마다 되돌아와 입가를 따뜻하게 간질이는 콧바람의 감촉이 참 좋다. 간밤에 푹 자고 일어났는데도 루이즈는 마치 온몸을 들쑤시는 피로에서 아직 벗어나지 못했다는 듯이 다시 깊은 잠에 빠져든다. 유행성 독감에 걸렸을 때와 비슷한 대처 방법이다. 그녀가 느끼기에는 치료 효과도 비슷해 보인다. 이렇게 푹 자는 동안 뭔가 강력하고 영험한 화학작용이 일어나 영혼에 남은 외상을 조금씩 치유하는 것처럼 느껴진다.

오후 한 시쯤 다시 객실에서 나온다. 점심 먹을 시간이다. 주인장과 마주치면 한창 작업에 열중하다 온 척한다. 마요네즈 바른 냉육 한 접시를 먹어치운다. 이어서는 매일같이 날씨야 어떻든 상관없이 글래스고에서 구입한 파카를 입고 세 시간씩 산보하러 나갔다온다. 이제는 추위와 바람이 두렵지 않다. 설령 날씨가 변덕스럽게 미쳐 날뛰다 또다시 자기를 비바람으로 흠뻑 적시며 진절머리 나도록 몰아붙인다 해도. 산책이 지겨워져 호텔에 돌아오면 테렌스 가족이 차와 스콘을 차려주며 맞는다. 차와 스콘은 이 집 부인이 직접 준비한 것으로 맛이 아주 그만이다. 그러고 나서는 따뜻한 자기 객실로 돌아와서 사람들이 저녁 먹으라고 부르러 올 때까지 늘어지게 낮잠을 즐긴다. 이제는 아무것도 두렵지 않다.

처음 두 주 동안은 날씨가 맑으냐 흐리냐에 따라 기분이 분노로 들끓기도 하고 평온해지기도 한다. 그사이에 루이즈가 자주 찾아간 곳은 바람 부는 언덕배기다. 헐벗은 묘목들이나 겨울 날씨를 견디지 못해 시들어버린 나뭇잎들과 마주칠 때면 그 앙상한 모습이 지금의 자기 모습과 닮은 것 같아 저절로 감정이 이입되곤 한다. 그녀도 봄을 기다리고 있다.

루이즈는 빠른 걸음으로 길섶의 고사리와 가시양골담초를 지나친다. 풀잎에 배인 물기가 바짓단을 적신다. 그러다가도 일정한 간격으로 우뚝 멈춰 서서 날개를 말리느라 제자리에 가만히 머물러 있는 가마우지를 구경한다. 그 모양새가 마치 영원히 정지한 시간 속에 있는 것 같다. 혹은 깃털 달린 어선이 정박해 있는 것 같다. 이곳의 대기에 흠뻑 취하는 기분이 든다. 해묵은 피로가 가시는 것 같다. 마음 깊은 곳에 웅어리져 있는 회한이 누그러지는 것 같다. 이제는 마음속에서 가장 비관적인 전망이 자꾸 솟아오르려 해도 별로 개의치 않는다. 여기 와 있으니 어쩐지 그런 생각들과 마주하는 것도 두렵지 않아서다. 바람에 대고 큰 소리로 외치든 여기서는 시끄럽다며 뭐라고 자기를 나무랄 사람도 없다.

루이즈는 다시 걸음을 옮긴다. 신체의 작동체계가 정상적으로 회복되니 정신적인 영역에도 긍정적인 영향을 미치나 보다. 돌개바람과 황무지만 가득한 이곳 쥐라에서 루이즈는 산에 오르는 동안 체험한 깨달음을 되찾는다. 육신과 정신은 하나라는 것. 진흙탕 위에 발자국을 남기고 지나가는 바람결에 호흡을 맞추는 일은 자기 안의 성찰이 더욱 깊어지도록 미세하게 북돋아준다. 서서히 마음에 슬어 있던 녹이 걷히는 기분이다. 순간, 뤼도비크와 함께 쾌속정을 수리하느라 힘들여 고쳐 쓰던 조선소의 옛날 연장들이 떠오른다. 객실에 콕 처박혀 있기만 하면 이런 식으로 자유롭게 생각의 나래를 펼 수 없다. 사고의 뉴런도 실은 신체 근육의 리듬에 맞춰 활성화되는 것일 테니까.

더 이상 스스로의 상념과 맞서 싸우지 않아도 된다니 이렇게 마음이 홀가분할 수가 없다. 그만 호텔 쪽으로 발길을 돌리기로 한다. 거센 바람결에 눈이 시리지만 그럴수록 가슴은 더욱 평온해지는 것 같다.

모처럼 하늘이 환하게 갠 어느 날에는 날씨가 너무 좋다 보니 이 섬의 끝까지 가보고 싶어졌다. 친절하게도 호텔 주인장 테렌스 씨는 크래그하우스 마을과 코리브레칸이 갈리는 지점까지 그녀를 태워주었다. 차로 달려 35킬로미터가 넘는 거리였다. 쥐라 섬과 스카르바 사이의 협로는 이쪽 지역에서 다다를 수 있는 최북단이다.

"이 길을 따라서 45분 정도 쭉 가세요. 그러면 반힐의 허름한 농가가 나올 거예요. 거기서 북쪽으로 들판을 가로지르세요. 갑자기 바람이 불어닥칠지도 모르니까 조심하시고요. 안 그러면 절벽 밑으로 떨어질 수도 있으니까요. 저는 볼일이 있어서 이만. 네 시쯤 손님을 모시러 다시 올게요."

한쪽 방향은 대서양의 해수면으로 열려 있고 다른 쪽은 해안을 따라 길게 이어져 있는 협만의 만곡과 잇닿아 있다. 협로에 갇힌 바다가 그쪽으로 지나가는 바람에 끊임없이 들썩거린다. 언뜻 보기에도 9노트쯤 되는 강풍이다. 떡하니 한복판을 가로막고 있는 작은 섬 하나 때문에 바다의 길목이 더욱 비좁고 험난해졌다. 하지만 덕분에 그 경관을 지켜보는 재미가 더 쏠쏠해진 셈이다. 바람이 잠잠해질 때조차 해수면에서는 스튜 냄비가 끓어오를 때처럼 거대한 거품이 부글거린다. 여행안내센터 직원의 말은 결코 헛소리가 아니었다.

날씨가 쾌청한데도 서풍의 위세는 잠잠해지려는 해수면의 물결을 가만 놔두지 않고 자꾸만 철썩거리도록 들쑤신다. 서로서로가 한시도 쉬지 않고 뒤엉킨다. 바다가 어느 쪽 말에 따라야 할지 몰라 당혹스러워하는 듯하다. 해풍이냐, 오늘 날씨냐. 파도 자락이 하얗게 부서지며 사방으로 작렬한다. 그러면서 간헐 온천처럼 거대한 수증기로 흩뿌려진다. 이따금은 외따로 떨어져 있는 암석을 덮치더니 개구리 뜀박질 놀이하듯 30미터가량 되는 높이까지 튀어 오르기도 한다. 해풍에 들쑤셔진 해수면은 재색에서 투명한 초록으로 변해가며 누르스름한 거품 덩어리를 떠내려 보낸다. 구름 사이로 뚫고 나온 햇살이 허공에 스며든 물보라의 수증기와 맞닿아 이 일대에 수많은 무지개들을 빚어낸다. 한시도 바다를 가만히 내버려두지 못하는 바람의 농간에서 폭군 같은 자연의 조화와 짓궂은 장난기가 엿보인다. 어떤 대상을 자기 뜻대로 조종하지 않고는 못 배기는 장난꾸러기 악령의 심통이 연상될 정도다. 그러면 그럴수록 바람의 기세는 더욱 고조되어갈 뿐이다. 끊임없이 바다로 하여금 무시무시한 소리를 쏟아내게 한다. 때로는 포효하듯 으르렁거리고, 때로는 나지막하게 속닥거리다가도 곧바로 귀청 따가운 고함이 뒤따른다. 마치 바람이 바다에게 왜 중요한 약속을 지키지 않았느냐고 추궁하면서 드센 말싸움이 벌어지고 있는 듯한 인상을 준다.

이처럼 떠들썩한 소란 앞에서 루이즈는 문득 자연이 무엇인지 되돌아보는 명상에 잠긴다. 스트롬니스 섬에서 경험한 대로 자연의 괴력은 과연 무시무시하다. 절벽 기슭을 따라 거슬러 올라가는 물살의 역류 속에서 나뭇가지와 이파리가 작은 섬처럼 여기저기 덩어리져 떠올라 있는 게 보인다. 하지만 출렁이는 물결이 그 낟가리들을 가만 놔둘 리 없다. 춤추듯 들썩들썩하며 이리저리 제멋대로 표류한다. 그렇게 난파될 조짐이 보이자마자 거친 파도 자락 하나가 단숨에 휩쓸고 지나가며 그 낟가리들을 산산이 흐트러뜨린다. 루이즈는 그 광경에 지난 몇 달 동안의 시간을 투영해본다. 자기는 저 낟가리 속의 지푸라기나 마찬가지였다. 상황에 따라 우왕좌왕한 것도 똑같았다. 물론 거대한 물살에 맞설 힘도 없었다. 물결이 좀 잔잔해지기를, 그렇게 잔잔히 가라앉은 물살에 실려 다시 단조로운 일상의 삶으로 되돌아갈 수 있기를 얼마나 꿈꿔왔던가. 그러다 루이즈는 돌연 깔깔대며 웃음을 터뜨린다. 이런 비유가 너무 진부하다는 생각이 들어서다. 스스로 돌아봐도 자기가 웃기다. 자조적인 의미에서가 아니라 그냥 자기가 웃긴 사람 같다. 힐튼 호텔에서 첫날 저녁을 보낸 이후로 이렇게 웃어본 것도 처음이다. 얼마 되지도 않았는데 꽤 오랜 옛일처럼 여겨진다. 하지만 그때와 지금은 결코 같은 웃음이 아니다. 그때는 신경이 잔뜩 곤두선 데다 뻣뻣이 굳어 있는 상태에서 거북하게 새어 나온 실소에 불과했다. 하지만 지금은 훨씬 자유롭고 홀가분한 웃음이다. 이제는 자기 마음이 갓 전쟁터에서 벗어났기 때문이다. 루이즈는 물보라가 튀지 않도록 연안 안쪽으로 물러나 있기로 한다. 지금 자기 앞에 펼쳐져 있는 경관은 알레고리가 아니라 그저 눈길을 사로잡을 만한 구경거리에 지나지 않는다.

밤낮을 가리지 않고 하루에 열다섯 시간씩 자던 습관이 최근 들어 뜸해진다. 남아도는 시간을 때우고자 호텔 서가에서 겉장이 너덜너덜해진 문고본으로 『제인 에어』, 『신비의 섬』 같은 소설책들을 빌려 읽는다. 아무래도 호텔 서가이다 보니 선택의 폭이 그리 넓지는 않다. 사춘기 시절의 취미를 되살려 오랜만에 연필 스케치에도 매달린다. 테렌스 씨가 그녀를 위해 따로 챙겨주긴 했지만 그다지 도움이 되지 않은 안내서를 들고 들판으로 나가 돌아다니다 오기도 한다. 이곳 주민들은 있으면 있는 대로 없으면 없는 대로 먹고산다. 필요한 물건이 다 떨어지면 아일레이와 뭍에 주문해놓고 연락선이 올 때까지 기다리며 임시방편으로 해결한다.

이곳 주민과 마찬가지로 있으면 있는 대로 없으면 없는 대로 지내는 내핍 생활은 무거운 가책을 더는 데도 도움이 된다. 공연히 안달복달할 필요가 없다. 그냥저냥 지나가는 일상의 시간에 자기를 내맡기고 되는대로 살면 그만이다.

테렌스 부인과 수다를 떨며 보내는 시간이 하루 일과처럼 일정하게 자리 잡기 시작한다. 주로 부인이 잉걸불처럼 벌겋게 달아오른 전기 라디에이터 옆에서 관절염 치료를 위해 무릎을 지지고 있을 때이다. 사람 좋은 부인은 옛날에 조지 오웰이 『1984』를 쓰기 위해 이곳에 들른 적이 있다는 사실을 아주 자랑스러워한다. 반힐의 농가를 사들이기 전 조지 오웰이 이 호텔에서 몇 주 동안 지냈다는 것이다. 당시에는 모친과 계부가 호텔을 운영 중이었다. 부인이 기억하기로 조지 오웰은 인상이 어둡고 수척한 체형에 눈빛이 우울해 보이는 사내였다. 아주 어린 소녀였던 부인에게조차 미소 한 번 지어 보이는 일이 없었다. 나중에 커서 그 작품을 읽고 나서야 부인은 그럴 만도 했다는 생각이 들었다고 한다. 그때 쓰고 있던 책의 내용이 너무 끔찍해서 어쩌면 작가 자신도 밤마다 악몽에 시달리다 보니 그럴 수밖에 없지 않았을까 싶었다는 말이다.

당시 부인의 모친은 그에 대해 이렇게 말했다고 한다.

"어휴 저 가엾은 홀아비는 어디서도 위안을 얻을 수 없을 거야!"

그러니까 부인의 말에 따르면 조지 오웰은 자기와 마찬가지로 뭔가에 깊이 상처 받고 마음의 평안을 갈망하던 중 여기까지 흘러 들어온 셈이다. 루이즈는 그에게 불현듯 친밀감을 느낀다.

테렌스 부인은 루이즈의 속사정을 대강이나마 헤아리고 있는 눈치다. 대화 중 슬쩍 떠보듯 이런 말을 던진다.

"아이들은 어떻게……? 그래도 크리스마스에는 집으로 돌아갈 거죠?"

이 젊은 여자는 지금 사랑을 여윈 슬픔으로 괴로워하고 있는 게 틀림없다. 부인은 루이즈에 대해 그렇게 짐작하고 있다.

맞다. 벌써 크리스마스다. 하지만 루이즈는 이 호텔의 유일한 고객으로 남아 거기서 크리스마스를 보낸다. 그 보답에서인지 테렌스 가족은 크리스마스 저녁 식사로 맛있는 야생 거위 구이와 푸딩을 함께 나눈다. 양이 적은 게 흠이다. 크리스마스와 새해 첫날 사이에 폭설이 쏟아진다. 루이즈는 테렌스 씨가 빌려준 장화를 신고 계속 산책길에 나선다.

"그 장화, 제 며느리 거예요. 자식들이 언젠가부터 겨울이 되면 여기 오고 싶어 하지 않더라고요. 지금 살고 있는 발레아르 군도가 더 좋대요!"

오후 다섯 시쯤 되면 이 황량하던 마을이 유일하게 한 번 시끌벅적해진다. 그 시간이면 호텔 맞은편 증류공장 직원들이 기분 전환 삼아 한잔 하러 오곤 하기 때문이다. 모두 사내들밖에 없다. 그중 일부는 미혼이다. 금요일이라 마음에 여유가 좀 있나 보다. 조금 더 나이가 든 작업반장 둘과 회계도 함께 왔다. 너무 갑갑한 일상으로 보일 수도 있겠지만 어쨌든 단순하게 어울려 사는 그들 모습이 부럽다. 맥주 한 잔이 두 잔으로 넘어가는 동안 하루 일과에 대한 평가와 마을 돌아가는 이야기, 런던 위주로 움직이는 세상에 대한 불평불만, 다음에는 제3정당에 투표하겠다는 다짐 등의 이야깃거리가 도마 위에 오른다. 마침 루이즈가 산책을 마치고 호텔로 돌아올 무렵이라 그 사람들에게 이따금 합석해서 이야기나 나누자는 제의를 받기도 한다.

"어때요, 아가씨? 지금 쓰고 있다는 책은 잘되고 있나요? 다음번에 날씨가 좋으면 피니라 곶 쪽으로 한번 가보세요. 거기 가면 사슴을 볼 수 있거든요……."

그 정도 이야기 말고는 아무도 더 이상 그녀에게 뭔가를 더 캐물으려고 하지 않는다. 루이즈는 한 사람의 '프랑스 여성 작가'로서 그저 자리만 차지하고 앉아 있을 뿐이다. 사람들은 그녀가 어디서 왔으며 어떻게 살아왔는지, 무슨 책을 쓰는지에 대해서도 별로 궁금해하지 않는다.

그들 중 에드라는 청년 하나가 루이즈를 관심 어린 눈초리로 계속 힐끔거리긴 했다. 그러더니 어느 날엔가는 그녀에게 슬그머니 다가와서 이번 주 토요일에 시간 괜찮으면 아일레이의 증류 공장까지 자기 차로 드라이브를 다녀오지 않겠느냐고 했다. 루이즈는 그것이 설령 피상적인 관계라 할지라도 누군가와 새로운 관계를 맺을 준비가 되어 있지 않아 거절했다. 그렇긴 하지만 그쪽 방면으로도 심신이 회복되고 있는 중임에는 틀림없다. 며칠 전 잠들기 전에는 한 손을 앞가슴에 올려놓고 다른 한 손으로는 가랑이 사이를 비벼대기도 했다. 아주 은밀하고 부드럽게. 그러다 결국에는 몸이 확 깨어나는 듯한 쾌감에 다다랐다. 그것은 순전히 육감적인 쾌락이었다. 하지만 그녀에게는 드디어 자기가 모든 면에서 정상적인 상태로 돌아왔다는 신호처럼 여겨졌다.

어느 날 저녁 루이즈는 호텔 서가에서 꺼내온 『1984』를 침대 머리맡에 두고 읽기 시작했다. 책의 일부 내용에서 그것과 엇비슷한 몇몇 기억이 떠올랐다. 특히 쥐 떼로 고문하는 장면에 소름이 끼쳤다. 쥐 떼가 얼마나 포악하고 탐욕스런 동물인지 이미 겪어본 루이즈로서는 유난히 끔찍하게 여겨질 수밖에 없는 장면이었다. 하지만 그녀에게 섬광처럼 번쩍거리며 와 닿은 대목은 따로 있었다. 어찌나 놀랐는지 그 대목만 연거푸 세 번이나 읽었을 정도다. 소설에서 주인공 윈스턴은 골드슈타인이라는 사람이 쓴 책을 수중에 넣는다. 골드슈타인은 빅 브라더에 맞선 저항 세력의 우두머리로 여겨지는 인물이다. 그의 책 속에서 저항 세력은 한 사회에 대한 전체주의의 관리 방식을 폭로한다. 그 정보에 관해 다루고 있는 어느 챕터의 문단 하나가 루이즈의 피를 얼어붙게 할 정도로 충격적이었다.

'과거를 조작할 수 있는 자는 미래도 조작할 수 있다. 현재를 조작할 수 있는 자는 과거도 조작해낼 수 있다.'

이 문단은 예기치 못한 충격으로 그녀를 뒤흔들어놓는다. 지금까지 이 정도로 어떤 문학작품이 자기에게 직접적으로 다가온 적은 한 번도 없었다. 지금까지 단 한 번도 이만큼 어떤 글이 자기로 하여금 사태를 명확히 직시하도록 일깨워준 적도 없었다. 소설이란 그저 흥미로운 이야기에 불과한 줄만 알았는데 이것은 그녀에게 새로운 발견이다. 소설이 현실보다 더 현실적일 수도 있다니. 삶의 심연을 사이에 두고 어느 쪽이 더 그것을 제대로 응시하는지 현실과 치열하게 경합을 벌일 수도 있다니.

오웰은 자신이 깊이 고찰해온 것을 고스란히 펼쳐 보였다. 사회는 빅 브라더의 철저한 관리와 통제 속에 놓여 있다. 현재에 과거를 대입시켜 적응하도록 유도하는 것은 일체의 역사적 분석이나 비교 또는 문제 제기를 차단하기 위해서라면 필요불가결한 공작이다. 스탈린 치하에서 사람들은 공산당 정치국의 옛날 사진에 조작을 가해 강제노동수용소로 끌려간 숙청 대상들의 자취를 지워 없앴다. 당의 구성원들은 이런 식으로 하면 언제든 흑을 백으로 되돌릴 수도 있고 거꾸로 백을 흑으로 뒤집을 수도 있는 공작이 영원토록 가능하리라 믿은 모양이다. 오웰은 이와 같은 믿음을 책에서 '이중사고'라 부르고 있다.

루이즈가 저지를 뻔한 실수가 바로 이거다. 즉, 과거 시간을 왜곡하려 든 것. 그녀가 지난 시간에 대해 다시 적은 방식은 분명 조건이 유리했지만 도리어 자신의 죄책감만 한껏 부풀리는 쪽으로 흐르고 말았다. 그러다 보니 오웰처럼 자기도 도망치고 말았다. 자기 아픔에 이름을 붙여 똑바로 바라본다는 것은 그 자체로 쾌유의 징후이고 쥐라에 온 이후부터 실제로 그렇다고 느껴온 것처럼 성숙해가는 증거일 수 있다. 지금 그녀는 자기 안에 두 가지 진실을 떠안고 있지만 하나만으로도 이미 과하다. 사태를 있는 그대로 보고 받아들이는 것은 이토록 단순한 일이다.

그녀는 자리에서 일어나 창문을 열어젖힌다. 얼어붙은 바깥 공기가 실내로 들이닥친다. 온 종일 비가 내린 후라 하늘은 파란 달 아래 자수정만큼이나 맑게 개어 있다. 작은 숲과 그 안의 수목, 그리고 수목에 달린 나뭇가지 등이 새하얗게 잔설로 뒤덮인 지표면 위에서 하나하나 명징하게 도드라져 보인다. 자기가 원한 게 바로 이런 거다. 맑고 참된 것.

루이즈는 이제 스스로의 어리석음을 뉘우친다. 앞으로 두 번 다시는 오세아니아 원주민들처럼 자기 과거가 함부로 침해당하도록 놔둘 수 없다. 또한 앞으로 두 번 다시는 오웰의 가엾은 주인공 윌슨처럼 2 더하기 2가 얼마냐는 물음에 의견이 없다며 뒤로 물러나지도 않겠다. 이렇게 마음먹으니 흡사 자기가 레지스탕스라도 된 듯한 비장함마저 느껴진다.

앞으로 언젠가 스트롬니스 섬에서 그날 그럴 수밖에 없었던 이유를 스스로 납득할 수 있는 날이 올까? 하지만 본능에 따른 선택을 놓고 이제 와서 다시금 이러쿵저러쿵하는 것은 다 부질없는 짓 아닐까? 그 문제에 대해 스스로 내사하고 엄격히 추궁해봐야 아무것도 달라지지 않는다. 그저 또다시 자기를 모진 가책 속에 가두는 결과만 낳게 될지도. 어렸을 때 자기는 여주인공이 되기를 꿈꿨다. 하지만 현실은 늘 몽상을 조롱하는 법이다. 그러다 보니 환영을 먹고 자랐다. 하지만 이제는 더 이상 그때의 그 '꼬맹이'가 아니다.

얼음장 같은 바람결에 몸이 으슬으슬 떨려온다. 그래도 창문을 닫지 않고 버틴다. 마치 이 특별한 시간이 기억만큼이나 자기 몸에도 아로새겨지기를 바라는 것처럼. 순간적인 충동에 이끌려 하마터면 이 한밤중에 파란 덧창이 닫혀 있는 반힐의 농가까지 성지 순례하는 기분으로 걸음을 옮길 뻔했다. 그 앞에 가면 60년 전쯤 거기 살고 있었을 한 사내가 우수 어린 눈빛으로 자기에게 손을 내밀어줄 것만 같아서다.

루이즈는 최대한 깊이 숨을 들이마신다. 시리디 시린 숨결이 폐부에 가 닿는 게 느껴진다. 그 냉기에 속이 다 얼얼할 지경이다. 그래도 차가운 숨결에 속이 깨끗이 씻겨 내려갈 수만 있다면 그것으로 족하다.

이튿날에는 꽤 강한 바람이 분다. 바람이 잦아들자마자 루이즈는 무려 다섯 시간에 걸쳐 베인 안 외르 등정에 나선다. 베인 안 외르는 해발 785미터쯤 되는 이 섬의 산봉우리다.

우선 숲의 가장자리를 따라 걷는다. 그쪽에는 눈이 덜 쌓여 있다. 이내 목초지에 다다른다. 지금까지 따라온 오솔길이 벌써 시야에 아득하다. 산비탈의 경사가 점점 심해진다. 그럴수록 두껍게 쌓인 눈밭 사이로 길을 트기가 힘들어진다. 그래도 꿋꿋이 발길을 옮긴다. 몸에서 균형이 무너지지 않도록 주먹으로 꾹꾹 바닥을 짚어가며 기다시피 걷는다. 무릎을 턱 밑까지 들어 올려 한발 한발 내딛는다. 아랫배도 앞으로 쭉 내민다. 루이즈가 신고 나온 장화는 눈 밑에 깊이 파묻혀 있고 눈 위로는 옷소매가 질질 끌린다. 관자놀이에 피가 몰린다. 눈앞이 아찔해진다. 그래도 굴하지 않는다. 이런 싸움이 즐겁다. 몸이 고되면 고될수록 더욱 강인한 근력이 생겨나는 기분이다. 이런 생기야말로 자기의 트레이드 마크다. 덕분에 언제나 꿋꿋이 버텨올 수 있었다. 또래 아이들에게 무시당하며 보낸 사춘기 시절에도 스스로에 대한 믿음을 유지해올 수 있었다. 자기가 가야만 할 길을 찾아낼 수 있었다. 절망적으로 보이는 극한상황에서조차 살아남을 수 있었다. 지난 몇 달 동안 자기를 물어뜯은 가책에 가려져 있었지만 결국은 그 힘을 되찾았다, 이루 형언할 수 없는 행복감 속에서. 알리스의 말이 맞았다. 자기는 스스로도 어쩌지 못할 활력 덩어리다. 자기는 원래 그런 사람이다.

간밤에 루이즈는 해묵은 정산을 끝냈다. 그러고는 스스로의 삶을 되찾았다. 물론 고통받고 슬퍼하고 원통하게 죽어가는 사람이 이 세상 어딘가에 계속 존재하겠지. 그리고 그런 사람들을 볼 때마다 뤼도비크가 떠올라 아문 줄만 알았던 상처가 덧날 수도 있겠지. 설령 그런다 해도 루이즈는 이제 망각 속으로 달아나고 싶지 않다.

산비탈을 타고 높이 기어 올라갈수록 눈앞에 탁 트인 전망이 펼쳐진다. 드디어 마지막 산마루에 가 닿는다. 섬의 전경이 자기 발아래 놓여 있다. 그 위에서 조망한 섬의 전경은 그야말로 웅대하다. 그 웅대한 전경이 자기에게 활력을 더해주는 것 같다. 한쪽에는 근해의 섬들이 시야에 아스라이 들어온다. 그 앞으로 협만 하나가 가로지른다. 유서 깊은 칼레도니아 산악지대의 자색 지맥들도 육중해 보인다. 다른 한쪽으로는 북대서양이 열린다. 살짝 초록빛 감도는 재색 해수면 위에서 끊임없이 일어났다 가라앉기를 반복하는 파도 거품이 하얀 얼룩으로 명멸한다.

더는 쥐라에서의 도피 생활이 필요치 않을 것 같다. 그렇다면 차라리 서둘러 이곳을 떠나자. 완쾌한 환자가 몇 분이라도 병상에 더 누워 있어야 한다면 그것만큼 지겨운 일도 없는 법이다. 다시 생활전선으로 돌아가서 직장과 친구, 사랑을 되찾아보자.

산꼭대기에 쭈그리고 앉아 장미색과 재색으로 물든 근해의 군도를 내려다보고 있으니 문득 자기 자신과 마주하고 있다는 기분이 든다. 루이즈는 자기 자신을 뚫어지게 바라본다. 등줄기를 타고 흘러내린 땀방울에 몸이 서늘해진다. 몸을 데우기 위해 팔을 들어 올려 바람개비처럼 뱅글뱅글 돌려본다. 이제 하산할 시간이다. 내려가는 길은 그녀가 이 섬에서 하는 마지막 산책이다.

파리로 돌아가면 함께 영화를 찍자거나 책을 쓰자는 유혹에 휘둘리지 않겠다. 사람들이 일시적으로 휩쓸리는 관심거리의 쳇바퀴는 빠르게 돌아간다. 이제 몇 달만 지나면 더 이상 아무도 자기가 누군지 알아보지 못할 테고 불과 몇 년 후쯤에는 그 누구도 자기가 무슨 일을 겪었는지 기억하지 못하겠지.

그럴 때까지 차라리 여기 눌러앉아? 이대로 스코틀랜드의 안개 속에 숨어 지내면? 자기가 딴 대학 졸업장은 여기서도 유효할 테고 영어도 이만하면 준수한 편이다. 정유회사든 여행사든 광산 관리국이든 회계업무라면 지금도 능숙하게 처리할 자신이 있다. 맡겨만 주면 뭐든 할 생각이다. 번역이나 통역도 좋고, 글래스고나 오반 또는 애버딘 지역의 관광 가이드도 나쁘지 않다. 아무것도 쓰여 있지 않은 백지와 마주하고 있는 느낌이다. 아찔한 현기증과 가슴 벅찬 의욕이 동시에 밀려든다.

아직 오후 네 시도 되지 않은 시각인데 벌써부터 햇살이 흐릿해진다. 가는 길에 찍힌 눈 위의 발자국을 그대로 따라가는 대신 루이즈는 아직 아무도 범하지 않은 순백의 눈밭으로 뛰어든다.

오늘은 제이슨 호가 비글 해협으로 들어선 지 정확히 1년이 되는 날이다. 그 배에는 이 여행의 행복감에 도취된 두 명의 젊은 남녀가 타고 있었다. 두 사람은 그 근방의 섬으로 향해가며 자기들에게 계속 행복한 앞날만 기약되어 있으리라고 확신했다.

옮긴이의 말

자연은 로빈슨 크루소의 낭만을 허락하지 않는다

이자벨 오티시에르는 이 소설 『갑자기 혼자가 되다』를 통해 한국에 처음 소개되는 프랑스 작가다. 작가로 살기 이전까지 그녀가 걸어온 길은 이채롭다.

1956년 파리에서 태어나 렌의 고등농업학교(École nationale supérieure agronomique de Rennes)에서 해양수산학을 전공하고 여성 항해사로 활동한다. 1991년 여성 최초로 홀로 요트를 타고 세계 일주에 도전해서 성공한 것은 이 시기에 가장 돋보이는 개인사의 갈피다. 그러는 동안 생태 환경과 인간 사이의 유기적 함수관계에 눈을 돌린다.

1996년부터 그러한 관심사를 논픽션으로 다뤄 몇 권의 공저를 펴낸다. 그녀에게 중요한 것은 자연, 그중에서도 특히 인간이 바다와 나눈 상호작용의 체험이다. 오랜 세월 함께해온 바다가 그녀에게 생태 환경과 인간의 심연을 열어 보인다. 그 기록의 뼈대를 이루고 있는 것은 사투에 가까운 모험의 서사와 대자연의 위엄에 대한 되새김질이다. 그 점에서 이자벨 오티시에르가 결국 소설로 넘어간 것은 자연스런 발돋움일 수도 있다.

저자는 2009년부터 소설을 쓰기 시작한다. 데뷔작은 『오직 바다만이 기억하리라*Seule la mer s'en souviendra*』이다. 이 작품으로 '아메리고 베스푸치 상'을 비롯하여 해양 문학과 관련 있는 여러 종의 문학상을 수상한다. 이후 소설 『파타고니아의 연인*L'Amant de Patagonie*』과 대담집 『수평선을 위한 지구*La terre pour horizon*』, 항해 일지 『북극의 새로운 항로를 통과하다*Passer par le Nord, la nouvelle route maritime*』(공저) 등을 연이어 세상에 내놓는다.

이채로운 삶의 내력에서 알 수 있듯이 이자벨 오티시에르는 글만 쓰는 작가가 아니다. 세계적인 환경보호 재단인 세계자연기금(WWF)의 프랑스 지부장으로도 활동 중이다. 또한 미지의 자연 환경 속으로 뛰어들어 극한상황과 맞부딪치는 것을 주저하지 않는 모험가이기도 하다. 세계 요트 일주는 그녀의 담대한 도전 정신을 보증해준다. 『갑자기 혼자가 되다』는 2015년에 펴낸 그녀의 세 번째 장편소설이다.

이자벨 오티시에르의 이력과 관심사는 이 소설에도 짙게 반영되어 있다. 이 소설은 한 쌍의 연인이 빠져들게 된 극지 탐험의 수난기이자 거꾸로 뒤집힌 로빈슨 크루소 모험담이다. 오랜 항해, 고립무원의 오지에서 겪는 극한상황, 자연과 인간의 상관관계, 인간의 강인한 적응력과 이성적 대응으로도 속수무책일 수밖에 없는 인간 바깥의 생태 환경 등이 소설의 주된 제재이다.

우리는 무인도에 낙오된 로빈슨 크루소의 분투를 생생히 기억하고 있다. 그것은 대상화된 자연을 유럽인의 힘으로 순치해가는 낭만적 무용담이자 제국주의의 우화이다. 자연은 인간에 대해 타자이다. 하지만 그 이야기에 장악될 수 없는 타자는 없다. 로빈슨 크루소는 무인도의 자연과 프라이데이라고 명명한 '야만인'을 유럽인의 문명권 안에 동일자로 복속시킨다. 그러니 어딜 가나 '혼자'가 아니다. 혼자라고 느낀다는 것은 자신이 도저히 장악할 수 없는 타자와 마주하고 있음을 절감하는 체험일 것이기 때문이다. 로빈슨 크루소의 타자는 유럽인의 발치에서 유럽과 동일한 모습을 강요받는다. 내 문명권의 바깥에 있는 것이라면 그게 무엇이든 정복해서 나와 동일한 모습을 강요하는 것으로 타자와 마주하는 순간의 고독을 회피하고 속인다. 하지만 그것은 고독에서 벗어나고자 타자에게 휘두르는 폭력이다. 또한 스스로를 속이는 기만 책동이다. 로빈슨 크루소는 자기가 혼자라는 사실을 직시하지 못하는 18세기 제국주의 시대 유럽인의 기만적 자화상이다.

그래서 미셸 투르니에는 『방드르디, 혹은 태평양의 끝*Vendredi, ou les Limbes du Pacifique*』이라는 제목으로 로빈슨 크루소의 낭만적 무용담을 뒤집어서 다시 썼다. 주인공 로빈슨 크루소가 무인도의 삼엄한 대자연에 낙오된다는 설정은 디포의 원작과 다르지 않다. 하지만 이야기의 전개 방향은 정반대다. 즉, 로빈슨 크루소가 무인도의 자연 환경과 야만인 방드르디(프랑스어로 프라이데이)를 유럽화하기는커녕 거꾸로 그가 타자의 모습으로 변해간다는 것. 타자를 동일시의 대상물로만 여겨온 주체가 타자의 자리에 앉게 되면서 주체의 허물을 벗어던진다는 것. 타자에게 동일화의 그물망을 펼쳐 포섭하면 포섭하려 들수록 포섭의 대상은 온데간데없고 오히려 자기가 상대방의 올가미에 묶여 그들처럼 변해가고 만다는 것.

이자벨 오티시에르의 소설은 거기서 한 발짝 더 나아간다. 여기서는 어떤 식으로든 인간이 장악할 수 없는 대자연과 인간 바깥의 생태 환경을 냉엄한 타자의 모습으로 제시한다. 자연을 유럽인의 눈높이에 맞춰 동일화하는 로빈슨 크루소도, 거꾸로 자연에 동화되어 스스로 주체의 자리를 내어주는 로빈슨 크루소도 없다. 애초에 로빈슨 크루소라는 주체 혹은 타자라는 등식은 허구였을지도 모른다. 자연 환경은 그저 거기 있을 뿐이다. 하지만 인간들의 착각과는 달리 그것은 그저 거기 있다는 사실만으로도 인간에게 위협적인 타자일 수 있다. 인간은 그저 거기 있을 뿐, 자기에게 복속되거나 동일화 과정을 거치지 않은 미지의 대상을 단 한시도 견디지 못하기 때문이다. 그런 의미에서 아무리 잘난척해 봐야 결국 이 지구상에서 가장 나약한 것은 인간존재일 것이다.

물론 인간도 자연의 일부다. 하지만 언젠가부터 자연과 분리된 존재 방식을 추구해왔다. 자연과 대척점에 서서 그 자연을 대상화하고 장악 가능한 문명의 언저리로 관리하려 들었다. 역설은 인간이 자연을 문명사회의 동일자로 복속시키려 들수록 인간에 대해 자연이란 타자의 냉혹함과 무자비함이 한층 더 두드러진다는 점이다. 자연은 인간적인 생태계의 지평도, 놀이터도 아니다. 노자가 말한 대로 천지불인(天地不仁), 인간은 나약하게도 자연이란 타자를 견딜 수 없지만 자연은 거기에 무심할 뿐이다. 그러면서 암암리에 인간으로 하여금 이 우주가 인간 중심으로, 문명 중심으로 돌아간다는 맹신을 저버리도록 종용한다. 타자의 얼굴을 한 자연. 어느 순간 문득 돌아보니 혼자라는 사실을 자탄할 게 아니라 그 고독을 묵묵히 받아들이고 견뎌낼 것.

그런 고독의 감당은 완벽하게 자기 바깥에서 존재하는 타자를 마음으로 수긍하는 일과 같다. 로빈슨 크루소가 인간화

하거나 유럽화할 수 있다고 믿은 낭만적 자연은 그 어디에도 없다. 이 소설의 냉철한 문제의식은 거기서 출발한다. 그런 문제의식이 발원한 지점은 자기 삶의 대부분을 바다에 바쳐온 이자벨 오티시에르의 이력과 체험일지도 모른다. 그녀는 낭만적으로 꾸며지지 않은 대자연의 민낯을 똑똑히 들여다본 작가다. 냉엄하고 무심한 대자연의 민낯, 그 민낯 앞에서 가차 없이 벌거벗겨지는 인간의 환상과 욕망은 이 소설의 통점이자 화두다. 독자들은 이 소설에 그려진 대자연과 비인간적 생태 환경의 냉혹함에서 몸서리쳐지는 문학적 추체험을 하게 될 테지만 한편으로 타자와 마주한다는 것은 그만큼 오싹한 전율이 뒤따르는 체험임도 동시에 깨달을 수 있을 것이다. 다시금 강조하거니와 타자와 마주한다는 것은 여기 혼자 있다는 사실을 직시하는 일이고 그 고독을 스스로의 몫으로 떠안는 일이다.

냉혹한 대자연의 민낯을 직시하면서도 이자벨 오티시에르의 문체는 건조하지 않다. 오히려 매끄럽고 부드러운 편이다. 수사를 절제하면서도 다정다감하고 섬세하다. 특히 자연 경관을 묘사할 때 그렇다. 인간의 손길이 닿지 않은 태곳적의 생태 환경과 마주할 때마다 그녀의 문체는 더할 나위 없이 생생하고 세세해진다. 그러면서도 다른 한편으로 유럽인이 짓밟은 동물의 생태계와 자연 환경에 이르면 신랄한 독설의 비수를 슬그머니 내보이기도 한다. 작가에게 대자연과 야생의 정경은 냉혹한 타자의 얼굴이면서 동시에 범접할 수 없는 경외의 대상이라는 것이 느껴진다.

그런가 하면 2부에서 본격적으로 다뤄지는 여주인공 루이즈의 죄의식을 묘사하는 대목은 잔인하다 싶을 정도로 집요하고 엄중하다. 그렇다 해도 나약한 인간의 한계를 비웃는 냉기는 전해지지 않는다. 그렇기는커녕 자연의 일부이면서도 자연과 단절된 존재를 대하는 연민이 와닿는다.

이와 같은 이자벨 오티시에르의 불어 문장을 자연스런 우리말로 옮기는 것은 결코 쉽지 않은 정신노동이었다. 지금으로서는 얼마만큼이나 옮긴이의 번역문이 작가의 원문에 가까이 다가갔는지 가늠할 수 없다. 상투적이지만 그저 최선을 다했다는 말로 본인의 미력함을 서둘러 무마하고 싶을 뿐이다.

이 소설의 번역 원본으로는 Isabelle Autissier, *Soudain, seuls*, roman(Stock, 2015)을 사용했다.

서준환

옮긴이 서준환

2001년 『문학과사회』로 등단한 후 지금까지 소설집 『너는 달의 기억』 『파란 비닐인형 외계인』 『고독 역시 착각일 것이다』와 장편소설 『골드베르크 변주곡』 『로베스피에르의 죽음』 등을 냈다.
옮긴 책으로는 『알렉스』 등을 비롯한 피에르 르메트르의 카미유 형사반장 4부작 전권과 『주말 소설가』 『무작정 소설쓰기 윤곽 잡고 소설쓰기』 등이 있다.

갑자기 혼자가 되다

초판 1쇄 인쇄일 2017년 5월 23일
초판 1쇄 발행일 2017년 5월 30일

지은이 이자벨 오티시에르
옮긴이 서준환
펴낸이 정은영
편집 최성휘

펴낸곳 ㈜자음과모음
출판등록 2001년 11월 28일 제2001-000259호
주소 (04083) 서울시 마포구 성지길 54
전화 편집부 (02)324-2347, 경영지원부 (02)325-6047
팩스 편집부 (02)324-2348, 경영지원부 (02)2648-1311
이메일 literature@jamobook.com

ISBN 978-89-544-3730-1 (03860)

이 도서의 국립중앙도서관 출판시도서목록(CIP)은 서지정보유통지원시스템 홈페이지
(http://seoji.nl.go.kr)와 국가자료공동목록시스템(http://www.nl.go.kr/kolisnet)에서
이용하실 수 있습니다.(CIP제어번호: CIP2017010021)